기다릴 때 우리가 하는 말들

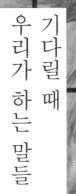

기다릴 때
우리가 하는 말들

김병운 소설집

민음사

차례

한밤에 두고 온 것　7

기다릴 때 우리가 하는 말들　45

윤광호　85

11시부터 1시까지의 대구　125

9월은 멀어진 사람을 위한 기도　169

알 것 같은 밤과 대부분의 끝　211

어떤 소설은 이렇게 끝나기도 한다　247

작가의 말　301

작품 해설　304

추천의 글　327

한밤에 두고 온 것

1

안부현 씨로부터 전화가 왔을 때 나는 생각할수록 기분 나쁜 시나리오를 가만히 노려보고 있었다. 이건 아닌데 싶은 마음과 그래도 별수 있나 싶은 마음이 뒤엉켜 내게 주어진 몇 되지도 않은 대사들이 자꾸 꼬이고 씹혔다. 제목은 '미래의 철수'. 데뷔작 「어두운 밤과 소녀들」로 단숨에 독립영화의 새로운 기수로 떠오른 윤수희 감독의 신작 장편이었다. 흑인 남성과 연애 중인 헤테로섹슈얼 여성 '미래'와 열 살 연상의 유부남과 연애 중인 호모섹슈얼 남성 '철수'가 서로의 상처를 감싸 안으며 세상의 혐오에 맞선다는, 시놉시스만으로도 퀴어와 여성, 인종을 가로지르며 시대적 요구에 충실히 응답해 보겠다는 감독의 야심이 느껴지는 작품이었다.

내가 이 작품에 캐스팅된 건 일종의 보은이었다. 작년 이맘때쯤 대학 동기 김유진의 소개로 만난 윤수희 감독에게 — 두 사람은 고등학교 방송반 선후배였다 — 게이이자 연극배우로서의 내 삶에 대해 자세히 말해 주었기 때문에. 윤수희 감독은 집필 중인 차기작의 메인 캐릭터가 게이이자 연극배우여서 실제로 그렇게 사는 사람의 디테일이 절실하다고 했고, 내 입장에서는 별것도 아닌 시시콜콜한 일상 이야기를 굳이 녹음에 메모까지 해 가며 경청했다. 그리고 그로부터 1년여가 지난 어느 날 나를 자신의 신작에 캐스팅하고 싶다며 다시 연락해 왔다. 주인공 '철수'에게 장기간 육체적, 정신적 고통을 가하는 '유부남 클로짓 게이'가 내게 주어진 역할이었다.

사실 처음에 나는 윤수희 감독을 만나 보겠느냐는 김유진의 제안을 두고 꽤 오랫동안 망설였다. 이유는 크게 두 가지였는데, 하나는 내가 세간의 호평과 달리 「어두운 밤과 소녀들」을 그리 좋아하지 않았기 때문이고, 다른 하나는 과연 윤수희 감독에게 내 정체성 이야기를 해도 안전할지 확신이 서지 않았기 때문이다. 하지만 며칠 뒤 나는 윤수희 감독이 묻는 거의 모든 질문에 허심탄회하게 대답했고, 그러한 선택의 기저에는 어떻게든 윤수희 감독의 눈에 들고픈 욕심이 깔려 있었다. 10여 년 가까이 쉼 없이 활동했음에도 여전히 무명인 내게 윤수희 감독은 어떻게든 움켜쥐어야 하는 동아줄 같았으므로.

그러나 한껏 기대에 부풀어 열어 본 시나리오는 실망스러웠다. 집필에만 내리 3년을 쏟아부었다고는 하나 결국 성소수자는 주인공의 각성과 성장을 위한 도구로 이용될 뿐이었으니까. 나와 진행한 인터뷰는 훗날 비당사자로서의 한계를 무마하기 위한 알리바이용이 아닐까 싶기도 했고. 나는 성소수자를 연민하고 동정하는 감독의 시혜적인 시선과 선민의식이 거북했고, 내가 끝내 지켜야 하는 것이 퀴어로서의 자존심인지 아니면 배우로서의 성장 기회인지 알 수가 없어 갈팡질팡했다. 그리고 안부현 씨는 내가 양심과 야심 사이에서 길을 잃은 채 머리를 쥐어뜯고 있던 바로 그 순간 연락해 왔다. 010으로 시작하기에 적어도 광고는 아니겠다 싶어 받았더니 웬 아주머니가 김대훈 선생님을 찾았다.

나는 전화를 걸어온 사람이 안부현 씨라는 걸 곧바로 알아차렸으면서도 기억나지 않는 척 머뭇거렸다. 한동안 완전히 잊고 있었던, 아마도 그녀가 내게 연락하지 않았다면 굳이 떠올리지 않았을 희곡 낭독 수업에 대한 불편한 마음 때문이었다. 그녀는 한참 뜸을 들이더니 혹시 요즘 바쁘시냐고 물었다. 그러고는 내가 망설인 시간의 두 배, 아니 세 배 만큼 오랜 시간을 들여 고심한 끝에 긴히 만나 뵙고 부탁드리고 싶은 일이 있다고 했다.

다시 만난 안부현 씨는 다소 숨이 죽은 듯한 인상이었다. 그때 그 일에 대해 우리가 제대로 이야기를 나눈 적은 없기에 그랬는지도 몰랐고, 아니면 우리가 도서관 밖에서, 그것도 한낮의 카페에서 만난 건 처음이기에 그랬는지도 몰랐다.

나는 마주 앉은 그녀를 새삼스레 뜯어보며 내게 남아 있는 그녀에 대한 몇 가지 정보를 떠올렸다. 이를테면 그녀가 남편과 사별 후 홀로 곱창집을 운영한다는 것과 직접 지역 도서관에 건의해 독서 모임을 개설할 정도로 책을 좋아한다는 것, 그리고 자신은 남들과는 어딘가 다르다는 자의식으로 삶을 지탱해 왔다는 것. 나는 곱창집의 활황 정도나 최근의 독서 경험 따위를 안부 대신 물으며 대화를 이어 나갔고, 몇 차례의 어색한 정적을 견딘 끝에 그녀의 사연을 전해 들었다. 그녀가 테이블 위로 꺼내 놓은 봉투 안에는 내 연기 시가의 열 배가 넘는 돈이 들어 있었다.

그녀가 긴히 부탁드리고 싶다는 일이란 내 연기 재능이 필요한 대행 아르바이트였다. 다가오는 일요일에 딱 여섯 시간만 자신의 아들인 척 연기해 달라는 것. 얼마 전 수십 년 만에 만난 친구를 가게로 초대하게 되었는데, 그 친구에게 저도 모르게 아들이 있다는 거짓말을 해 어쩔 수 없이 아들을 보여 줘야 하는 상황이라는 것. 그녀는 언젠가 수업 중에 연극배우는 무대가 없을 때 어떻게 생계를 유지하느냐는 누군가의 질문에 내가 했던 대답이 떠올랐다고 했다. 그때 나는 다종다양한 아르바이트 경험을 열거하다 몇 년 전 생판 모르는 남의 결혼식에서 신랑의 죽마고우인 척 사회를 본 적도 있다고 했지.

그래도 그렇지 무슨 이런 부탁을 하나 싶어 황당해하는 내게 그녀는 말을 끊었다 이었다 하며 조금씩 사연을 더했다.

그게…… 한 달 전쯤이었어요. 제가 일요일 저녁마다 광화문 교보문고에 가서 책을 사거든요. 오후 늦게까지 늘어지게 쉬다 슬슬 책을 보러 나가는 게 저의 유일무이한 취미랄까요. 아무튼 그날도 어김없이 책을 고르고 계산대 앞에서 순서를 기다리는데, 먼저 계산을 마치고 출구 쪽으로 나가려던 어떤 여자가 무심코 제 발에 걸려 넘어질 뻔한 거예요. 네, 맞아요, 그 여자가 바로 제 친구 순영이었던 거죠. 너무 놀랍고 신기해 눈물이 왈칵 쏟아지더라고요. 결혼 전에 보고 처음이었으니 근 30년 만이었거든요. 하나도 안 변해서 긴가민가할 것도 없었어요. 물론 살도 붙고 주름도 늘고 머리도 셌지만 그 모습 그대로더라고요. 제 말이 무슨 뜻인지 아시죠?

나는 점점 흥분해 말이 빨라지는 그녀에게 천천히 고개를 끄덕여 보였다.

그날 우리는 서점 한쪽에 서서 근황을 주고받았어요. 저는 3년 전 남편이 췌장암으로 죽고 혼자가 되었다는 얘기를 먼저 꺼냈고, 그다음에는 시어머니로부터 물려받은 가게 얘기를 했죠. 다행히 장성한 아들이 하나 있어 요즘에는 그 애가 일을 돕고 있다는 말도 덧붙였는데…… 가게 얘기까지는 사실, 아들 얘기부터는 거짓이었죠.

제가 그런 거짓말을 한 데는 아마도 여러 이유가 있었던 것 같아요. 갖은 노력에도 끝내 애를 갖지 못했다는 자격지심 때문이기도 했고, 여느 과부처럼 쓸쓸하고 초라해 보이고 싶지는 않다는 자존심 때문이기도 했죠. 그리고 순영이 뒤에 서 있던 딸아이. 해사하고 단정한 얼굴로 우리 둘을 흐뭇하게 지켜보던 그 아이가 갑자기 내게 쓸데없는 경쟁심을 불러일으킨 것 같기도 해요. 20대 중후반쯤으로 보이는, 나도 제때 아이를 낳았다면 저쯤이지 않을까 싶은 그 친구의 존재를 인지하자마자 단숨에 열패감에 사로잡힌 거죠.

하지만 알고 보니 그 친구는 순영이 딸이 아닌 비서였어요. 제가 자꾸 그 친구를 힐끗거리자 그제야 순영이가 아, 이쪽은, 하면서 자기 비서를 소개해 주더라고요. 황당하죠? 비서라니. 맞아요, 저도 그랬어요. 얘는 무슨 대단한 일을 하기에 비서씩이나 달고 다니는 건가 어리둥절했죠. 잠시 후 저는 순영이가 내미는 명함을 받아 들고는 억, 소리를 내고 말았는데, 왜냐하면 순영이는 누구나 한 번쯤 이름을 들어 봤을 대형 은행 소속이었고 직함은 무려 부사장이었거든요. 제 반응이 너무 노골적이라 민망했는지 순영이가 자기는 정말이지 죽어라 일만 했다고, 일이 바빠서 결혼도 못 했다고 멋쩍게 웃더라고요.

저는 궁금했어요. 그동안 어디서 어떻게 살았는지, 일만 했다고는 하지만 정말 일만 했을 리는 없으니까. 아니, 그렇다 해도 사연은 있을 테니까 차근차근 얘기를 들어 보고 싶었죠. 제가 어디 가서 차라도 한잔하자고 했던 건 그래서였고요. 하지만 순영이는 시간을 확인하더니 오늘은 선약이 있다며 다음을 기약했어요. 그냥 하는 빈말이 아니라는 듯이 그 자리에서 바로 비서에게 스케줄을 잡게 했고요. 얼마나 바쁜지 한 달 뒤에나 겨우 시간이 나더라고요. 약속 장소가 우리 곱창집으로 정해진 건 순전히 순영이의 뜻이었어요. 이왕이면 멋지고 좋은 데서 보면 좋으련만 순영이가 우리 가게를 궁금해하더라고요. 너 장사하는 모습도 보고 싶고 아까 말했던 네 아들도 꼭 한번 만나 보고 싶다면서요.

그날 집으로 돌아가는 길에 순영이의 이름과 직함, 회사명을 검색해 봤어요. 몇 년 전 진행한 인터뷰 기사가 있더라고요. 1986년 은행 입사, 국내 1세대 여성 프라이빗 뱅커 출신 임원, 고졸 출신 신화 등등 순영이가 살아온 궤적이 선명하게 정리되어 있었죠. 그때부터 하루에도 몇 번씩 순영이의 인터뷰 사진을 꺼내 봤어요. 검은색 정장 차림의 순영이가 팔짱을 낀 채로 당당하게 카메라를 응시하고 있는 사진이요. 아마도 자기 사무실인 것 같았어요. 커다란 책상 위에 티브이만 한 모니터와 산더미 같은 서류들, 그리고 이름 석 자가 새겨진 명패가 놓여 있었죠. 나는 목이 다 늘어난 티셔츠나 주워 입고 소, 돼지 내장을 주무르는데, 매일 밤 온몸 구석구석 스며든 탄내에 진저리 치며 머리를 세 번씩 감는데, 어렸을 때 순영이는 나보다 공부도 못하고 인기도 없었는데……

그러니까 나는 지고 싶지 않은 거 같아요. 이미 비교도 안 될 만큼 기울어졌지만, 이왕 이렇게 다시 만나게 된 거 나도 남들처럼 잘 살고 있다는 걸 보여 주고 싶어요.

2

김유진은 윤수희 감독의 시나리오를 못마땅해하는 내게 대체로 공감하지 못했다. 처음에는 그 언니는 전교조인 부모님의 영향으로 원래 어렸을 때부터 인권 문제에 관심이 많았다느니, 세상에 필요한 목소리가 되고는 싶은데 정작 자기 인생은 매끈하니 자꾸 남의 인생으로 눈을 돌리는 것 같다느니 하면서 내 편을 들어 주는 듯했으나, 정작 내가 싫어하는 장면을 자세히 묘사하자 그게 왜 싫은 거냐며 의아해했다. 특히 내가 격분했던 건 마트에서 남자 친구와 장을 보던 '미래'가 어떤 아줌마로부터 양공주라는 소리를 듣고는 충격을 받아 '철수'에게 하소연하는 장면이었는데, 우리나라는 어떻게 아직도 이 모양인 거냐고, 철수 너는 늘 이렇게 힘들게 살아왔던 거냐고 울먹이는 미래의 언행에 기겁해 버린 나와는 달리, 김유진은 그게 뭐가 어떠냐는 반응이었다. '미래'가 하필 그 순간 '철수'를 떠올린 것부터가 잘못이라는 내 지적이 과하다는 것이었다. 김유진은 직접 시나리오를 읽어 본 뒤에도 내가 기대한 만큼은 분노해 주지 않았는데, 자신은 뼛속까지 헤테로이므로 바로 알아챌 수 없는 어떤 지점이 있는 것 같다고 수긍하면서도 다른 한편으로는 내가 지나치게 꼬인 것 같다고 했다.

하긴 김유진과 나는 윤수희 감독의 전작에 대해서도 감상이 판이했다. 「어두운 밤과 소녀들」은 자신을 레즈비언이라 밝힌 친구의 자살로 인해 교실 안에 드리운 의심과 분열, 폭력을 그린 드라마였는데, 나는 영화를 보는 내내 불쾌했고, 이후에 김유진으로부터 윤수희 감독이 이성애자이자 기혼 여성이라는 얘기를 전해 듣고는 그럼 그렇지 하는 마음이 됐다. 윤수희 감독이 레즈비언 당사자였다면 동성애를 맥거핀이나 스펙터클로 소비해 버리지는 않았을 것 같았기 때문이다. 자신의 학창 시절 경험을 모티브로 했다는 감독의 인터뷰를 읽은 다음에도 판단은 달라지지 않았다.

나는 윤수희 감독이 또 한 번 성소수자 얘기에 천착한다는 사실이 못내 불편했고, 정확히 그 부분에 시비를 걸고 싶었다. 내가 당사자성에 집착하는 게 내 몫의 자리를 빼앗긴 것만 같은 박탈감 때문이라는 것도 알고, 그토록 바라 왔으면서도 정작 너도 나도 퀴어 퀴어 하는 꼴을 보니 배알이 꼴려서라는 것도 알지만, 그걸 안다고 해서 머릿속에 두서없이 떠오르는 질문들이 사라지지는 않았다.

어째서 당신이 우리의 스피커가 되어야 하는가. 잘 알지도 못하고 잘 알 수도 없으면서 당신이 게이에 대해 말해야 하는 이유는 무엇인가. 설마 다음에는 트랜스젠더인가. 다다음에는 퀘스처닝에 인터섹스, 무성애자이고? 사회적 약자의 편에 서기만 하면, 선의와 정치적 신념을 담보하기만 하면 당신의 발언은 정당해지는가. 당신이 성소수자를 도구화해서 재생산한 편견에 대해서는 누가 책임지는가.

김유진은 윤수희 감독에 대한 내 언짢은 마음이 어떤 식으로 작동하는지를 정확히 간파하고는 이렇게 물었다. 그건 내 머리와 가슴을 자꾸 불화하게 하는 질문이기도 했다.

그럼 뭐 퀴어 영화는 퀴어만 만들 수 있나? 장애인 얘기는 장애인만 쓸 수 있고? 흑인 얘기는 흑인만, 아동 인권은 아동만, 동물권은 동물만?

나는 욱하는 마음에 차라리 그랬으면, 하고 억지를 부리고 싶었으나 결국은 내가 아는 정답을 말했다. 당사자성이 결코 발언의 자격증이 되어서는 안 된다는 주장에는 동의하지 않을 이유가 없었다.

누구나 쓸 수 있지. 쓰고 싶으면 쓰는 거지. 근데 그렇다고 해서 아무렇게나 써도 되는 건 아니잖아.

그때 김유진이 당연하고도 당연한 얼굴로 말했다.

네가 말해 주면 되잖아.

……?

너는 잘 알고 그 언니는 모르니까 네가 알려 주면 되잖아.

나는 순간 말문이 막혔으나 그게 그렇게 간단한 게 아니라며 고개를 저었다. 그분은 유일신 같은 감독님이시고 나는 발에 채는 일개 배우일 뿐이라고, 그런 하극상은 나 같은 무명에게는 허락되지 않으며 이건 예의나 도의의 문제가 아닌 생존의 문제라고 강조했다.

하지만 그건 온전한 사실은 아니었다. 왜냐하면 나는 말하지 못하는 것이기도 했지만 말하지 않는 것이기도 했으니까. 나는 내심 윤수희 감독이 이대로 아무것도 모른 채, 그러니까 자신의 시나리오에는 어떠한 흠결도 없다고 착각한 채 형편없는 작품을 만들어 냈으면 좋겠다고 생각하기도 했으니까. 못된 마음이지만 나는 윤수희 감독이 한번 대차게 망해 봐야 다시는 함부로 쓰지 못할 거라 생각했고, 사람들이 말을 아끼는 건 용기가 없거나 무능해서가 아님을 스스로 깨닫길 바랐다.

김유진이 자기 대신 희곡 낭독 수업을 맡아 줄 수 있느냐고 물어 온 건 작년 초여름이었다. 지역 도서관에서 동네 주민을 대상으로 진행하는 강의이고 총 10회 차 중 5회 차까지 완료해 이제 절반이 남았는데, 그 나머지를 네가 좀 이끌어 주면 좋겠다고 했다. 한때 대학 내 중앙 연극 동아리에서 레이디 맥베스를 맡았을 정도로 재능이 반짝였던 김유진은 졸업 후 공연 기획 쪽으로 방향을 틀어 커리어를 쌓더니, 몇해 전 현대 희곡 명작을 소개하는 교양서 『연극 읽어 주는 여자』를 펴낸 뒤로 이런저런 강연도 병행하게 됐다. 한창 진행 중이던 강의를 넘겨 주는 게 이상해 무슨 일이냐고 묻자, 김유진은 그제야 내년에 회사에서 준비 중인 라이선스 뮤지컬 때문에 뉴욕 장기 출장이 잡혔다는 근황을 전했다.

희곡 낭독 수업은 크게 낭독과 감상으로 구성되어 있었다. 주제 텍스트 일부를 함께 낭독한 다음, 각자 인상적이었던 점을 이야기하는 것이 김유진이 세팅해 놓은 수업의 골자였다. 김유진이 내게 남긴 강의록이 무척 상세해 주제 텍스트를 다시 한번 정독해 가는 것 말고는 내가 따로 준비할 건 없었다. 물론 그렇다 해도 신경 쓸 게 아예 없지는 않았는데, 아무래도 수강생들 일체가 50대 초중반의 여성들이라는 점이 그랬다. 내가 그동안 진행해 본 수업은 대개 초중

생을 위한 특별활동이나 고등학생을 대상으로 한 입시용인 터라 여성 장년층을 상대하는 건 사실상 처음이었다. 그들은 모두 지역 도서관의 문학회 소속이었고, 연극이나 희곡에 관심이 있다기보다는 모임의 존속을 위해 의무적으로 참석하는 것이었다.

김유진은, 너는 어머님들과 허물없이 지낼 성정이니 별로 걱정은 안 된다면서도 주선자로서의 책임감 때문인지 내게 한 가지 팁을 주었다. 바로 이 문학회를 이끌고 있는 회장 안부현 씨와 잘 지내야 한다는 것. 안부현 씨는 도서관 운영위원이어서 수업 개설이나 강사 선정에 영향력을 발휘할 수 있는 데다 다른 분들의 생각과 반응을 좌우할 수 있으니 여력이 있다면 그녀의 환심을 사라는 것. 김유진의 조언대로 나는 처음부터 안부현 씨를 특별대우했다. 그래 봤자 수업 중 그녀에게 일부러 발언 기회를 챙겨 준다든가("회장님은 어떻게 생각하세요?") 그녀가 하는 말에 무조건 동의한다든가("핵심을 정확히 꿰뚫으셨네요.") 아니면 굳이 안 해도 될 칭찬을 한마디 더 한다든가("목소리가 참 좋으시네요.") 하는 식의 대단치 않은 친절과 호의를 베푸는 것이 전부이긴 했지만, 어쨌든 나는 그녀가 장악하고 있는 세계에 복무함으로써 조금 더

쉽고 편한 길을 가고자 했다.

하지만 실제로 겪어 보니 안부현 씨는 그리 정이 가는 타입은 아니었다. 나는 수업 때마다 강의실을 부유하는 안부현 씨에 대한 사람들의 반감을 감지했고, 머지않아 그게 그리 부당한 건 아닐지도 모른다는 생각까지 하게 됐다. 수업 전체를 점유하려는 욕심과 다른 수강생들을 내려다보는 시선, 누가 무슨 말을 하건 반드시 각주를 달고 보는 식의 태도를 지켜보고 있노라면 나 역시 그녀가 마냥 달갑지만은 않았으니까. 그녀는 내가 행여라도 당신을 다른 수강생들과 함께 도매금으로 묶어 볼까 봐 적잖이 신경 쓰는 눈치였고, 수업을 마친 뒤에도 나를 붙잡고 당신의 관극 이력이나 독서 취향 같은 것들을 이야기했다.

그 일은 10회 차 마지막 수업에 대미를 장식하는 불꽃놀이처럼 벌어졌다. 그날의 주제 텍스트는 오스카 와일드의 『진지해지는 것의 중요성』이었고, 발단은 오스카 와일드의 사인(死因)이었다. 『진지해지는 것의 중요성』은 이전 시차에서 다룬 『세일즈맨의 죽음』이나 『갈매기』, 『인형의 집』, 『누가 버지니아 울프를 두려워하라?』 같은 텍스트에 비하면 훨씬 덜 알려

져 있어 좀 튀는 감이 없지 않았는데, 바로 그 점 때문에 나는 굳이 김유진의 커리큘럼을 수정해 가면서까지 그 작품을 끼워 넣었다. 나는 적어도 한 챕터 정도는 퀴어 작가에게 할애해도 되지 않을까, 요즘 이 정도의 구색 맞추기는 기본 아닌가 하는 생각을 했고, 이미 고전의 반열에 오른 퀴어 작가를 모색하다 결국 오스카 와일드를 집어 들었다.

시작은 아마도 뇌막염이었을 것이다. 낭독을 마친 후 나는 여느 때처럼 작가 소개를 시작했고, 유미주의나 시대를 앞서간 기행처럼 오스카 와일드 하면 의례적으로 이야기하는 것들을 두서없이 늘어놓았다. 물론 앨프리드 더글러스와의 동성애도 언급했는데, 그건 오스카 와일드의 삶에서 가장 중요하고 결정적인 사건이었을 뿐만 아니라 내가 굳이 오스카 와일드를 선택한 이유이기도 했으므로 눈치껏 에두르거나 누락하고 싶지는 않았다. 나는 오스카 와일드가 연인의 아버지에게 고소를 당했고 남색죄로 체포되었으며 유죄판결로 최대 형벌을 받았던 일련의 사건을 요약했다. 그리고 그가 나중에는 옥살이를 하다 급격히 건강이 안 좋아져 결국 뇌막염으로 세상을 떠났다는 사실도 덧붙였다. 하지만 내가 거기까지 말했을 때 수강생 중 한 명이 물었다.

진짜 뇌막염이겠죠?

……예?

그분께서는 뇌막염으로 돌아가신 게 맞겠죠?

나는 어째서 그런 걸 묻나 싶어 김은숙이라 적힌 명찰을 다시 한번 확인했고, 음, 그렇다고 하니까 그렇지 않을까요 하고 자신 없이 대꾸했다. 그러자 김은숙 씨가 말을 이었다.

다른 게 아니고 말씀 듣다 보니 생각나는 사람이 있어서요.

김은숙 씨가 오스카 와일드의 죽음에 의문을 제기한 건 그게 이상하다거나 궁금해서라기보다는 그저 하고 싶은 말이 있어서였다.

우리 남편 사촌 동생 하나가 그런 사람이었거든요. 그 삼촌이 뭐랄까 말투도 목소리도 몸짓도 좀 여성스러웠어요. 그렇다 보니 제대로 된 직업도 없었고요. 아무튼 그 삼촌이 일찍 죽었어요, 뇌막염으로. 1990년대 말에 영주권 받겠다고 미국으로 가서 한 몇 년 감감무소식이더니 어느 날 죽었다는 소식이 날아온 거예요. 너무 뒤늦게 알려 와 장례식도 제대로 못 했다더라고요. 그런데 나중에 그 집 큰며느리한테 들어 보니 사실은 뇌막염이 아니었던 거야. 그때는 쉬쉬해서 몰랐는데 알고 보니 다른 병이었던 거지.

김은숙 씨가 잠시 말을 멈추더니 슬쩍 주변의 반응을 살폈다. 그러고는 입 모양으로만 병명을 말하는 누군가에게 천천히 고개를 끄덕였다.

하늘도 무심하시지. 가뜩이나 남들과 달라 마음고생이 심했을 텐데 그런 끔찍한 병까지⋯⋯. 얼마나 외롭고 고통스러웠겠어요, 그것도 타지에서. 내 집에서도 아프면 서러운 게 사람인데. 그때 제가 마음이 너무 안 좋아서 그 삼촌 좋은 데 가라고, 다음 생에는 제발 평범하게 태어나라고 봉원사에 백일기도를 다녔어요. 지금도 가끔 그 삼촌 이름으로 시주도 하고요.

말을 마치려던 김은숙 씨가 나와 눈이 마주치자 급히 한 마디를 더했다. 내 얼굴에서 뭘 읽었기에 그런 말을 하는 건지 알 수 없었다.

아, 그 삼촌이랑 저는 가깝지는 않았어요.

나는 얼결에 화답하듯 김은숙 씨와 똑같은 미소를 지어 보였다. 그 말을 듣는 순간 내가 삽시간에 불쾌해졌으며 나를 이루고 있는 가장 핵심적인 무언가가 훼손되었다는 걸 인정하고 싶지 않아서 되도록 아무렇지 않은 척했다. 잠자코 듣고만 있던 안부현 씨가 끼어든 건 바로 그때였다.

언니는 신기가 있나 봐. 안 보이는 것도 보이고 막 그러나 봐.

그게 무슨 소리냐고 되묻듯 눈썹을 치켜올리는 김은숙 씨에게 안부현 씨가 말했다.

그 집 삼촌이 죽을 때 고통스러웠는지 편안했는지 언니가 어떻게 아는데?

응?

불행했는지 행복했는지 어떻게 아느냐고.

그게 무슨 뚱딴지 같은 소리야.

내 말은 그분이 고생하는 걸 언니가 직접 본 것도 아니면서 왜 함부로 단정하느냐는 거야.

김은숙 씨가 이해를 구하려는 것처럼 주위를 둘러봤다. 갑자기 왜 이러는 건지 모르겠다는 의문과 이유야 어찌 되었든 간에 지지 않겠다는 의지로 혼란스러운 표정이었다.

그걸 꼭 봐야만 아니? 상상이 안 돼?

안부현 씨가 내 말은, 하면서 눈을 질끈 감았다 뜨는 사이 김은숙 씨가 말을 이었다.

나 참, 무서워서 무슨 말을 못 하겠네. 사람이 어떻게 본 것만 말해. 들은 것도 말하고 생각나는 것도 말하고 느끼는 것도 말하고 그러는 거지. 우리 회장님은 뭐 본 것만 말씀하시나? 매사에 그렇게 엄격하시나?

내가 언제 그렇대?

아니, 언제는 보이지 않는 걸 말해야 한다며. 상상하지 않으면 이해도 없는 거라며. 문학은 그런 거라며.

여기서 갑자기 문학이 왜 나오느냐는 듯 멈칫하던 안부현 씨가 헛웃음을 지었다. 눈은 웃고 있으나 입은 굳어 있는, 어떻게든 회심의 한 방을 날리리라 벼르는 미소였다. 하지만 어째서인지 그녀는 더는 말을 잇지 못했다. 한참을 망설이다 결국 내 쪽으로 눈길을 돌릴 뿐이었다. 선생님은 제가 하는 말이 무슨 뜻인지 알지 않느냐고 확인하는 듯한, 아니, 그렇게 가만히 있지만 말고 무슨 말이든 좀 해 달라고 채근하는 듯한 눈빛이었다.

하지만 나는 그녀를 외면했다.

글쎄, 무엇이 나를 침묵하게 한 건지는 지금도 확실하지 않다. 안부현 씨를 제외한 모든 사람들이 한편 같아 보이는 어떤 공고한 분위기 때문이었을까. 아니면 그래서 너는 어느 편이냐고 따져 묻는 듯한 사람들의 차가운 시선 때문이었을까. 그것도 아니면 이 사람들한테는 어차피 무슨 말을 하더라도 소용없으리라는 체념 때문이었을까.

아니, 어쩌면 나는 안부현 씨가 내게 도움을 청한 게 아니라 오히려 나를 도와주려 했기 때문에 고개를 돌렸는지도 모르겠다. 그녀가 나를 진작 간파한 게 아닐까 싶어서, 그 순간 내가 당연히 상처받았으리라 짐작하고는 기꺼이 내 편이 되어 주려 했던 게 아닐까 싶어서. 나는 어떻게든 보이길 원하는 사람이면서도 결정적인 순간에는 숨어 버리는 사람이니까.

한 가지 분명한 건 그때 나는 없는 존재가 되기를 선택했고 그건 나에게도 어떤 상흔을 남겼다는 것이다. 그날 집으로 돌아오는 길에 나는, 수업이 끝날 때까지 견디듯 앉아 있다 결국 인사도 없이 강의실을 떠나 버린 안부현 씨의 뒷모습을 곱씹었고, 커리큘럼에 굳이 오스카 와일드를 끼워 넣거나 오스카 와일드 작품선에 보란 듯이 색색의 인덱스를 붙여 놓는 짓 따위로 뭔가를 해냈다고 착각했던 나 자신에게 환멸을 느꼈다.

나중에 김유진에게 전해 들은 바에 따르면 안부현 씨와 김은숙 씨의 불화는 갑작스러운 일이 아니었다. 어느 조직이나 그렇지만 그 작은 문학회 안에서도 반목은 존재했고, 특히나 두 사람의 경우는 한때 죽고 못 살 정도로 가까웠다 틀어진 거라 감정의 골이 꽤 깊은 것 같다고 했다. 도서관 측에서는 두 사람의 갈등을 문학회의 존속 문제로까지 확대해 걱정하는 분위기라고 했는데, 나는 그런 것까지는 굳이 알고 싶지도 않고 알 필요도 없으므로 대충 흘려듣고는 잊어버렸다.

3

안부현 씨의 가게는 예상과는 다른 모습이었다. 지도 앱에서 확인한 그 노포는 온데간데없고 외벽은 물론이거니와 내벽에 바닥까지 모두 하얀색 타일로 뒤덮인 가게가 그 자리를 대신하고 있었다. 양옆으로 소, 돼지 부속물을 취급하는 다른 가게들이 세월의 흔적을 여실히 드러낸 채 영업 중이어서 '형제 곱창'의 새로운 외관은 단연 눈에 띄었다.

아니나 다를까 안부현 씨는 나를 반갑게 맞이하자마자 가게에 대한 인상부터 물었다.

어때요? 이제 젊은 사람들 많이 올 것 같죠?

그녀는 엊그제 공사를 마쳤다고 했다. 시어머니 때

부터 50년 넘게 이어져 내려온 영업장이어서 문제가 한둘이 아니었는데 이번에 인테리어를 새로 하며 하수 처리 시설과 화장실까지 제대로 손봤다고 했다. 그녀는 오늘 우리의 식사가 가오픈인 셈이라며 쑥스럽게 웃었는데, 나는 그녀의 달뜬 표정이 낯설어 그녀가 아닌 그녀와 닮은 사람을 마주하고 있는 것 같다는 생각을 잠시 했다. 그러고 보니 일주일 만에 다시 만난 그녀는 단장에 공을 들인 듯 화려했다. 유서 깊은 맛집의 안주인이나 며느리들, 주로 카운터에 앉아 있는 그분들처럼 화장이 진했고 머리를 부풀렸으며 알이 굵은 진주 목걸이를 분홍빛 실크 블라우스 위로 늘어뜨리고 있었으니까.

나는 그녀가 오늘을 위해 얼마를 쓴 건지 가늠해 보다 서서히 웃음기를 지웠다. 이 무대가 생각했던 것보다 훨씬 막중하다는 느낌에 자못 심각해진 것이다. 나는 자칫 잘못하다 실수라도 해 이 즉흥극을 망칠까 봐 불안해졌고, 그녀에게 혹시 내가 당신의 아들이 되기 전에 특별히 더 알아야 할 게 있을지 물었다. 준비를 한다고 했음에도 한 번 더 점검하고 합을 맞춰 봐야 하는 게 아닐까 싶었다. 그러나 그녀는 편하게 하라는 말만 반복했다. 누구를 억지로 흉내 내기보다는 선생님 자신이 되어 달라고 했고, 그게 연기를 하는 사람도 보는 사람도 자연스럽지 않겠느냐고 했다.

하지만 약속 시간이 한 시간 가까이 지나도록 안부현 씨의 친구는 나타나지 않았다. 처음 30분까지는 차가 막힐 수도 있고 길을 헤맬 수도 있으니 그러려니 했지만, 그 이상이 되자 뭔가 잘못됐다고 생각하지 않을 수 없었다.

안부현 씨가 사실은, 하면서 입을 뗀 건 시계가 7시 하고도 10분을 가리켰을 때였다. 그녀에 따르면 친구 임순영 씨는 오늘 낮부터 연락이 안 됐다. 사흘 전 밤 약속 확인차 문자를 보냈을 때는 답이 왔는데 오늘은 전화기가 꺼져 있었다. 바람을 맞은 게 확실해 보이는 상황이었다.

얼마쯤 지났을까. 이러지도 저러지도 못한 채 우두커니 앉아 물만 들이켜는 내게 미안했는지, 안부현 씨가 순영이를 기다리는 건 이쯤에서 그만하자며 상을 차리기 시작했다. 내가 좀 더 기다려 보자고 하자 배가 고파서, 아니, 술이 고파서 도저히 안 되겠다며 쓴웃음을 지었고, 이내 부엌의 화구로 가 곱창을 구웠다. 나는 잠시 어정쩡하게 서 있다 그녀가 건네주는 밑반찬과 앞접시, 수저 세트를 부지런히 테이블로 옮겼다. 그리고 잠시 후 휴대용 가스버너 위에서 지글지글 익어 가는, 초벌로 구웠기에 이대로 먹어도 괜찮다는 양념 곱창을 사이에 두고 그녀와 마주 앉았다. 주종은 언제나 소주파라는 그녀를 위해 소주였다.

우리는 한동안 먹고 마시는 일에 집중했고, 그러다 보니 금세 취기가 올라왔다. 나는 취하면 말이 많아지는 편이었고, 나도 모르는 사이에 그녀가 묻지도 않은 내 근황을 늘어놓고 있었다. 내가 최근 주목받는 독립영화 감독의 차기작에 캐스팅되었다는 소식을 꺼냈을 때 그녀는 자기 일처럼 기뻐했다. 선생님이라면 분명히 잘해 낼 거라며 근거 없는 덕담을 하기도 했고, 개봉하면 극장에서 적어도 세 번은 보겠다며 다소 허황된 약속을 하기도 했다.

하지만 나는 그녀가 내 말에 빠짐없이 응답하고 있음에도 어쩐지 이 대화에 전혀 집중하지 못하고 있다는 인상을 받았는데, 아마도 그건 임순영 씨에 대한 생각이 슬금슬금 안개처럼 밀려와 그녀의 눈앞을 가로막고 있기 때문인 듯했다. 그녀는 정적이 찾아올 때마다 이건 좀 과하다 싶은 빠르기로 술잔을 비웠고, 나는 취하고 싶어 하는 그녀를 말릴 재간이 없었다.

선생님, 사실은 말이에요.

세 번째 소주병을 거의 다 비웠을 때쯤 그녀가 오랜 침묵을 물리치며 말했다.

나는 알고 있었어요.

……뭘요?

혹시 마지막 수업 얘기를 하려는 건가 싶어 멈칫하는 내게 그녀는 순영이요, 했다.

그 애가 안 올 거라는 걸 나는 처음부터 알고 있었어요. 이건요, 복수예요.

복수요?

아주 오래전에 내가 걔를 기다리게 했거든요.

그녀는 소주를 한 번에 털어 넣더니 창밖으로 얼굴을 돌렸다. 어느덧 밖은 한밤이었고, 골목 끝에 서 있는 가로등에 불이 들어와 있었다. 그녀는 창밖에 누가 서 있기라도 한 것처럼 그쪽을 가만히 쳐다봤다.

우리는요, 학교를 졸업하자마자 함께 서울로 도망쳤어요. 우리 집은 찢어지게 가난했고 내게 주어진 운명은 엄마처럼 남의 집 논밭 일을 하는 거였으니까요. 순영이네 집은 방앗간을 했고 그럭저럭 먹고살 만했는데, 걔가 덩달아 서울행을 결심했던 건 순전히 나 때문이었죠. 우리는 남산 근처의 작은 봉제 공장에서 하루에 열네 시간씩 실밥을 뜯었어요. 일도 같이 하고 잠도 같이 자고 밥도 같이 먹었으니 스물 네 시간을 붙어 있었던 셈이죠. 그런데요, 딱 두 달만 재밌었어요. 상경의 기쁨과 합숙의 낭만은 잠깐이었고, 지독한 가난과 끝없는 허기, 쉼 없는 노동에 밤낮 없이 허덕였거든요. 공장 생활을 1년 좀 넘게 했을 때 그 애 몰래 선을 봤어요. 공장에서 나를 예쁘게 봐 준 언니가 소개해 준 자리였죠.

안부현 씨는 이제 이곳에 대한 얘기가 나올 차례 라는 듯이 가게 안을 차분히 둘러보았다. 그녀의 눈 길을 따라가 보니 창틀에 문틀, 천장 몰딩까지 온통 체리색 나무로 꾸며진 로비와 피아노 건반처럼 윤이 나는 부엌이 차례로 눈에 담겼다. 하지만 그녀가 바 라보는 건 지금 내게 보이는 풍경이 아니었다.

국밥 장사를 하는 집이라고 했어요. 알부자라 했 고, 아들이 하나뿐이어서 골치 아픈 일은 없을 거라 고 했죠. 그 아들이 어렸을 때 심한 열병을 앓아 다리 한쪽이 좀 불편하기는 한데, 크게 티는 안 난다고 했 고요. 뭐, 어떤 말은 진짜였고 어떤 말은 거짓이었죠. 그때 순영이는 몇 날 며칠 울고불고 매달리며 나를 말 렸어요. 처음엔 어떻게 말 한마디 없이 이럴 수가 있느냐며 불같이 화를 냈고, 그다음엔 그럼 자기는 이제 혼자 고향으로 돌아가야 하는 거냐며 목놓아 울었죠.

나는 그녀의 시선이 불안하게 미끄러지는 것을 지켜보며 다음 말을 기다렸다.

상견례를 마쳤을 즈음 순영이는 자취를 감췄어요. 그리고 결혼식이 열흘 앞으로 다가왔을 때 내게 이제껏 자기가 모은 돈 전부와 편지를 남겼죠. 아무리 생각해 봐도 이 결혼은 축복할 수가 없다고, 이렇게 팔려 가는데 잠자코 식장에 앉아 있다가는 평생을 후회할 것 같다고 했죠. 순영이는 같은 날 같은 시간에 남산도서관에서, 우리가 즐겨 앉았던 열람실 가장 구석진 자리에서 나를 기다리겠다고 했어요. 남산도서관은 우리가 함께 살았던 그 동네의 유일한 쉼터였는데, 다른 언니들을 피해 도서관으로 산책을 가는 게 우리만의 주말 의식이었죠. 순영이가 책을 좋아했거든요.

그럼 그날은……

내게 씁쓸한 미소를 지어 보이던 그녀가 고개를 떨궜다.

걘 아직도 그 일이 사무치는 거예요. 나를 용서할

수가 없는 거예요.

　다시 얼굴을 들었을 때 그녀는 울고 있었다. 두 눈에 그렁그렁 맺힌 눈물이 급기야는 뺨을 타고 흘러내렸고, 나는 급히 휴지를 두어 장 뽑아 그녀에게 건넸다.

　나는 여기까지가 그녀의 이야기라고 생각했다. 그 눈물이 이야기의 마무리인 것만 같아 이런 사연이었구나 하고 섣부른 결론을 내렸다. 하지만 그건 끝이 아니었다. 그녀는 한껏 격앙되었던 감정을 추스른 뒤에 다시 입을 열었다. 그리고 그 말은 꺼져 있는 줄도 몰랐던 내 안의 수많은 전구에 동시다발적으로 불을 밝혔다.

　그런데요. 살다 보니 알겠어요. 그때 내가 그렇게 결혼한 건요, 가난 때문이 아니었어요. 나는 그냥 겁이 났던 거예요. 이러다 우리가 뭐라도 될까 봐, 나를 향한 순영이의 마음이 진실하다는 걸 아니까, 내가 그 마음을 누구보다도 절실히 원한다는 걸 아니까, 하지만 그런 건 잘못됐고 비참한 거라고 생각했으니까 도망친 거예요. 그 애는 마지막까지 용기를 냈는데…… 나는 참 바보 같죠?

4

내가 윤수희 감독에게 전화를 한 건 담배 한 개비를 모두 태우고도 성에 차지 않아 하나를 더 꺼내 물었을 때였다. 조금 전 안부헌 씨와 나누었던 대화의 여파인지 나는 지금 말해야 한다는 충동에 휩싸였고, 이 시간의 전화는 이유를 불문하고 실례라는 걸 알면서도 군이 통화 버튼을 눌렀다. 과연 내가 하고 싶은 애기를 똑바로 전할 수 있을지 의심스러웠지만 생각해 보면 그런 상태이기에 대뜸 전화를 걸 수 있는 것이기도 했다.

하지만 전화를 받은 건 윤수희 감독이 아닌 김유진이었다. 내가 어째서 너냐고 묻자 애가 어디서 술이 떡이 됐느냐는 타박이 돌아왔고, 그건 김유진의 목소리가 확실했다. 아무래도 최근 통화 목록을 살피다 잘못 누른 모양이었다. 나는 제발 나잇값 좀 하라며 전화를 끊으려는 김유진에게 소리쳤다.

나 말할 거야! 이렇게는 아니라고. 이대로는 안 된다고.

무슨 소린가 싶어 주춤하던 김유진이 이내 맥락을 이해했는지 세상에, 하고 김을 뺐다.

년 아직도 그 얘기니?

말하고 또 말할 거야. 들어먹을 때까지 말할 거라고.

김유진이 한 박자 쉬었다 대답했다.

그래, 말해. 그 언니는 한마디도 안 놓칠 테니까.

나는 확신이 담긴 듯한 김유진의 말투에 왜 그렇게 생각하느냐고 물었고, 김유진이 심상하게 늘어놓는 다음 말을 따라갔다. 그 언니는 욕심이 어마어마하다고, 뭐가 문제인지 모르겠지만 아직도 영화로 세상을 바꿀 수 있다고 굳게 믿고 있으며, 그런 언니를 볼 때마다 나는 어쩌면 그럴 수도 있지 않을까, 언니처럼 쉽게 포기하지 않는 사람이라면 언젠가는 세상을 조금 더 나은 곳으로 만드는 데 기여하는 그런 영화를 만들 수도 있지 않을까, 자꾸 기대하게 된다고.

그렇다면 나는 윤수희 감독이 언젠가 이룩할 그 대의를 위한 조력자가 되는 건지 아니면 희생양이 되는 건지 궁금해지려는 찰나, 김유진이 물었다.

근데 왜 마음이 바뀐 거야? 언제는 다 망해 버렸으면 좋겠다며.

나는 어디서부터 어떻게 설명해야 하나 잠시 고민하다 멀찌감치 불을 밝히고 있는 안부현 씨의 가게를 바라봤다. 단지 내가 출연했다는 이유만으로 그 영화를 두 번 세 번 볼지도 모를 안부현 씨를 생각했고, 숨거나 참거나 도망침으로써 결국 나 자신을 미워하게 되는 일 같은 건 더는 만들고 싶지 않다고도 생각했다. 내가 그러니까, 그게 말이지, 하면서 계속 혀 꼬인 소리를 하자 김유진이 오늘 밤 나의 만행이 걱정된다는 듯이 말을 잘랐다.

야, 오늘은 내가 끝이다.

뭐가?

그 언니한테 전화하지 말라고.

하지 말라고?

그래, 이 미친 자야. 술 냄새가 여기까지 나는 거 같아.

그럼 언제 해?

내일 해, 내일. 멀쩡한 정신으로.

반드시?

그래, 반드시.

나는 통화를 마친 뒤에도 한동안 명치끝에 고여 있는 것만 같은 뜨거운 기운 때문에 쉬이 자리를 뜨지 못했고, 결국 메시지 앱을 열어 김유진에게 하트를 한가득 보냈다. 그리고 부디 이 결심이 내일까지 지속되기를 바라면서, 이게 내가, 아니 우리가 더 나은 쪽으로 가는 유일한 길이라는 믿음이 흔들리지 않기를 바라면서 다시 가게로 발걸음을 옮겼다. 나는 안부현 씨에게 아직 못다 한 말이 있었고, 그래서 담배가 간절했던 것이었으니까.

하지만 나는 가게 안으로 들어갈 수 없었다. 내가 줄담배에 통화까지 하느라 자리를 비운 사이, 어느덧 무대 위에 새로운 장이 펼쳐져 있었기 때문이다. 나는 무대와 객석의 경계를 가르는 어떤 선 앞에서 발이 묶인 것처럼 멈춰 섰고, 유리창 너머로 보이는 새로운 인물을, 잿빛이 감도는 짧은 머리에 베이지색 트렌치코트를 걸친 채 내가 앉았던 바로 그 자리에 앉아 있는 중년의 여자를 한참 동안 바라봤다. 볼록한 이마를 자꾸 만지작거리는 손짓에서는 염려와 긴장이 역력했고, 윗니로 아랫입술을 깨무는 듯한 미소에서는 뭔가를 애써 억누르고 있는 듯한 분위기가 흘렀다. 그때 안부현 씨는 테이블에 앞이마를 맞댄 채 깜빡 잠들어 있었는데, 보기보다 많이 취한 모양인지 그토록 기다렸던 사람이 왔고, 그 사람이 당신을 바라보고 있으며, 이제는 도리어 당신을 기다리고 있다는 것을 미처 알아차리지 못한 듯했다.

나는 정지된 화면처럼 오래도록 미동도 하지 않는

두 사람을 눈에 담다가, 만났으나 아직 만난 게 아닌 두 사람 때문에 괜히 마음 졸이다 조금씩 뒤로 물러섰다. 불필요한 시선이 남아 있는 한, 두 사람의 이야기는 결코 시작되지 않으리라는 어떤 확신 때문이었다. 앞으로의 시간은 오로지 두 사람을 위한 것이어야 했고, 고로 오늘 내게 주어진 유일한 지문은 퇴장이었다.

텅 빈 시장 골목을 빠져나왔을 때 문득 오늘 밤은 술이 깰 때까지 발길이 가는 대로 걸어야겠다는 생각이 들었다. 그렇게 걸어 내야지만 조금 전 내 눈에 비친 두 사람의 모습이 취기로 인한 환영이 아니었음을 나 자신에게 증명할 수 있을 것 같았다. 나는 뒤돌아보지 않기 위해 애쓰는 어느 오래된 이야기 속 주인공이 된 것처럼 발끝에 힘을 주며 똑바로 걷기 시작했고, 벅차오르는 기분을 동행 삼아 내일을 기다리기로 했다.

그리고 언제나 그랬듯이 내일은 오늘이 되었다.

기 다 릴 때 우 리 가 하 는 말 들

살짝 열린 창문 사이로 몇 분 전 내가 힘겹게 올라온 비탈이 보였다. 초입에서 택시 기사 아저씨로부터 여기는 차로 올라가기 무리라는 얘기를 듣고 직접 걸어 올라야 했던, 걸음을 옮길 때마다 이건 뭐 산이네 산이야 하는 소리가 절로 나왔던 언덕길. 이 좁고 가파른 언덕을 따라 빨간 벽돌로 지은 다세대주택들이 층계를 이루듯 늘어서 있었고, 주호의 집은 그중 가장 끝에, 그것도 가장 꼭대기 층에 자리하고 있었다.

지대가 높아 그런가 새어 들어오는 공기가 제법 맑다는 생각을 하는데 때마침 인주 씨가 여기요, 하면서 물잔을 내밀었다. 작고 네모난 얼음 사이에 뭐가 떠 있기에 들여다봤더니 애플민트였다. 나는 어정쩡하게 서 있는 인주 씨에게 맞은편 자리를 권하고는 물을 충분히 마셨다. 그리고 이제야 살 것 같다는 듯이 조금은 과장된 한숨을 내쉬며 인주 씨와 눈을 마주쳤다.

와 주셔서 감사해요.

인주 씨가 웃는 얼굴로 말했다.

집이 너무 높죠.

그러게요. 여긴 정말 올 때마다 운동되네요.

아, 예전에도 와 보셨다고 했죠?

나는 4인용 식탁이 있는 응접실이 아닌, 온갖 잡동사니를 욱여넣은 옷방 겸 창고였던 이 방의 전신을 떠올렸다. 양문형 냉장고와 미닫이 수납장이 있는 등뒤의 벽에는 원래 시커멓고 무거운 옷가지가 빼곡히 걸려 있었고, 스탠드 조명과 작은 원형 탁자가 있는 오른쪽 벽에는 안에 뭐가 들었는지 알 수 없는 라면 박스들이 너저분하게 쌓여 있었지. 인주 씨가 이 집과는 전혀 상관없는 사람이었을 때의 기억이었다.

그나저나 얘는 사람을 불러 놓고 어디를 간 거래요?

나는 오는 길에 주호로부터 갑자기 집을 비우게 된

사연을 전해 들었으면서도 한 번 더 물었고, 인주 씨 역시 내가 상황을 인지하고 있다는 걸 알면서도 한 번 더 설명했다.

캠핑용 그릴 때문에요. 지난주에 저희가 그걸 사느냐 마느냐로 살짝 다퉜거든요. 주호 씨가 집에 버너가 있는데도 오늘 윤범 씨 오면 개시하자며 콜맨인가 하는 브랜드 제품을 사려고 해서요. 아무리 오래 쓴다지만 그게 50만 원이나 한다는 게 저로서는 납득이 안 되고…….

50만 원요?

네, 너무하죠?

그러네요.

근데 아까 점심쯤에 누가 중고나라에 그 제품을 20만 원에 내놓은 거예요. 캠핑을 접는 건지 왜건에 침낭에 암체어까지요. 다행히 주호 씨가 제일 먼저 연락했나보더라고요. 판매자랑 바로 약속을 잡더니 여주에 있는 무슨 타운 하우스로 출발한 거죠. 아까 잘 도착했다고 문자 왔으니 금방 올 거예요.

주호의 초대를 받은 건 보름 전이었다. 한번 봐야지 봐야지 하면서 차일피일 만남을 미룬 지 어느덧 두 해가 다 되어 가고 있었다. 주호는 죽지 못해 출퇴

근을 반복하고 있는 자신의 심심한 근황에 대해 말하는가 싶더니 대뜸 집으로 놀러 오라고 했다. 이번에 테라스에 데크 시공을 했는데 거기서 고기를 구워 먹자고 했다.

테라스? 그런 게 있었나? 나는 우리가 한창 어울리던 시절에 몇 번 가 본 주호의 집 구조를 복기했고, 그 집이 사실상 주호의 소유라는 걸 새삼스레 떠올렸다. 구례에서 슈퍼를 하는 부모님이 인서울 대학 진학에 성공한 주호를 위해 마련해 준 거처이자 아파트 재개발을 염두에 두고 구입한 투자처였다.

처음에는 다가오는 마감일을 핑계로 다음을 기약했다. 시작을 하긴 해야 하는데 엄두가 나질 않는 원고가 하나 있었고, 누구를 만나 웃고 떠드는 건 무리다 싶었으니까. 게다가 그 상대가 이제는 만나도 딱히 접점을 찾을 수 없는 주호라면 더더욱. 하지만 주호는 그날따라 꽤 적극적으로 퇴로를 차단했다. 아무리 그래도 밥은 먹어야 하지 않겠느냐며 몇 시간만 빼 보라고 했고, 이러다간 올해도 얼굴 한번 못 보고 그냥 넘어가겠다며 서운해했다.

주호가 인주 씨 얘기를 꺼낸 건 아마도 우리가 시간 약속까지 모두 정한 다음이었을 것이다. 주호는 나직한 목소리로 한 마디를, 아니 두 마디를 더했다. 야, 인주 씨도 너 진짜 보고 싶어 해. 네 책도 나보다 먼저 읽었다니까. 나는 인주라는 이름을 듣자마자 그게 누구지 하면서 멈칫했고, 설마 그때 말했던 그 여자인가 싶어 아연해졌다. 그리고 잠시 후 두 사람이 지금까지도 잘 만나고 있을 뿐만 아니라 심지어 같이 살고 있다는 소식을 듣고는 어쩐지 좀 낡인 것 같다는 생각까지 하게 됐다. 처음부터 인주 씨를 만나는 자리인 줄 알았다면 내가 어떻게든 불응했으리라는 걸 주호는 알고 있었다.

인주 씨는 어색한 정적을 메우는 게 호스트의 의무라고 생각하는지 끊임없이 말을 걸었다. 처음에는 자신이 이 집에 들어오게 된 사연이며 — 운영하던 카페의 폐업으로 사정이 안 좋아져 잠시 신세를 지는 거라고 했다 — 주호와 함께 사는 일의 장단에 대해 늘어놓더니 어느 순간부터는 나의 요즘에 대해 물었고, 그러다 자연스럽게 내 책 얘기로 넘어갔다. 나는 그런 인주 씨를 보며 인주 씨가 내 책을 읽었다는 주호의 말이 그냥 하는 빈말이 아니었다는 걸 알 수 있었는데, 왜냐하면 진짜로 읽은 사람들은 감상이 어떻든 먼저 책 이야기를 꺼낸다는 게 내가 지난 몇 달간

주위의 반응을 살핀 끝에 내린 결론이었기 때문이다.

인주 씨는 책에 대한 전반적인 감상을 색깔과 온도에 비유하더니 자신은 2부보다는 1부가 더 좋았다고 했다. 1부의 화자이자 본인을 퀴어 앨라이라고 믿어 의심치 않았던 누나 김희주가 동생 김학수의 커밍아웃을 끝내 지지하지 못하는 모습에서 아는 사람이 여럿 떠올랐다고 했다.

그해 봄 출간된 내 첫 책『얼어붙은 빛과 깨어나는 밤』은 인기 영화배우 김학수가 오픈리 게이로 거듭나는 과정을 담은 장편소설이었는데, 한 편의 소설임에도 각 부에 대한 호불호가 분명해 나는 언젠가부터 그 구성이 퀴어와 비퀴어를 가르는 리트머스 같다는 생각을 하게 됐다. 대부분의 헤테로들은 헤테로 여성 김희주를 화자로 내세운 1부에, 퀴어 당사자들은 퀴어 남성인 김학수를 화자로 내세운 2부에 반응했다. 1부가 더 좋으셨다니 인주 씨는 퀴어가 아닌 것 같다는 말을 농담 삼아 하려는데 인주 씨가 물었다.

책은 잘 팔리나요? 몇 권 정도 팔렸어요?

나는 그게 왜 궁금할까 싶으면서도, 그동안 그걸 묻는 사람이 아예 없었던 건 아니었기에 네 뭐, 5000권 정도요 하고 태연하게 대답했다. 사실은 다음 쇄

를 찍어야 간신히 5000권이 되는 상황이었지만 일단
당겨 쓰는 셈 치고 숫자를 조금 부풀렸고, 인주 씨가
그 숫자를 어떻게 평가할지 가늠이 잘 안 돼, 요즘 퀴
어 소설이 많이 나온다고 덧붙였다. 많이 나와 덩달
아 내 것도 잘 팔렸다는 건지, 아니면 많이 나오는 바
람에 내 것은 덜 팔렸다는 건지 내가 듣기에도 모호
했다. 인주 씨는 콧마루를 손가락으로 살짝 긁적이더
니 내가 한 말을 이렇게 고쳤다.

그쵸, 요즘 게이 소설이 참 많이 나오죠.

그때 나는 그 말뜻을 미처 알아차리지 못한 채로
고개를 끄덕였고, 혹시 근래에 출간된 다른 퀴어 소
설도 읽어 봤는지, 읽어 봤다면 어떤 게 좋았는지를
물었다. 사실 다른 책에 대한 감상은 궁금하지 않았
으나 계속 내 책에 대해 말하는 건 겸연쩍다는 생각
이 들었다. 하지만 인주 씨는 다시 내 소설 얘기로 돌
아갔다. 오늘 함께 고기를 구워 먹자는 아이디어도
주호와 내 소설 얘기를 하다 나온 거라고 했다.

왜 2부에서 김학수가 커밍아웃을 앞두고 마음을
다잡듯 전 애인이 사는 산장으로 가잖아요. 산장은
사실상 폐가여서 거실, 부엌, 서재 같은 공간을 모두
옥상 위 천막에 만들어 놨고요. 저는 거기서 두 사람

이 생활하는 모습이 인상적이더라고요. 밥을 해 먹고 책을 읽고 노래를 듣는 그 일상적인 순간들이 오히려 그동안 서로에게 못다 한 말을 하는 것처럼 느껴졌거 든요. 두 사람이 함께 연극하던 시절을 재현하는 것 같기도 했고요. 물론 그 이후에 벌어지는 일은 좀 그 랬지만요.

나는 점차 비극으로 치닫는 소설의 후반부가 인주 씨의 취향은 아닌가 보다 생각했고, 산장 장면을 좋 게 해석해 주어서 감사하다고 대답했다. 그 장면은 커밍아웃의 스펙터클이 모든 걸 휩쓸기 전의 폭풍 전 야와도 같은 나날을 담고 있었기에 나도 마음에 들어 하는 장면이었다. 그러나 그다음 이어진 인주 씨의 말 은 나를 잠시 갸웃하게 만들었다.

아, 그리고 지난번에 윤범 씨가 보내 주신 와인이 요. 너무 잘 마셔서 한번 보답하고 싶었거든요. 말벡 은 처음이었는데 되게 괜찮더라고요. 저한테까지 마 음 써 주셔서 감사했어요. 사실 그때 제가 주호 씨한 테 저도 그 캠핑 따라가면 안 되냐고 투정을 좀 부렸 거든요. 제가 낄 자리가 아니라는 걸 알면서도 윤범 씨가 궁금해서요. 근데 주호 씨가 이건 두 사람의 단 합 대회 같은 거라며 딱 잘라 거절하더라고요. 어찌

나 서운하던지…….

아…….

나는 순간 이게 다 무슨 소린가 싶어서, 그러니까 캠핑은 무엇이고 말벡은 무엇이며 와인 선물은 또 무엇인지 알 수가 없어 주춤했으나, 일단 이 상황을 자연스럽게 넘기지 않으면 안 될 것 같은 강렬한 예감에 그 모든 얘기가 낯설지 않은 것처럼 입꼬리를 느릿하게 끌어올렸다. 인주 씨가 나를 떠보는 것 같은 느낌도 들고, 설마 주호가 무슨 딴짓을 하려고 나를 팔았나 싶은 생각도 스쳐 짐짓 웃어 보이지 않을 수가 없었다.

맞다, 근데 테라스가 어디예요? 주호가 엄청 자랑하던데.

나는 인주 씨의 입에서 내가 모르지만 모른 척할 수 없는 얘기가 연신 흘러나올까 봐 말을 돌렸고, 활짝 열려 있는 방문 쪽으로 시선을 옮겼다. 어째서 주호가 나를 제멋대로 공범으로 만들어 놓고도 아무런 귀띔을 해 주지 않은 건지 이상하다고 생각하면서.

내 정신 좀 봐. 한번 보실래요?

테라스는 응접실의 반대편이었고, 거실에 난 이중문을 통해 출입할 수 있었다. 이중문 앞에 놓인 슬리

퍼를 꿰어 신고 밖으로 나서자 테라스가 한눈에 들어왔다. 대여섯 평은 되어 보일 만큼 널찍했고, 바닥 전체가 옅은 갈색 합성 목재로 촘촘하게 뒤덮여 있었다. 중간에 예닐곱 명이 둘러앉을 수 있는 크기의 접이식 야외 테이블이 놓여 있었는데 아마도 그곳이 우리가 함께 식사할 자리인 듯했다.

하지만 그 순간 내가 진심으로 감탄해 마지않은 건 펜스 너머로 펼쳐진 풍경이었다. 비탈을 올라올 때는 그저 암벽처럼 보였던 축대의 뒤편으로 숲이 우거져 있었던 것이다. 조금씩 다른 농도로 이루어진 초록의 다발을 가만히 눈에 담자니 서울 근교의 펜션이나 산장으로 캠핑을 온 것 같은 느낌마저 들었다. 예전에 왔을 때는 왜 이런 풍경을 보지 못한 건지 의아해하는 사이 인주 씨가 말했다.

근데 이건 테라스가 아니고 베란다예요.

네?

아까 테라스라고 하셨잖아요. 테라스는 1층에서 확장된 공간을 말하거든요. 여기는 4층이고 또 천장이 없으니 테라스가 아니라 베란다인 거죠. 베란다는 위층과 아래층 면적이 달라 생기는 공간이거든요. 또 하나 헷갈리는 게 발코니인데, 그건 건물 외벽에 붙어 있는 돌출 공간이고요. 이 셋은 엄연히 다른데도 사람들이 자꾸 퉁쳐서 말하죠.

나는 주호가 테라스라고 했기에 당연히 테라스인 줄 알았다고 대답하려다 정말 주호가 그렇게 말했던 가 확실치 않기도 하고 내가 그것들의 차이를 알지 못했던 게 사실이기도 하므로 잠자코 인주 씨의 설명을 되새겼다. 그리고 한동안 제자리에 서서 테라스가 아닌 베란다라는 공간을 둘러봤다. 나무 바닥이 빛을 반사하며 윤이 나는 것처럼 일렁였고 이마에 와 닿은 햇볕이 한가을임에도 제법 따스했다.

그렇게 얼마쯤 서 있었을까. 건너편 숲에서 불어오는 바람을 느끼며 숨을 한가득 들이마시는데 가벼운 진동 소리가 났다. 눈을 돌리자 인주 씨가 휴대폰을 확인하며 피식 웃었고, 이내 뭔가를 증명하려는 것처럼 화면을 내 쪽으로 들어 보였다. 카페에서 책을 읽고 있는 주호의 사진 위로 하트 이모티콘이 선명했다.

빨리 오네요. 서울 들어오면 전화한다고 했거든요.

*

집필 전 주호에게 인터뷰이가 되어 달라고 부탁했

던 건 내 주변에서 잠시나마 배우로 살아 본 사람은 주호가 유일했기 때문이기도 하지만, 주호가 배우가 되고자 했던 시간들이 내게 깊은 인상을 남겼기 때문이기도 했다. 주호는 우리가 게이 인권 단체의 독서 모임에서 처음 만난 2012년 겨울 무렵부터 더는 모임에 나가지 않게 된 2016년 가을 무렵까지 배우를 꿈꿨다. 다른 사람이 되어 보는 그 순간들이 어디에도 속하지 못한 채 유령처럼 떠도는 자신을 붙잡아 준다는 게 주호가 무대에 매혹된 이유였다.

주호는 휴학을 거듭하며 학내 극회 생활에 매진하더니 나중에는 대학로에 자리한 어느 극단에 적을 두기도 했는데, 원하는 방향으로 자신을 조금씩 옮겨 가는 주호를 보며 나는 나 또한 그렇게 살고 싶다는 생각을 했고, 결국 언젠가부터 주호에게 내 멋대로 일종의 동료 의식을 품게 됐다. 소설가가 되고 싶다는 막연한 꿈을 꾸며 소설도 뭣도 아닌 것들을 끄적이던 당시의 나로서는 분야는 다르지만 어쨌든 예술이라는 명분 아래 뭔가를 시도해 보는 주호의 모습에서 동질감을 느꼈던 것이다.

하지만 오랜만에 인터뷰를 위해 만났을 때 주호는 대뜸 취업 소식을 전하며 이제 배우의 꿈은 접었다고 했다. 아버지의 친구가 운영하는 의료기기 업체에서 경영 지원 업무를 배우고 있다고 했고, 지금 하는 일에 딱히 뜻이 있는 건 아니지만 당장 밥벌이를 하지 못하면 고향으로 내려갈 수밖에 없는 상황이라고도 했다.

너한텐 극단이 망해 무대가 없는 척했지만 실은 접은 지 꽤 됐어. 독서 모임 그만두고 얼마 뒤였으니까 2년도 더 됐지. 내가 누군지 알게 되니까 신기하리만큼 빨리 식더라고. 물론 나한테는 그 판을 견딜 만큼의 열정도 재능도 없었고.

그날 주호는 한때 경험했던 배우의 삶에 대해 두서없이 늘어놓았다. 몸담았던 극단의 역사와 구조, 운영 방식은 물론이고 함께 활동했던 선후배들의 성격이나 심리 상태, 평균 소득까지 얘기했다. 어쩌다 보니 나는 극단의 설립자이자 몇 년 전 성범죄 사실이 밝혀져 극단을 공중분해시킨 연출가가 메소드 연기 주창자인 스타니슬랍스키의 신봉자라는 것도 알게 되었는데, 그건 주호가 너무 암울한 얘기만 하고 싶지는 않다며 자신이 습득한 호흡과 발성, 걸음걸이, 장면 연기 같은 훈련법에 대해 꽤 자세히 설명해 주었기 때문이다. 하지만 나는 주호가 애써 해 주는 말에 집중하지 못했다. 흘려들은 건 아니었으나 주호가 무슨 말을 더 할 때마다 이렇게 대꾸하고 싶은 마음에 제대로 귀담아들을 수가 없었던 것이다.

그럼 뭐 해, 너는 이제 안 한다며.

결국 우리는 얼마 지나지 않아 인터뷰를 정리했고, 근처에 있는 호프집으로 자리를 옮겼다. 그리고 맥주잔을 서너 번쯤 비웠을 때 나는 주호가 연애 중이라는 것을, 그것도 남자가 아닌 여자와 만난다는 것을 알게 되었다. 바로 그때가 인주 씨의 존재를 처음 알게 된 순간이었다. 나는 뭘 그리 놀라느냐는 주호의 말을 듣고 나서야 내가 눈을 부릅뜨고 있다는 걸 알아차렸다.

하긴 나도 놀랍긴 해. 내가 연애를 한다니.

아니, 어떻게?

뭐가 어떻게야.

아니, 너는…….

내가 뭐?

나는 말문이 막혔다. 말문이 막혔다는 사실을 들키고 싶지 않아 무슨 말이든 하고 싶었으나 당장 입밖으로 꺼낼 수 있는 말이 없었다. 그래, 너는 한 번도 너를 게이라고 단정한 적은 없었지. 한때는 그렇다고 확신했지만 이제는 아니라고 했고, 그 한때라는 것도 학창 시절이었다고 했지.

생각해 보면 그리 뜻밖의 행보는 아니었다. 주호는 처음 독서 모임에서 만났을 때부터 자신의 정체성을 게이가 아닌 양성애자로 소개했고, 그 이후로도 이따금 기회가 있을 때마다 자신은 정체성이라는 건 변형되는 것이고 확장되는 것이며 언제든 재정의할 수 있는 것이라 생각한다고 말했으니까.

성소수자의 사회적 가시화나 시민권 획득, 동성혼 법제화에 대한 책을 주로 읽는 모임 안에서 주호는 낯선 존재였다. 젠더 다양성이나 해체를 운운하는 주호를 다들 머리로는 이해했으나 가슴으로는 아니었고, 그건 우리가 필요로 하는 게 힘겹게 받아들인 정체성을 공고히 할 수 있는 경험이지 다시 혼란해지거나 불안해지는 경험은 아니기 때문이었다. 우리는 비슷한 삶의 궤적을 그려 온 사람들을 직접 만나야만 느낄 수 있는 위안과 위로, 소속감이 절실했고, 모임은 모든 성별과 정체성을 환영한다는 기조를 내걸기는 했으나 어쨌든 게이 정체성을 핵심 동력으로 삼고 있었으니까.

게다가 우리는 양성애자에 대한 묘한 반감을 갖고

있기도 했다. 전부 다 그런 건 아니었지만 양성애자를 취할 것만 취하는 디나이얼이라 여기는 사람도 있었고, 아직 주호가 자신이 게이라는 사실을 완전히 받아들일 준비가 안 됐거나 제대로 된 사랑을 못 해 봐서 미적 끌림이니 플라토닉 끌림이니 하는 말장난이나 일삼는 거라고 뒷말을 하는 사람도 있었다. 실제로 주호는 그때까지 그럴듯한 성 경험이 없었고, 누군가에게 성적으로 끌린다는 게 정확히 어떤 느낌인지 모르겠다는 말을 자주 했으므로 사람들이 그렇게 생각하는 것도 무리는 아니었다. 언젠가부터 주호는 특이한 사고방식 때문에 연애다운 연애도 한번 해 보지 못한 괴짜로 인식됐는데, 그래서인지 주호가 하는 애매하고 복잡한 정체성 얘기는 그다지 진지하게 받아들여지지 않았던 것 같다.

하지만 나는 그런 주호가 마음에 들었다. 모임 안에서 체호프를 좋아하는 유일한 사람이어서 마음이 가는 것도 있었지만, 사람들이 하는 말에 과연 그런가 싶은 뚱한 표정으로 한 번씩 물음표를 던지는 모습은 특별해 보였으니까. 주호는 배열이 조금 다른 회로를 장착하고 있는 듯 자신에게 다가오는 건 그게 사람이든 생각이든 감정이든 일단 멈추게 한 다음 판단을 보류했고, 나는 무릇 예술가란 이래야 하는 게 아닐까, 뭐든 그런가 보다 하며 당연하게 받아들이기보다는 이렇게 의심하고 분별해 봐야 하는 게 아닐까 싶었다. 물론 그즈음 주호가 학교 사람들과 선보인 몇몇 무대는 예술과는 거리가 멀었지만, 내게는 그런 어설프고 난삽한 무대를 감행하는 주호의 객기마저 남달라 보여 우리는 차차 따로 만나 연극을 보거나 서점에 가거나 밥을 먹으며 가까워졌다. 무엇보다도 읽은 소설이나 희곡 얘기를 할 때면 역시 대화란 이래야 한다는 생각이 절로 들 만큼 잘 통했고, 함께 있으면 시간이 가는 줄도 몰랐다.

그래서일까. 어느 날 주호가 자신을 무성애자로 정체화했을 때도, 그리고 더는 미룰 수 없는 학교 졸업을 핑계로 독서 모임에 발길을 끊었을 때도 우리는 크게 달라지지 않았다. 그때쯤엔 이미 주호의 정체성이나 모임 소속 여부가 우리 관계와는 무관해진 데다 우리가 자주 못 봐도 서로에게 특별하다는 걸 의심하지 않는 시기에 접어들었기 때문이었다. 우리는 어쩌다 생각이 나면 전화를 걸 수 있었고, 그러다 내키면 만날 수 있었으며, 그렇게 만나 예술에 저당잡힌 각자의 인생을 한탄할 수도 있었다.

하지만 그날은 아니었다. 그날은 도저히 그럴 수가 없었고, 그건 전적으로 주호가 나를 배신했다는 기분과 관련이 있었다. 주호가 더는 연극에 헌신하지 않을 것이므로 우리가 우리일 수는 없으리라는 판단. 우리의 한 시절이 이토록 시시하고 허무하게 끝나 버렸다는 결론. 나는 주호가 내 동의도 없이 함부로 커튼을 열어젖힌 것만 같은 기분에 휩싸였고, 갑자기 쏟아져 들어오는 빛을 피하려는 것처럼, 모든 게 적나라해지는 그 상황을 모면하려는 것처럼 테이블 밑으로 눈을 내리깔았다. 우리를 감싸고 있던 온기가 휘발되어 버린 듯했고, 호프집 안의 공기가 갑갑하다 못해 따갑게 느껴지기까지 했다.

내가 오래도록 침묵 속에 있자 주호는 내 눈치를 살폈다. 왜 아무 말이 없느냐고도 했고, 혹시 화가 났느냐고도 했다. 나는 그 순간 알았다. 그동안 겉으로는 주호의 정체성에 대해 그러려니 하면서도 속으로는 주호가 게이가 아닐 거라고 생각해 본 적이 없다는 사실을. 주호가 아닌 척 다른 척 유난을 떨어도 결국은 남자를 못 잊어 종로로 돌아올 거라 장담하던 사람들과 내가 그리 다르지 않다는 것을.

아니, 그게 아니라.

나는 한참 만에 입을 뗐다.

너 무성애자라며. 에이섹슈얼, 그거라며. 이젠 아니야? 다시 뭐 양성애자로 돌아가기로 했어?

에이섹슈얼 맞아.

맞아?

어, 맞아.

근데 어떻게 연애를 해?

주호는 잠깐 버퍼링에 걸린 것처럼 주저하더니 이내 가벼운 미소를 지어 보였다.

하지, 연애.

주호는 에이섹슈얼 커뮤니티에서 인주 씨를 만났다고 했다. 온라인 가입자 수는 2000명이 조금 넘지만 오프라인에서 활동하는 사람은 스무 명이 채 안 되는 모임. 개개인의 특성이 모두 달라 구성원들을 한마디로 정의하기는 어렵지만 그래도 요약하자면 타인에게 성적인 끌림을 느끼지 않거나 적게 느끼는 사람들의 모임.

나는 언젠가 주호에게서 그 모임 사람들에 대한 얘기를 들은 적이 있었다. 무슨 트라우마가 있느냐는 질문을 한 번 이상 받은 적 있고, 아직 제대로 된 사람을 못 만나 그런 거라는 위로를 여러 번 들은 적 있으며, 섹스를 안 해 봤거나 원치 않기 때문에 어딘가 모자란 사람 취급받는 게 익숙한 사람들이라고 했지. 이쪽에서는 너희가 총기 난사를 당하는 것도 아닌데 왜 성소수자냐는 비아냥거림을 듣고, 저쪽에서는 안 하고 사는 게 무슨 대수라고 특별한 척을 하는 건지 모르겠다며 눈총받는 사람들.

하지만 어째서인지 그 순간에는 주호가 하는 모든 말들이 생경하게 다가왔다. 이제껏 그럴 수 있다고 생각한 것들이 과연 그런가 싶었고, 별문제가 없다고 생각한 것들이 문제로 느껴지면서 이건 뭔가 잘못됐다는 거부감이 나를 압도했다.

주호는 자신과 인주 씨 모두 타인에게 성적 끌림은 느끼지 않으나 로맨틱한 끌림은 느끼는 유로맨틱이라 했고, 자신은 양성 모두에게 로맨틱한 감정을 느끼는 논모노로맨틱, 인주 씨는 이성에게만 로맨틱한 감정을 느끼는 모노로맨틱이라고도 했다. 지금 뭐라는 거냐고 되묻고 싶은 내 마음이 표정에 또렷하게 드러났는지 주호가 먼저 웃었다.

알아, 복잡하지. 나도 헷갈려.

나는 정체성이라는 게 필요하면 장착했다 싫증 나면 벗어 버리는 게임 아이템 같은 건가 싶어 헛웃음이 나왔고, 도대체 어떻게 성적인 끌림을 느낄 수 없다는 건지, 아니 그럴 수 있대도 그건 정체성이라기보다는 일정 기간의 상태가 아닌지 묻고 싶었다. 만약 그런 상태가 지속되는 거라면 병원에 가 봐야 하는 게 아닌가 싶기도 했고. 하지만 정작 입을 열었을 때 내게서 튀어나온 질문은 이거였다. 내가 정말 궁금한 것도, 내게 가장 중요한 것도 사실은 이거라고 자인하는 듯이.

그러니까 너희는…… 사귀는 건 맞지만 섹스는 못 한다는 거야?

안 하는 거지. 원치 않으니까.

나는 그렇다면 너희의 사랑은 우정과 어떻게 다른 거냐고 되묻고 싶었으나 로맨틱한 끌림과 성적인 끌림은 엄연히 다르며 신체적 흥분과 성적 매력, 성적 쾌감 또한 다르다는 주호의 설명을 듣고 나서는 그냥 입을 다물었다. 말을 하면 할수록 내가 주호의 정체성을 이해하지 못한다는 게 분명해졌을 뿐 아니라 주호가 인정을 바라는 모습에서 어떤 기시감이 느껴지기도 했으니까.

그날 헤어질 무렵 나는 주호에게서 중철 제본된 얇은 책 한 권을 선물받았다. 책이라기보다는 노트에 가까운, 표지 가운데에 보라색과 흰색, 회색, 검은색으로 층을 이룬 조각 케이크가 그려진 책자. 에이섹슈얼 커뮤니티에서 딱 100권만 자체 제작한 수기라고 했고, 그 안에는 인주 씨의 글도 한 편 실려 있다고 했다. 나는 멋지다 고마워 하면서 책을 받아들었지만, 조만간 꼭 읽어 보겠다며 주호가 부탁한 적도 없는 감상을 약속했지만 결국 책을 열어 보지도 않았다. 이런 건 나와는 상관없다는 생각에 선뜻 손이 가지 않기도 했고, 주호를 향한 달갑지 않은 마음이 희미해질 때까지 주호에 대한 생각은 하고 싶지 않기도 했다.

*

인주 씨가 주호를 향한 의구심을 내비친 건 와인을 한 잔 비운 뒤였다.

인주 씨는 20분이면 도착할 거라는 주호의 전화를 받고는 베란다에 테이블 세팅을 시작했는데, 오전에 준비를 다 해 두었기에 냉장고에서 꺼내기만 하면 된다는 인주 씨의 말대로 세팅은 금세 끝났다. 지난밤 두 사람이 코스트코에서 샀다는 토시살 한 근과 우드 볼에 담긴 색색의 쌈 채소, 세일 기간에 득템했다는 2015년산 빈티지 말벡 와인과 미키마우스가 그려진 귀여운 식기 등이 테이블에 올려졌다. 하지만 인주 씨와 내가 이제 주호만 오면 되겠다며 자리에 앉았을 때 주호가 도착 예정 시간을 정정했다. 동서울 톨게이트에 근접하니 차가 막힌다고 했다.

인주 씨와 나는 다시 안으로 들어갈지 아니면 그대로 자리를 지킬지 고민하다 이런 날씨는 만끽해 줘야 한다는 인주 씨의 한마디에 힘입어 와인을 따랐다. 디켄터가 없으니 미리 열어 두는 게 좋을 것 같다며 인주 씨가 일찌감치 따 놓은 것이었다.

와인을 홀짝이는 동안 나는 인주 씨에 대한 몇 가지 새로운 사실들을 알게 되었다. 인주 씨가 카페를 개업하기 전까지 꽤 오랫동안 대형 프랜차이즈 베이커리에서 제빵사로 일했다는 것과 주호가 끝내 받기를 거부한 반년 치의 월세를 모아 이 베란다 시공을 했다는 것, 그리고 그동안 나를 꼭 한번 만나고 싶어서 주호에게 자리를 만들어 달라고 여러 차례나 말했다는 것.

인주 씨는 그 이유를 궁금해하는 나를 보며 이건 쉽게 하는 말이 아니라는 듯이 입술을 달싹였다.

사실은…… 제가 주호 씨한테 다른 사람이 생겼다고 생각했거든요.

다른 사람이요?

네, 다른 사람이요. 그리고 그게 윤범 씨라고도 생각했고요.

나는 하하하 소리를 내어 크게 웃었다. 인주 씨가 하는 말이 그 자체로 황당하기도 했지만 그 순간 그렇게 파안대소하지 않고서는 내가 당황했다는 사실을 숨길 수 없었으니까. 그러나 인주 씨의 다음 말에 나는 내 얼굴에서 순식간에 웃음기가 걷히는 걸 느꼈다.

하루는 주호 씨를 미행했어요. 윤범 씨를 만난다는 날에요.

네? 언제요?

이번 여름이니까 얼마 안 됐죠. 알아요, 한심하죠. 근데 그렇게 안 하면 나중에 후회할 거 같더라고요.

인주 씨가 내 반응을 살필 시간이 필요한 듯 잠시 쉬었다 말했다.

그날 저는 다른 약속이 있는 척 먼저 집을 나섰어요. 제가 차를 쓰겠다고 미리 말해 두기도 했고 주호 씨가 윤범 씨를 만나는 날에는 보통 차를 두고 나갔기 때문에 뒤를 밟는 게 그렇게 어렵지 않았죠. 그 사람은 제가 나오고 한 30분쯤 뒤에 집을 나섰어요. 바로 향한 곳은 대학로. 4시에 시작하는 연극을 보더라고요. 에드몽 로스탕의 「시라노 드베르주라크」를 현대적으로 재해석한 작품이었고, 다행히 대극장이었던 데다 자리가 많이 남아 있어 저는 객석 중간쯤에 앉은 그 사람을 실컷 구경할 수 있었죠.

연극을 보고 나선 혜화동 로터리를 지나 창경궁 쪽으로 걸었어요. 습하긴 했지만 해가 저물고 있어 걷기에 나쁘지 않았거든요. 가로수가 길게 이어진 도로는 황금빛으로 물들어 있었고, 여름의 달뜬 기운을 품은 사람들이 서로가 늘어뜨린 그림자를 밟고 지나갔죠. 언제까지 걸을 건가 싶을 때쯤 그 사람은 오른쪽으로 방향을 틀더니 창덕궁 삼거리에 접어들었어요. 그리고 급기야는 안국역을 거쳐 광화문까지. 그렇게 30~40분을 소요해 도착한 곳은 교보문고였고요.

나는 인주 씨가 하는 말이 거짓이 아니라는 걸 알았다. 왜냐하면 그건 주호와 내가 대학로에서 연극을 보고 그에 대한 감상을 나누며 광화문까지 느릿하게 걷곤 했던 토요일 늦은 오후들의 동선이었으니까. 수년 전 우리는 그렇게 교보문고에 들러 잠시 책 구경을 하고 무교동 스타벅스로 이동해 각자 산 책을 들춰

보거나 저녁 메뉴를 고민했지.

그 사람은 이 코너 저 코너를 기웃거리며 책을 훑어봤어요. 잡지 코너에서 뭘 좀 넘겨보더니 문학 코너로 갔고, 매대와 서가에 있는 책을 들었다 놓았다 하더니 그중 한 권을 집어 계산대로 향했죠. 애초에 살 책이 정해져 있었는지 그리 오래 걸리진 않더라고요. 서점을 나온 다음에는 근처의 스타벅스로 갔어요. 시청 뒤편의 일방통행로로 크게 창이 나 있는 스타벅스요.

저는 거기서 윤범 씨를 만나나 보다 했어요. 약속은 저녁이었고 그때까지 시간을 때우며 윤범 씨를 기다린 거구나 싶었죠. 그런데 그 사람은 그냥…… 창가 쪽 자리에서 책이나 읽더라고요. 올 사람 같은 건 없다는 듯이 중간에 샌드위치를 하나 시켜 먹기도 하면서요. 그게 끝. 그 사람은 그렇게 한 시간 30분쯤 더 앉아 있다 일어섰고, 그길로 바로 지하철을 타고 귀가했죠. 그 사람이 보던 게 윤범 씨 책이었다는 건, 그러니까 그 책을 한 번 더 읽었다는 건 집에 와서 알았어요. 거실 한쪽에 놓여 있는 서점 종이 백을 열어 보니 그 책이 있더라고요.

나는 느닷없이 다시 등장한 내 책 얘기에 마냥 멋

쩍은 웃음을 지어 보였다. 그러고는 인주 씨가 지금까지 들려준 얘기를 곰곰이 곱씹다 이렇게 물었다.

그럼 결국…… 아무 일도 없었던 거네요?

나를 거꾸로 걸린 그림처럼 바라보던 인주 씨가 되물었다.

그런가요?

내가 뭘 놓친 건가 싶어 어리둥절해하는 사이 인주 씨가 어느새 비어 버린 내 잔에 와인을 넉넉히 따랐다. 아까보다 묵직해진 향이 공기 중에 한참을 머물렀고, 잔 속의 내 모습이 검붉은색으로 흔들렸다.

그날 주호 씨는 저한테 끝까지 거짓말을 했어요. 아니, 절반의 거짓말이랄까. 윤범 씨를 잘 만났다고, 같이 연극을 보고 산책을 하고 서점 구경을 하고 커피를 마셨다고요. 저는 한동안 의문에 잠겼어요. 그 사람이 왜 그러는 건지, 왜 만나지도 않은 사람을 만난 척하는 건지 알 수가 없었으니까요. 그런데 어느 새벽에 무슨 나쁜 꿈이라도 꾼 건지 제 팔을 꼭 끌어안은 채로 잠들어 있는 주호 씨를 보는데 문득 이런 생각이 들더라고요. 어쩌면 이 사람은 윤범 씨를 만난 게 아닐까. 그날 이 사람이 만난 건 언제라도 연락해 만날 수 있는 윤범 씨가 아니라 이제 더는 만날 수 없는 윤범 씨가 아닐까. 이 사람은 윤범 씨에 대한 마음을 처분하거나 무효화하지 않고 끝내 간직해 보려는 게 아닐까.

잠깐만요.

나는 그 대목에서 인주 씨의 말을 끊지 않을 수 없었다. 다른 건 몰라도 이것만큼은 명확히 짚고 넘어가야 할 것 같았다.

지금 뭔가 오해하시는 거 같은데…… 설마 그렇게 생각하시는 건 아니죠?

어떻게요?

저희가 무슨 사이였던 적이라도 있다고요.

인주 씨가 웃지 않으려고 애쓰는 것처럼 뺨을 실룩이며 말했다.

주호 씨 말이 진짜였네요.

뭐가요?

윤범 씨는 죽어도 모를 거라고요.

나는 인주 씨가 말을 채 맺기도 전에 손을 내저었다. 무슨 말을 어떻게 들으신 건지 모르겠지만 그건 아니라고, 맹세컨대 우리에겐 아무 일도 없었고 걷다가 손끝이 한 번 스친 적도 없는 게 바로 우리라고 강조했다. 하지만 그다음 이어진 인주 씨의 말은 주호와 내가 보낸 시절의 모양이 결코 같지 않으며, 내가 말이 되지 못한 감정이나 생각이 복잡해지는 관계는 좀처럼 인정하지 못하는, 아니 인정하지 않으려 하는 사람이라는 걸 실감하게 했다.

생각해 봐요, 주호 씨가 그 독서 모임에 왜 그렇게 오래 나갔을까요. 조금만 얘기를 들어 봐도 거긴 게이가 아니면 안 되는 분위기였던 거 같은데.

나는 그건 주호가 게이였으니까, 라는 반박과 어째서 나는 그동안 자기는 게이가 아니라고 줄곧 말해 온 주호를 끝내 게이로 분류하고 싶어 했던 걸까 하는 의문 사이를 오가다 발이 엉킨 것처럼 인주 씨를 바라봤다. 정확히 말하자면 인주 씨를 보는 건 아니었지만 자꾸만 바닥으로 떨어지는 시선에 저항하듯이 인주 씨의 굳게 닫힌 입술과 팽팽하게 당겨진 어깨선, 그리고 잔 밑을 동그랗게 받쳐 든 기다란 손가락을 눈에 담았다.

혹시 말이에요.

인주 씨가 점점 길어지는 정적을 끊어 내며 물었다.

오늘 우리가 만난 얘기 쓸 건가요?

…….

나는 찬물 세례라도 받은 것처럼 동작을 멈췄다.

나를 스치는 인주 씨의 눈빛이 자신은 소설가란 족속이 어떤 사람인지 알고 있다는 비난 혹은 자신을 함부로 소재 삼지 말라는 경고로 다가왔다. 나는 천천히 고개를 저었다. 인주 씨가 그렇게 묻기 전까지는 오늘에 대해 쓸 수도 있다는 생각을 해 본 적이 없으므로 그 순간의 내 대답은 진심이었다.

하지만 그때 인주 씨가 난해한 모양새로 눈썹을 치켜올리더니 왜냐고 물었다. 혹시 우리의 만남이 별로 중요하지 않은 거냐고 묻기도 하고 자신이 한 얘기가 재미없었던 거냐고 묻기도 하면서 장난스레 서운한 척을 했다. 내가 그런 게 아니라며 머뭇거리는 사이, 인주 씨가 말을 이었다.

쓰면 좋겠어요.

……예?

우리에 대해 쓰면 좋겠어요. 그럼 5000명은 보는 거잖아요. 그죠?

나는 인주 씨가 하는 말의 진의를 파악해 보려다 애매하게 남아 있던 웃음기를 지웠다. 내가 소설을 쓰는 일에 대해서만큼은 진지하다는 것을, 무엇을 쓸 수 있고 또 없는지에 대한 나름의 가치 판단을 하며 글쓰기에 임하고 있다는 것을 보여 주고 싶었다. 나는 당사자도 아니면서 그 삶에 대해 내가 함부로 쓸 수는 없을 것 같다고 말했고, 만에 하나 그게 더 큰 의미를 보장한다고 해도 잘 알지도 못하는 걸 쓰고 싶지는 않다고도 말했다. 생각해 보면 커밍아웃이나 진배없었던 첫 책 출간 이후, 그러니까 나 자신을 까발려도 환대받을 수 있다는 경험을 획득한 이후 나는 더욱더 내 게이 정체성에 천착해야 한다는 강박에 사로잡혀 있었는데 그건 자기 삶을 내걸어 쓴 게 분명해 보이는 작품만을 인정하는 편협함으로 이어지기도 했다.

하지만 인주 씨는 내가 영 딴소리를 하고 있다는 듯이 단박에 말을 끊었다.

아니요, 윤범 씨. 제가 말씀드린 건 우리예요. 저에 대해서가 아니라 우리에 대해서요. 오늘 윤범 씨가 왔잖아요. 여기 이 베란다에 저만 있었던 게 아니고 윤범 씨도 있었잖아요. 그런데 이게 어떻게 제 얘기예요, 우리 얘기지. 안 그런가요?

나는 그때까지도 인주 씨가 왜 그런 말을 하는지 알지 못했다. 그 말이 얼핏 들어도 틀린 말은 아니었기에 맞네요, 맞아요 하고 순순히 동의하면서도 어쩌면 인주 씨의 초대가 나를 제3자나 목격자로 내버려

두지 않기 위해서일 수도 있다는 생각은 해 보지 못했다.

　인주 씨가 뭔가를 감지한 듯 몸을 곧추세운 건 아마도 인주 씨와 내가 건배를 한 다음이었을 것이다. 인주 씨가 서먹해진 분위기를 바꿔 보려는 듯이 먼저 건배를 제안했고, 이번에는 내가 인주 씨의 잔을 채웠다. 인주 씨가 들었느냐고 물었을 때 나는 당연히 방금 전 와인잔이 부딪친 소리를 말하는 줄 알고 감탄을 표했다. 인주 씨가 알려 준 대로 잔의 볼이 아닌 스템을 잡은 채로 부딪쳤더니 깜짝 놀랄 만큼 맑고 깨끗한 소리가 났다. 하지만 인주 씨는 그게 아니라는 듯 펜스 너머를 응시했다. 그러고는 주호가 도착한 것 같다고 말했다.

　도착했다고요?

　나는 들려오는 소리에 가만히 귀를 기울였다. 나를 흘끗 쳐다보는 인주 씨의 표정이 이게 안 들리냐고 되묻는 것만 같아서 인주 씨가 들은 걸 똑같이 들어 보고 싶었다. 그러나 내 귀에 걸리는 건 철제 의자에서 나는 삐걱 소리와 입에 고여 있던 침이 넘어가는 소리, 그리고 인주 씨에게 무슨 소리가 들리는 거냐고 되묻는 내 목소리뿐.

엔진 소리요.

어느덧 자리에서 일어선 인주 씨가 대답했다.

그 사람은 여기까지 어떻게든 올라오거든요.

인주 씨는 금방 돌아오겠다는 말만 남기고는 거실로 들어갔다. 뭘 더 내오는 건가 싶어 테이블에 자리를 만들어 보려는데 순간 현관문 밖으로 내닫는 소리가 났고, 곧이어 쿵쿵 계단을 뛰어 내려가는 소리가 이어졌다. 주호를 마중 나가는 것 같았다. 나는 인주씨를 따라 내려갈지 아니면 그대로 자리를 지킬지 망설이다 두 모금 정도 남은 와인을 한 번에 들이켰다. 그러고는 조심스레 건물 입구가 내려다보이는 펜스쪽으로 다가갔다.

인주 씨의 말대로 집 앞에는 이제 막 도착한 듯한 하얀색 세단이 서 있었다. 깎아지른 언덕을 용케 올라온 것도 신기했지만 저 비탈에서 앞뒤로 오가며 멈춰 설 자리를 찾는 건 기예에 가까워 보였다. 나는 저대로 세웠다간 뒤로 굴러가는 게 아닐까 싶어 주호의 주차를 아슬아슬한 마음으로 지켜보게 됐는데 다행히 시동이 꺼진 뒤에도 차는 축대 앞 그 자리에 그대로 있었다. 이윽고 뛰는 것도 아니고 걷는 것도 아닌 독특한 리듬으로 차를 향해 다가가는 인주 씨가 보였고, 차에서 내려 인주 씨를 반기는 주호도 보였다.

잠시 후 서로의 허리에 가볍게 팔을 두른 채로 무슨 말을 하던 두 사람이 동시에 고개를 들었을 때, 그러니까 내가 서 있는 베란다 쪽을 올려다봤을 때, 나는 나도 모르게 움찔하며 뒤로 물러섰다. 두 사람을 몰래 훔쳐보다 들킨 것만 같았고, 그건 내게는 허락되지 않은 장면 같았으니까. 하지만 두 사람이 나를 본 게 맞는지 궁금한 마음에 다시 한 걸음 앞으로 다가갔을 때 두 사람은 나를 향해 이쪽으로 내려오라고 손짓하고 있었다. 자신들이 안 보일 수도 있다고 생각하는 것처럼 경중경중 뛰기까지 하면서 머리 위로 힘차게 손을 흔들고 있었다.

*

내가 주호와 인주 씨, 그리고 지금 이곳에서 자신을 에이섹슈얼로 정체화한 채로 살아가는 사람들에게 저지른 잘못에 대해 알게 된 건 그날로부터 반년여가 흐른 뒤였다. 그즈음 내 첫 책의 편집자인 규철 씨가 중쇄 소식을 알리며 혹시 수정하고 싶은 부분이 있는지를 물었다. 메일에는 규철 씨가 지난 주말에 책을 다시 훑어보며 잡아냈다는 오탈자가 정리되어 있었는데, 출간 전 그렇게 여러 번 들여다봤건만 또 고칠 게 나온다는 게 기묘하다고 생각하던 와중, 아무래도 이 문장은 재고해 보는 게 좋겠다는 규철 씨의 제안이 눈에 들어왔다.

나는 황급히 책을 펼쳤다. 그리고 297쪽에서 이런 문장을 발견했다. 기어코 커밍아웃을 했으나 그 이후로 날마다 쏟아지는 황색 언론의 왜곡 보도와 원색적인 비난, 악성 댓글에 결국 공황장애를 앓게 된 배우 김학수가 150만 명이 지켜보는 자신의 인스타그램 피드에 남긴 울분의 메시지였다.

차라리 무성애자였으면 좋겠어.
아무 감정도 못 느꼈으면 좋겠고 누구도 사랑할 수 없으면 좋겠어.

나는 믿을 수가 없었다. 아니, 이해할 수가 없었다. 어떻게 이런 걸 써 놓고도 까맣게 몰랐는지, 어떻게 이런 걸 보란듯이 전시해 놓고도 주호에게 다정한 인사말을 적어 책을 선물했으며 어떻게 그토록 당당하게 연대와 다양성과 자긍심 같은 말을 끌어다 책을 홍보했는지…….

어떻게 모를 수가 있을까 싶지만 나는 정말이지 몰랐고, 어쩌면 계속 모를 수도 있었지.

*

다시 만난 주호에게 진심으로 사과를 했을 때 주호는 대수롭지 않은 듯 웃어넘겼다. 자기는 내가 말하기 전까지 그 책에 그런 문장이 있는 줄도 몰랐다고 했고, 사실 그런 편견은 이제 너무 뻔해 상처도 되지 않으니 더는 마음을 쓰지 말라고도 했다. 하지만 나는 주호가 모르지 않았다는 걸 알았다. 주호가 그 책을 적어도 두 번은 읽었다는 것도 알았고, 주호가 우리를 우리로 남겨 두기 위해 어떤 시절을 애써 마음속 깊은 곳에 아로새겼다는 것도 알았다.

주호는 내 사과를 받아 주었다. 받아 주었다고, 나는 믿고 있다. 받아 주었기에 그 이후로도 우리가 이따금 만나 근황을 나눌 수 있었던 것이라 믿고 있고, 받아 주었기에 주호가 인주 씨와 헤어진 다음 경험했던 어렵고 무거운 감정들을 — 두 사람은 그해 겨울 헤어졌다 — 내게 여러 번에 걸쳐 털어놓은 것이라고도 믿고 있다.

주호는 지난달 오랜 서울 생활을 정리하고 고향으로 내려갔다. 알고 보니 주호네 부모님이 운영하는 슈퍼는 말이 슈퍼지 여느 중형 마트 못지않은 규모의 사업체였는데, 주호는 어차피 자신은 처음부터 가업을 잇게 될 운명이었고 이제는 그게 얼마나 큰 행운인지 절감하는 나이가 되었다며 해맑게 웃었다. 떠나기 전날 밤 주호는 집 앞으로 찾아와 4년 전 그날 우리가 썼던 캠핑용 그릴을 내게 넘겨주었다. 새로 구한 내 작업실이 옥탑이라는 얘기를 기억하고는 챙겨 준 선물이었다.

나는 요즘도 보일러실 한쪽에 놓여 있는 그 그릴을 볼 때마다 우리를 떠올린다. 인주 씨와 내가 함께 주호를 기다렸던 그 해 질 녘의 베란다와 점점 줄어드는 와인을 앞에 두고 나누었던 대화, 그리고 우리를 어떻게든 재현해 보려 할 때마다 번번이 실패하고야 마는 내 소설에 대해 생각한다.

나는 오래전부터 그날에 대해 써 보려고 했다. 뭔가를 써야 할 때마다 기다렸다는 듯이 그날이 다가와 나를 건드렸을 뿐 아니라, 그날에 대해 쓰지 못하면 지금의 내가 그때의 나로부터 얼마만큼 멀어졌는지

나 자신에게조차 증명할 길이 없을 것만 같았으니까.

하지만 그날에 대해 쓸 때마다 나는 어김없이 내 한계를 확인하고는 지운다. 어느 날은 내가 너무 투박한 나머지 우리를 흐릿하게 뭉개 놨다는 판단에 지우고, 어느 날은 내가 너무 성급한 나머지 우리를 매끄럽게 정리해 버린 것 같다는 생각에 지우며, 또 어느 날은 내가 쓴 것들이 모두 궁색한 자기변명 같다는 느낌에 지운다. 그리고 그렇게 지우고 또 지우다 보면 어김없이 어떤 대사를 마주한다. 끝내 지우지 못하는, 아니 모조리 지워도 속절없이 다시 쓰게 되는 그 대사를.

내가 써낸 그 모든 실패들 속에서도 인주 씨는 한결같이 나를 보며 말한다.

쓰면 좋겠어요. 우리에 대해 쓰면 좋겠어요.

윤
광
호

나는 광호 씨에 대해 잘 안다고 말할 수 있는 사람은 아니다. 만약 누군가 내게 광호 씨가 어떤 사람이냐고 묻는다면, 나는 글쎄요 하고 뜸을 들일 수밖에 없고, 어쩌다 지금처럼 이야기를 시작한다고 해도 잘은 모른다는 말로 운을 뗄 수밖에 없다. 그건 광호 씨라도 그랬을 것이다. 우리가 게이 인권운동을 하는 M 단체에서 함께 활동한 건 고작 반년 남짓이었고, '함께'라고는 해도 특별히 뭘 같이하거나 따로 어울린 건 아니었으니까. 우리는 딱 한 번 사무실 밖에서 밥을 먹었을 뿐이고 그게 전부였다.

　하지만 그럼에도 나는 광호 씨에 대해 말해 보고

싶다는 생각에 이따금 사로잡히곤 한다. 이를테면 해질 녘의 버스 차창 안으로 불그스름한 빛이 쏟아져 들어오며 지친 사람들의 얼굴을 비출 때, 혹은 서늘한 바람이 내 머리카락을 흐트러뜨리곤 다른 쪽으로 서서히 불어 갈 때. 길을 걷다 어디 좋은 데라도 가는지 한껏 멋을 부린 사람과 스칠 때나, 다가오는 일행에게 반갑게 손을 흔드는 사람이 보일 때도 그렇다. 광호 씨는 딱히 옷을 잘 입는 사람도 아니었고 동작이 큰 사람도 아니었지만 나는 내가 바로 여기에 있다고 말하는 것만 같은 사람들을 마주할 때마다 광호 씨를 떠올린다.

광호 씨에게는 어떤 기운이 있었다. 작은 키에 마르고 왜소한 체격이었음에도 주변에 있는 사람들보다 항상 커 보였고, 광호 씨가 커다란 안경 너머로 나를 똑바로 바라볼 때는 일순간 공기의 흐름이 바뀌는 듯한 느낌이 들기도 했다. 그건 광호 씨가 나를 자신의 곁으로 끌어당기는 힘 같기도 했고 자신이 목표하는 쪽으로 떠미는 힘 같기도 했다. 나는 광호 씨에게 성적으로 끌리거나 딴마음이 있는 건 아니었다. 하지만 광호 씨와 같은 공간에 있을 때면 어김없이 광호 씨의 존재를 의식하게 됐고, 광호 씨를 일부러 바라보지 않는 방식으로 바라보곤 했다. 이제 와 생각해 보면 나는 내가 엄두도 내지 못하는 쪽으로 걸어가는, 그래서 자꾸만 나의 위치와 한계를 자각하게 만드는 광호 씨의 용기를 경계하면서도 선망했던 게 아닐까 싶다.

*

광호 씨는 2018년 4월 29일, 만 34세 나이로 눈을 감았다. 사인은 급성폐렴이었고 2년 반 가까이 폐암 투병을 했다. 어느 날 피 섞인 가래가 나와 병원을 찾았다 폐암 4기 진단을 받았다. 그간 목이 잘 쉬었던 게 단순히 피곤해서가 아니라 종양이 성대를 조절하는 신경 부위까지 침투했기 때문이라는 것도 이때 알았다. 광호 씨는 용산구 한남동에 있는 대학병원에서 두 차례의 큰 수술을 받았고 수만 그루의 잣나무에 둘러싸인 가평의 한 요양병원에서 자연 치유에 힘썼다. 그리고 나중에는 생의 마지막을 정리하기 위해 어머니가 있는 구례로 내려갔다.

그 애는 날마다 노트에 뭔가를 조금씩 썼어요.

광호 씨의 어머니 신귀영 씨는 말한다.

앞쪽에는 그래도 알아볼 수 있는 게 많았어요. 누구나 한번 보면 이해할 수 있는 그런 내용이요. 그런데 뒤로 갈수록 점점 이게 무슨 소린가 싶어지더니 나중에는 전부 다 해석이 필요한 암호 같더라고요. 맞춤법도 의도적으로 틀리고요. 하지만 그 애는 망가진 것 같은 그 문장들을 더 마음에 들어 했어요. 이제 자기 힘으로 바꿀 수 있는 건 이것뿐이고, 이렇게 하면 왠지 이 세상에 숨 쉴 수 있는 작은 구멍을 내는 것 같다나요.

광호 씨가 그 많고 많은 암 중에서도 하필 폐암이었다는 건 광호 씨 본인을 비롯한 그의 가족 모두가 의아해하는 지점이다. 가족력이 있는 것도 아니요, 흡연 경험이 있는 것도 아니었기 때문이다. 광호 씨는 태어나 한 번도, 어린 시절 호기심에라도 담배는 피워 본 적이 없다.

검사 결과를 들고 다른 병원 몇 군데를 돌아다녔어요.

광호 씨의 누나 윤선희 씨는 말한다.

진단이 달라질 수 있다고 생각했다기보다는, 뭐랄까, 그래도 조금 더 희망적인 말을 듣고 싶었던 거죠. 그런데 그중 나이가 지긋한 어떤 의사 선생님이 동생

분은 무슨 일을 하시느냐고 묻더라고요. 자기가 몇 년 전에 이것과 거의 유사한 상태의 폐 사진을 본 적이 있는데, 그 사람은 주물공장에서 꼬박 10년을 일했던 젊은 노동자였다고요. 유독물에 장시간 노출되어 발병하게 된 경우여서 산재 승인도 받았다고 했죠. 인생이라는 게 원래 인과관계와는 상관없이 흘러간다지만 그래도 이건 너무 억울한 것 같아요.

광호 씨의 친구이자 동료 활동가였던 밍밍 씨는 광호 씨가 유난히 억울해하던 모습을 기억한다. 하지만 그가 말하는 억울함이란 광호 씨의 누나 윤선희 씨가 말한 것과는 결이 조금 다르다.

한번은 광호 씨가 어차피 이렇게 된 거 그냥 스스로 목숨을 끊는 게 더 낫겠단 말을 한 적이 있어요. 처음에는 투병이 고통스러워 하는 말인가 보다 싶었는데 조금 더 들어 보니 그게 아니었죠. 광호 씨는 아무리 생각해 봐도 자기 같은 죽음은 정치적으로 이용될 명분이 없다며 아쉬워하는 거였어요. 에이즈도 아니고 자살도 아니니 커뮤니티에 그 어떠한 자극도 주지 못하는 그저 그런 죽음인 것 같다고요. 몇 시간 차를 타고 문병 온 사람한테 그런 말을 농담이랍시고 하는 괴팍한 사람이 광호 씨였죠. 아니, 그건 우스갯

소리가 아니었을 수도 있어요. 광호 씨라면 진지하게 그런 생각을 했을 수도 있죠.

*

내가 종로구 낙원동에 위치한 M 단체에 처음 발을 들인 건 2010년 1월이었다. 하고 싶은 것도 많고 되고 싶은 것도 많은 스물일곱이었고, 손을 뻗으면 왠지 움켜쥘 수 있을 것만 같은 가능성들 때문에 하루하루를 시행착오로 채워 나가던 시절이었다. 그즈음 나는 2년 가까이 매달렸던 언론 고시를 때려치우고는 소설을 써 보겠다며 우왕좌왕하고 있었다. 글 쓰는 일을 업으로 삼고자 기자를 지망했으나 국내에 현존하는 거의 모든 공채에서 낙방하다 보니 아무래도 이건 나랑 안 맞는구나 싶었고, 그렇다면 나랑 맞는 건 무엇이며 내가 진짜로 쓰고 싶은 건 무엇인지 곰곰이 생각하다 보니 어느새 소설 주변을 맴돌고 있었다. 소설 때문에 인생이 크게 휘청인 사람들이 대개 그렇듯 나 역시 언제나 소설가의 꿈을 간직한 채 습작생의 마음으로 살아가고 있었으니까.

하지만 정작 소설을 쓰겠답시고 각 잡고 앉아 있는

날들이 계속되자 나는 자꾸 딴짓을 하게 됐다. 소설을 쓴다는 게 본래 그런 것인지는 잘 모르겠지만, 노트북 앞에 멀뚱히 앉아 빈 화면을 들여다보고 있자니 나도 모르게 내 인생을 점검하게 되었던 것이다. 나는 나라는 사람의 과거와 현재, 미래를 산만하게 오가는 질문 속에서 내가 어떤 사람인지 생각하게 됐고, 그 생각이란 결국에는 어떻게든 돌고 돌아 내 게이 정체성으로 수렴됐다. 이토록 외롭고 어려운 게 게이라면 그냥 그만두고 싶다는 생각을 번복하던 나날이기도 했으므로 어쩌면 당연한 흐름이었다. 돌이켜 보면 그 시기의 나는 정체성을 받아들인 지 수년이 지났음에도 어째서인지 자기혐오가 나아질 기미를 보이지 않았는데 — 신속하게 만났다 헤어지는 게이 커뮤니티 특유의 만남 방식에 대한 환멸이 최고치에 달해 있었다 — 언젠가부터 친목 모임이나 술 번개 대신 성소수자 인권 운동 단체 쪽으로 눈을 돌렸던 걸 보면 아마도 정체성을 인정하는 것과 긍정하는 것은 별개의 문제이며 각기 다른 노력을 필요로 한다는 것을 어렴풋하게나마 감지했던 게 아닐까 싶다.

'게이 라이프스타일 보고서' 활동가 모집 공고는 그 무렵에 발견했다. 정확히 뭘 하는 건지는 모르겠으나 일단 글을 쓰고 책을 만드는 프로젝트라고 하니 관심이 갔고, 게이 인권운동을 하는 M 단체에서 주관하는 일이니 뭐가 됐든 의미 있겠다 싶었지. 나는 그간 단체의 활동을 관심 있게 지켜보면서도 실제로 참여한 적은 없었는데, 이 기회에 내가 할 수 있는 일로 단체와 인연을 맺어 봐도 좋을 것 같다고 생각했다. 물론 거기에 가면 새로운 남자들이 많을 거라는 기대감이 가장 큰 동력이었고.

*

'게이 라이프스타일 보고서'는 지금 여기에 실재하는 게이들의 삶의 방식을 세대별로 취재해 정리하는 인터뷰 프로젝트였다. 우리가 직접 보고 듣고 쓰지 않으면 우리의 생생한 이야기는 기록되지 않는다는 문제의식에서 출발한 기획이었고, 나를 포함한 여덟 명의 자원활동가가 참여했다. 우리는 상반기 안에 단행본 분량의 원고를 만들어 보자는 목표를 갖고 격주에 한 번씩 모였는데, 처음 한 달은 기획 및 구성 회의를 했고, 그다음 한 달은 섭외 및 인터뷰 진행을 했으며, 또 그다음 한 달은 원고 작성을 했다. 그리고 광호 씨를 만난 그날은 내가 쓴 초고를 함께 읽고 소감을 나누는 자리였다. 프로젝트의 리더였던 밍밍 씨가 더 다양한 의견을 들어 보면 좋을 것 같다며 그날 시간이 되는 회원들을 불러 모았는데, 그중 한 명이 광호 씨였다.

내게 할당된 원고는 60대 게이 인터뷰였다. 자신을 게이로 정체화한 60대의 인생을 들여다보는 꼭지. 다행히 밍밍 씨가 섭외를 도와준 데다 —— 밍밍 씨와 안면이 있는 이쪽 업소 사장님이 건너건너 소개해 준 분이었다 —— 인터뷰이로 참여해 주신 어르신이 달변이어서 인터뷰 자체는 비교적 수월하게 진행되었다. 행여 뒤탈이 날 수도 있으니 녹취는 삼가 달라는 어르신의 부탁에 따라 하시는 말씀 하나하나를 메모장에 적어 내려가느라 애를 먹긴 했지만, 나는 이 인터뷰가 어째서 우리는 노년의 게이를 상상할 수 없는 것인가 하는 커뮤니티 내의 오랜 질문에 대한 하나의 응답이 될 수도 있다고 생각했다. 구술 사료적 가치가 있다고 자신했고, 먼저 원고를 읽어 준 밍밍 씨로부터도 긍정적인 피드백을 받았다.

하지만 광호 씨는 시도와 노력을 높이 사 주는 다른 사람들과는 달랐다. 광호 씨는 인터뷰이가 어떤 사람인지 잘 모르겠다고 했다. 그가 언제 어떻게 자신의 정체성을 자각했으며 그것 때문에 여지껏 살아오면서 어떠한 형태의 애환을 겪었을지 유추해 볼 수 있는 내용이 없다고 했다.

실제로 그랬다. 내가 정리한 내용은 대부분 파고다 극장과 극동극장, 바다극장으로 대표되는, 이전 세대가 즐겨 찾던 크루징 스팟의 흥망성쇠에 대한 이야기였지, 어르신 개인에 대한 이야기는 아니었으니까. 어르신은 다 늙은 사람이 이제 와 겁낼 게 뭐 있겠느냐고 말은 하면서도 개인정보가 드러나는 것은 극도로 조심하는 눈치였고, 결국 나중에 밍밍 씨를 통해 몇몇 부분은 반드시 삭제해 달라고 요청해 오기도 했다.

그때 밍밍 씨가 나를 대신해 변명하듯 섭외의 어려움을 토로했다. 우리 주변에 노년의 게이는 별로 없을뿐더러 있어도 열에 아홉은 너희들 때문에 우리까지 덩달아 위험해진다는 식으로 생각한다고, 그나마 인터뷰에 호의적인 분들도 나중의 출판 계획을 말씀드리면 모두 손사래를 치는 상황이라고 설명했다. 하지만 광호 씨는 과연 그런가 싶은 얼굴로 고개를 갸웃했다.

일단 저는 노년의 게이가 별로 없다는 말씀에는 동의할 수 없고요. 종로에 있는 이쪽 업소 100여 개 중에 상당수가 중노년을 상대로 영업한다는 거 아시죠? 그 말인즉슨 그 숫자가 적지 않은 데다 경제력도 있다는 뜻이고요. 당연히 그렇겠죠. 밝히고 살든 숨기고 살든 어쨌든 남자잖아요. 이미 사회에서 자리 잡은 분들이 많을 테고, 그러니까 더더욱 안 보일 수 있는 거죠. 저는 이 프로젝트가 해야 하는 건 그런 분들을 마이크 앞에 세우는 거라고 생각해요. 얼굴 까고 이름 밝히고 자기 얘기할 수 있는 사람을 한 명이라도 더 찾아내야 한다고요. 그리고 한 가지 더 말씀드리자면…….

광호 씨가 내 쪽을 힐끗 쳐다보더니 말을 이었다.

저는 이 글에는 인터뷰어도 적당히 숨어 있다고 생각합니다. 게이이기 때문에 쓸 수 있는 글이라는 인상은 받지 못했거든요.

그날 회의를 마치고 나는 밍밍 씨에게 광호 씨에 대해 물었다. 아니, 내가 묻기 전에 밍밍 씨가 먼저 혹시 기분 나빴다면 대신 사과하겠다며 광호 씨에 대해 얘기해 줬던 것 같다.

밍밍 씨에 따르면 광호 씨는 야심찬 활동가였다.

전교조 교사인 부모에게 일찌감치 커밍아웃하고 정체성을 인정받은 보기 드문 케이스였고, 청소년 시절부터 워낙 다양한 집회를 경험하기도 했거니와 판을 짜고 사람들을 끌어모으는 게 적성에 맞기도 해 졸업 후에는 직업 활동가로서의 삶도 염두에 두고 있다고 했다. 나중에 알게 된 사실이지만 광호 씨도 원래는 '게이 라이프스타일 보고서'의 집필자로 참여할 예정이었는데, 그 시기에 졸업논문을 준비하는 동시에 단체에서 군형법 92조 위헌판결 촉구를 위해 새로 조직하는 행동단의 기획을 맡으면서 어쩔 수 없이 하차한 것이었다.

며칠 뒤 나는 광호 씨로부터 연락을 받았다. 모르는 번호여서 주저했더니 광호 씨였고, 그날 자신이 필요 이상으로 까칠했다며 미안해했다. 광호 씨는 내가 거듭 괜찮다고 하는데도 과도한 사과를 이어 나갔는데, 여러 번 사양했음에도 밥을 사고 싶다고 했고, 자기는 원래 그런 사람이 아니라며 첫인상을 만회하고 싶다고 했다. 그리고 전화를 끊을 때쯤에는 실은 그것 말고도 상의하고 싶은 일이 하나 더 있다고 했다.

*

    우리는 그다음 주 토요일 늦은 오후 충무로에 있는 대한극장 앞에서 만났다. 그날은 국제 성소수자 혐오 반대의 날, 일명 아이다호 데이를 기념하여 M 단체에서 프리허그 캠페인을 진행한 날이기도 했는데, 나는 거리로 나서는 건 내키지 않았기에 선약을 핑계 삼아 바로 극장 앞으로 갔고, 광호 씨는 인사동과 홍대 일대에서의 활동을 모두 마친 다음 충무로로 넘어왔다. 광호 씨가 굴짬뽕을 진짜 잘하는 중국집이 하나 있다며 충무로를 고집했다.

    나는 주말이라 그런지 제법 번잡스러운 극장 앞을 두리번거리다 멀찌감치 입구 쪽에 서 있는 광호 씨를 발견했다. 그리고 지난번과는 조금 다른 광호 씨의 모습에 그 자리에 얼어붙고 말았다. 광호 씨가 발목까지 내려오는 검은색 시스루 치마를 입고 있었기 때문이다. 속에 흰색 반바지를 입고 있었으므로 엄밀히 말하자면 치마만 입고 있는 건 아니었으나, 어쨌든 겉에 두른 건 치마라고 부를 수밖에 없는 것이었다. 앞서 캠페인을 하던 복장 그대로 온 것 같았다.

    미친 걸까. 사람들이 안아 주고 응원해 주니 이래

도 된다고 생각하는 걸까. 여기는 호모힐도 아니고 포차 거리도 아닌데?

나는 못 본 척 돌아서고 싶은 충동을 느꼈다. 전화를 걸어 갑자기 집에 급한 일이 생겼다고 둘러대면 되지 않을까 싶었고, 그리 오래 기다린 건 아니니 많이 미안해할 일은 아니지 않을까 싶었다. 하지만 이런저런 생각을 감도는 사이, 나는 어느덧 광호 씨 쪽으로 다가가고 있었다. 광호 씨가 먼저 나를 알아보고는 손짓했기 때문이다.

광호 씨는 자신의 옷차림을 어색해하지도 민망해하지도 않았다. 내가 부릅뜬 눈으로 치마를 쳐다보자 신경을 좀 썼다며 가볍게 웃어 보일 뿐이었다. 광호 씨의 태도라는 게 너무 뻔뻔하고 당당해서 오히려 이 상황을 불편해하는 내가 잘못된 건가 싶었다. 그러므로 나는 광호 씨보다는 나를 설득하고자 했다. 광호 씨가 지금 이런 차림이라고 해서 나까지 이런 사람으로 보이는 건 아닐 거라고. 아니, 그 전에 사람들은 광호 씨에게 별 관심이 없을 것이며, 어차피 우리는 바로 식당으로 들어갈테니 잘 보이지도 않을 거라고.

하지만 그렇게 나 자신을 다독이자 나는 좀 화가 났다. 어쩐지 몰래카메라 속 주인공이 되어 시험을 당하는 것만 같았고, 이런 식으로 아무런 동의도 없이 나를 곤경으로 밀어넣는 광호 씨가 무례하다고 생각했다. 광호 씨 옆에 서자 이쪽을 힐끗거리는 사람들이 하나둘 눈에 들어왔는데, 잠시 발걸음을 멈춘 채 우리 쪽을 노골적으로 쳐다보던 중년의 남자와 눈이 마주쳤을 때는 순간적으로 숨을 참게 됐다.

생각해 보면 나는 그즈음 M 단체에서도 이와 비슷한 부대낌을 경험하고 있었다. 시간이 흐를수록 내가 조금씩 나아지고 있다는 확신이 들기는 했지만 동시에 이게 과연 내가 원하는 방향과 속도인지에 대해서는 의문이 있었던 것이다. 사무실 안에서 우리가 우리로서 모여 있을 때는 정말이지 괜찮았다. 정체성이 가져다주는 드라마에 울고 웃는 존재들을 확인하는 것만으로도 위로가 되었을 뿐만 아니라 앞으로 우리가 함께해야 하는 일들을 점검하고 되새길 때는 목젖이 뜨거워지는 듯한 뭉클함을 느끼기도 했으니까.

하지만 정확히 거기까지였다. 지붕과 벽이 있는 공간 안에서만 유효한 용기. 내가 하는 동성애가 더는 사생활이 아니게 되는 순간, 단체에서 벌이는 거리 캠페인이나 시위 활동을 통해 내가 바로 성소수자라고 세상에 소리쳐야 하는 순간, 나는 내 안에 꿈쩍도 하지 않는 바리케이드가 있다는 걸 실감하며 물러서게 됐다. 거기까지 가고 싶지는 않았고 거기에 있는 사람들처럼 절박해 보이고 싶지도 않았지.

*

그날 광호 씨가 내게 상의하고자 했던 일이란 단체에서 같이 퀴어 소설 읽기 소모임을 조직해 보자는 것이었다. 읽는 모임이 잘되면 쓰는 모임으로도 확장해 보고 싶다는 게 광호 씨의 바람이었다. 알고 보니 광호 씨는 중고등학교 시절 교내 백일장은 물론 대학 주최의 전국 백일장에서 입상했을 정도로 '문청'이었는데 — 광호 씨는 양손 검지와 중지를 굽혔다 폈다 하며 스스로를 그렇게 불렀다 — 밍밍 씨로부터 내가 국문학을 전공했으며 습작 중이라는 걸 전해 들은 모양이었고, 뜻이 맞는다면 우리가 문우 같은 게 될 수도 있다고 생각한 듯했다.

하지만 나는 광호 씨와는 확실히 선을 긋고 싶었다. 광호 씨처럼 겁 없는 사람과 엮였다가는 결국 오늘처럼 난처해질 거라는 예감 때문이었다. 나는 자리를 망치고 싶지는 않았기에 성심성의껏 반응했지만,

결국 내 입에서 흘러나오는 말이란 거절의 변주였다. 광호 씨는 내가 자신의 기대와는 다른 반응을 보이자 조금 당황한 듯했다. 굳이 함께 읽어야 할 정도로 퀴어 소설이 양적으로나 질적으로나 충분한 거냐고 묻자 이제부터 같이 리스트업을 해 보면 좋을 것 같다고 했고, 우리 말고는 아무도 관심이 없으면 어떡하느냐고 묻자 애초에 사람이 많을 거라는 기대는 하지도 않는다며 멋쩍게 웃었다.

이윽고 광호 씨는 내가 쓰고 있는 소설 내용을 궁금해했다.

제 소설이요?

네, 한 번 읽어 보고 싶어요.

아, 누구한테 보여 줄 수준은 아니어서…….

그렇게 말했음에도 광호 씨는 그저 눈썹을 치켜올리며 나를 가만히 쳐다보기만 했다. 어서 소설에 대해 말해 보라는 뜻이었다.

그때 나는 어떤 부부 이야기를 했다. 깨달음도 변화도 없이 오직 허무만으로 굴러가는 일상에 대한 이야기. 사실 그건 아직 한 글자도 쓰지 않은 소설이었는데, 그 당시 열심히 읽었던 레이먼드 카버의 영향 아래 있는 것이기도 했다. 나는 모호한 권태와 막연한 절망 속에 있는 인물들에 크게 공감하지 못하면서도 카버의 소설을 교본으로 삼고 있었고, 이제 와 생각해 보면 그건 전적으로 그 당시 활동하던 작가들이 카버에게 바친 열렬한 찬사 때문이었다. 나와는 멀어도 너무 먼 삶이었기에 왠지 더 근사해 보였고 거기서마저 소외되고 싶지는 않았기에 어떻게든 흉내라도 내 보고 싶었던 문학.

내 말을 유심히 듣던 광호 씨가 의아한 눈빛으로 물었다.

어? 그럼 우리 얘기가 아니에요?

우리요?

이쪽 말이에요.

아, 저는 이쪽 얘기는 안 써요.

왜요?

음…….

무슨 특별한 이유가 있는 거냐는 광호 씨의 물음에 나는 내가 추구하는 예술은 내 정체성과는 상관이 없다고 대답했다. 예술적 가능성을 스스로 축소하고 싶지는 않다고도 말했고, 소설은 정치적 구호나 이데올로기를 주입하는 도구가 아니라고도 말했으며, 결정적으로 나는 동성애 작가로 낙인찍히고 싶은 생각은 추호도 없다고 말했지. 그 순간 나는 왠지 모르게 광호 씨의 시선에서 불이 꺼진 듯한 느낌을 받았다. 내가 공적 영역과 사적 영역을 운운하며 중언부언했던 건 아마도 그래서였을 것이다.

진지한 거죠?

광호 씨가 나에 대한 실망을 환한 미소로 감추며 물었다.

뭐가요?

소설 쓰는 거 말이에요. 계속 쓰려고 하는 거죠?

나는 광호 씨가 사무실에서처럼 여전히 나를 얕잡아 보는 것 같아 헛웃음이 나왔고, 이번에는 순순히 지고 싶지 않다는 생각에 죽을 때까지 하고 싶은 유일한 일이 있다면 바로 이걸 거라고 장담했다. 그러자 광호 씨가 말했다.

그럼 쓰게 될 거예요. 두고 봐요.

아닐걸요?

맞아요.

아니, 그건 제가 더 잘 알죠. 쓰는 건 저잖아요.

내기할래요?

나는 광호 씨가 한 말이 공기 중에 충분히 스며들기를 기다렸다. 광호 씨가 지금 자신이 얼마나 어처구

니 없는 소리를 하고 있는지 알아야 한다고 생각해서
였다.

저기요. 광호 씨. 모든 사람이 광호 씨처럼 용감할
수는 없어요. 그래야 할 필요도 없고요.

그건 용기의 문제가 아니에요.

광호 씨가 내 말을 자르며 자신만만하게 말했다.

시간의 문제죠. 중요한 건 시간이에요.

…….

나는 광호 씨가 주제넘다고 생각했다. 나에 대해
뭘 그리 잘 안다고 함부로 말하는 건지 의아했고, 뭐
라도 되는 것처럼 자꾸 나를 가르치려 드는 게 거슬
렸다. 내 안의 불편을 자극하는 사람. 그게 그날의 광
호 씨에 대한 내 결론이었다.

우리는 식사를 마친 다음 다시 처음 만났던 자리
로 돌아왔다. 그리고 조만간 사무실에서 보자는 인
사를 나누고는 곧바로 헤어졌다. 그리 늦은 시간은
아니었으므로 어디 가서 맥주라도 한잔 하겠느냐는
의례적인 얘기가 나올 법했는데도, 광호 씨도 나도 그
건 원치 않는 것처럼 돌아서기에 급급했던 기억이 난
다. 광호 씨는 오늘 캠페인을 함께했던 멤버들이 아직
뒤풀이 중이라며 다시 종로로 돌아간다고 했고, 나

는 광호 씨와는 애초에 일행이 아니었던 것처럼, 저기 저 치마를 입고 돌아다니는 이상한 남자와는 처음부터 모르는 사이였던 것처럼 일부러 반대편으로 걸었다.

　나는 그로부터 한 달여 뒤 M 단체에 발길을 끊었다. '게이 라이프스타일 보고서' 집필 작업이 일단락된 데다 뜻밖의 연애로 단체와 단체에서 활동 중인 남자들에 대한 관심이 급격히 시들해졌기 때문이었다. 2010년은 우리나라에 아이폰이 널리 보급된 해이자 게이 전용 데이팅 앱이 활성화된 해였고, 나는 그 앱을 통해서 어떤 사람을 만나게 되었다. 그리고 그와 8년을 사귀었다. 그 사람은 태어나 한 번도 자기 입으로는 커밍아웃해 본 적 없는, 주변에 아는 게이는 나밖에 없는 클로짓이었는데, 나는 때로는 그 사람을 한심하다고 생각했고 때로는 불쌍하다고 연민했지만, 그 사람만큼 같이 있을 때 편하고 안전한 사람은 지금까지도 만나 본 적이 없다. 그 사람을 만나는 동안, 나는 우리가 꼭 세상에 보일 필요는 없으며 이대로도 괜찮지 않나 하는 생각을 자주 했던 것 같다.

광호 씨의 어머니 신귀영 씨에 따르면 광호 씨는 어렸을 때부터 욕심이 많은 아이였다. 광호 씨는 학창 시절 내내 반에서 한 번도 1등을 놓친 적이 없을 정도로 학업 성적이 우수했는데, 그건 공부에 대한 흥미보다는 원하는 건 무조건 가져야 하고 계획한 건 반드시 이뤄야 하는 악바리 기질 덕분이었다.

우리 애가 석연치 않은 방식으로 전교 부회장이 됐어요. 회장 하나에 부회장 둘을 뽑은 전형적인 임원 선거였는데 거기서 문제가 좀 있었죠.

신귀영 씨는 광호 씨가 초등학교 6학년이었던 해에 벌어진 작은 소동을 떠올리며 말한다.

우리 애는 득표 순서대로 하면 4등이었어요. 표 차이가 꽤 나서 아깝게 진 것도 아니었죠. 그런데 2등과 3등이 모두 여자라는 이유로, 그러니까 부회장 둘은 보기 좋게 남녀로 구성되어야 한다는 선거 규정을 근거로 우리 애가 득을 보게 된 거예요. 하지만 다음 날 우리 애는 누가 시킨 것도 아닌데 자리를 반납했어요. 이건 정말 부당한 일이라면서요. 물론 그날 집으로 돌아와 얼마나 서럽게 울었는지 몰라요. 누가 보면 빼앗긴 게 저쪽이 아니라 이쪽인가 보다 오해할 만큼요. 저는 그때 생각했어요. 우리 애는 내가 아는 것보다 훨씬 더 크고 올곧은 사람일지도 모른다고. 그러니 앞으로 이 애가 가는 길에는 더 많은 믿음과 지지가 필요하겠다고.

광호 씨는 2003년 서대문구 신촌동에 있는 모 대학의 사회학과에 입학했다. 사회학에 특별히 뜻이 있는 건 아니었고 그 시절 자신의 롤 모델이었던 영화감독이 그 대학의 사회학과 출신으로 잘 알려져 있어서였다. 광호 씨는 중학교 3학년 겨울 무렵부터 영화감독을 꿈꿨는데, 영화 학교에 바로 진학하고픈 마음도 없었던 건 아니었으나 학벌에 대한 욕심이 있기도 했고 부모님의 기대에도 부응해야 했기에 일단은 대입 시험에 열중했다. 그리고 입학과 동시에 영화 동아리 활동에 매진함으로써 꿈을 향한 열망을 이어 나갔다. 하지만 군 생활을 기점으로 광호 씨의 관심은 문학과 성소수자 인권운동으로 급격히 기운다. 학내 성소수자 동아리에 가입한 것도 복학한 첫 학기였다.

광호는 등장하자마자 에이스였어요. 주요 멤버였던 선배들이 모두 졸업을 앞두고 있어 주춤하던 시기였는데 광호가 나타나 그다음 해 바로 회장이 됐거든요.

광호 씨와 동아리 활동을 같이 했던 김소미 씨는
말한다.

학기 초가 되면 신입 회원 모집을 위해 중앙 도로
에 부스를 세우거든요. 우리는 성소수자 동아리니까
그 부스라는 건 사실상 그해의 운영진이 전교생 앞에
서 커밍아웃을 하는 무대인 거죠. 우리가 부스를 지
켰던 건 2007년이었는데, 첫날부터 눈도 하나 깜짝
하지 않는 광호가 신기해 제가 물었어요. 너는 어떻
게 애들이 수군거리며 지나가는데도 침착할 수 있는
거냐고. 그랬더니 광호가 늘 메고 다니던 이스트팩에
서 하얀색 플라스틱 구슬 같은 걸 꺼내 주더라고요.
이게 뭔가 싶어 봤더니 청심환이었죠. 자기는 심장이
목구멍 밖으로 튀어나올 것 같아서 아침에 한 번 점
심에 한 번, 두 번이나 먹었다고요. 저는 그날 받았던
청심환 포장 캡슐을 아직도 갖고 있어요. 이 못돼먹
은 세상에서 어떻게 살아남을 수 있을지 막막할 때마
다 한 번씩 손에 꼭 쥐어 보거든요.

광호 씨는 2013년 1월부터 2015년 12월까지 레즈
비언, 게이, 양성애자, 트랜스젠더, 인터섹슈얼 등 다
양한 성소수자들이 모여 있는 N 단체에서 상근 활동

가로 일했다. 연대활동 담당자로서 인권 단체 연석회의와 연대 분야 기획 회의, 차별금지법 제정 연대회의 등을 준비했고, 웹진 팀 소속으로 정기적인 콘텐츠 생산과 아카이빙, 회원 메일링에도 힘썼다. 그사이 광호 씨는 단체 안에서 만난 디자이너, 사진가, 필자 들과 의기투합하여 인터뷰집 『곁에 있는 사람들』을 펴내기도 했다. 성소수자 권리 증진을 목표로 활동하는 S 단체의 기금을 받아 진행된 프로젝트였는데, 퀴어 정체성을 드러낸 채로 직장 생활을 하고 있는 9인의 삶을 조명하는 내용이었다.

광호 씨는 24시간 깨어 있는 사람 같았어요. 안 그런 운동이 있겠느냐마는 성소수자 쪽도 언제나 사람이 부족하다 보니 활동가들 한 사람 한 사람이 짊어지는 게 참 많죠.

밍밍 씨는 그 어느 해보다 깊은 상흔을 남겼던, 그래서 유독 거리에 머무는 시간이 길었던 2014년을 회상하며 말한다.

광호 씨는 장애인 등급제 폐지 시위와 세월호 촛불 집회처럼 지속적인 연대가 필요한 현장마다 찾아가 무지개 깃발을 들고 목이 터져라 구호를 외쳤어요. 도움을 갚아야 할 곳도 빌려줘야 할 곳도 많았죠. 하지만 그해 말 제가 서울시청 점거 현장에서 찍은 영상 속의 광호 씨는 지친 기색이 역력해요. 떼꾼한 눈을 하고 맥없이 벽에 기대어 있거나 쥐어짜는 듯한 쉰 목소리로 드문드문 힘겹게 구호를 따라 하는 광호 씨의 모습을 보고 있노라면, 사람이 소진됐다는 게 바로 이런 거구나 싶죠.

*

지금도 M 단체의 홈페이지에는 광호 씨가 2011년 여름부터 겨울까지 반년간 진행했던 퀴어 소설 읽기 모임에 대한 기록이 남아 있다. 모임에 참여한 사람은 광호 씨를 포함해 세 명이었고, 그들은 총 열두 편의 퀴어 소설을 함께 읽었다. 광호 씨가 회차마다 짤막하게 정리한 후기에는 주제 도서에 대한 감상뿐 아니라 평소 광호 씨의 관심 작가와 독서 취향에 대한 이야기도 담겨 있는데, 그 시절 광호 씨가 가장 좋아했던 작가는 무라카미 하루키와 트루먼 커포티였고, 한국 문학에서는 이청준과 박완서를 즐겨 읽었다. 오정희의 「주자」와 「산조」, 손창섭의 「인간동물원초」에 대해서는 따로 길게 감상문을 쓰기도 했다.

하지만 광호 씨에 대해 이야기할 때 우리가 결코 빼놓을 수 없는 작품이 하나 있다면 그건 바로 이광수의 「윤광호」일 것이다. 광호 씨가 '광호'라는 자신의 닉네임을 바로 이 단편에서 가져왔기 때문이다. 밍밍 씨는 광호 씨의 본명이 '광호'가 아닌 '선민'이라는 걸 처음 알게 되었을 때의 당혹스러운 기분을 똑똑히 기억한다. 단체 사람들 대다수가 스스로 선택한 이름으로 활동하기에 광호 씨 역시 다른 이름을 쓴 게 그리 이상한 일은 아니었는데, 어째서인지 밍밍 씨는 광호 씨가 당연히 본명을 내걸고 활동하는 사람일 거라 믿어 의심치 않았다고 한다. 물론 '광호' 같은 지극히 평범한 이름을 닉네임으로 쓰고 싶어 하는 사람이 있을 수도 있다는 생각을 미처 하지 못했기 때문이기도 했고.

나는 밍밍 씨로부터 광호 씨의 이름 이야기를 전해 들은 바로 그날 밤 「윤광호」를 찾아봤다. 1918년 『청춘』이라는 잡지에 발표된 「윤광호」는 동경 K대학 경제과 2학년에 재학 중인 모범생 윤광호의 사연을 그린다. 평소 극심한 외로움에 시달리던 윤광호는 동네에서 몇 번 마주친 P라는 사람 덕분에 삶의 이유를 되찾게 되고, P에 대한 마음을 혼자 조용히 키워 오다 결국 고백을 감행한다. 하지만 얼마 뒤 P가 윤광호의 초라한 용모와 빈약한 재력을 문제 삼으면서 구애는 실패로 끝나고 마는데, 이에 상심한 윤광호는 몇 날 며칠을 끙끙 앓으며 자괴하다 급기야는 스스로 목숨을 끊기에 이른다. 그리고 윤광호가 사모했던 P가 여성이 아닌 남성이었다는 사실은 소설의 맨 마지막 문장에 와서야 밝혀진다.

나는 소설을 읽으며 오랜만에 가슴이 미어지는 듯한 기분을 느꼈고, 어째서 광호 씨가 '윤광호'라는 이름을 자신의 닉네임으로 삼을 정도로 이 작품을 각별하게 생각했는지 알 것 같았다. 남들과는 다른 욕망을 지녔다는 이유로 어린 시절부터 자신의 신체에 수치심과 모멸감을 적립해 온 사람이라면, 반복되는 혼란과 부정 속에서도 기어코 규범을 거스르는 쾌락 쪽으로 향하는 자신에게 진저리쳐 본 사람이라면, 제아무리 벽장으로부터 자유로워졌다 한들 이 소설에서 자신의 어떤 시절을 겹쳐 보지 않을 수는 없을 테니까.

그래서일까. 나는 그날 내가 광호 씨의 제안을 거절하지 않았다면, 그러니까 우리가 서로가 쓴 소설을 읽고 나눌 수 있는 문우가 됐다면 어땠을지 생각해 보게 됐다. 그리고 광호 씨가 과연 내게 어떤 소설을 보여 줬을지도. 사실 그건 전혀 가늠이 되질 않는다. 하지만 한 가지 확실한 건 광호 씨가 쓴 소설은 「윤광호」와는 달리 비극적 결말은 허용하지 않았으리라는 것이다. 내가 아는 광호 씨라면 어째서 우리는 소설 속에서마저 죽는 거냐며 볼멘소리를 했을 것이고, 일부러 더 밝고 유쾌하게 나아가는, 그리하여 결국 해피 엔딩에 도달하고야 마는 우리를 보여 주고 싶어 했을 것이다.

아니, 그것 역시도 확실하지 않다. 나는 광호 씨에 대해 잘 안다고 말할 수 있는 사람은 아니고, 그러므로 광호 씨의 소설 역시 함부로 단정할 수는 없다. 그러니 이렇게 말해야 할 것 같다. 광호 씨는 무엇이든 쓸 수 있는 사람이었고, 우리에게 필요한 이야기를 더 많이 들려줄 수 있는 사람이었다고. 그래, 이 문장에는 의심의 여지가 없다.

*

나는 2014년 겨울, 어느 문예지의 신인 추천 제도를 통해 작품 활동을 시작했다. 그리고 퀴어 소설을 절대로 쓰지 않겠다는 다짐은 2018년 여름에 폐기하게 되었다. 소설에 진짜 내 모습을 담고 싶다는 욕망도 욕망이지만, 두 해 전 '자긍심의 달'에 미국의 어느 게이 클럽에서 발생한 총기 난사 사건이 좀처럼 뇌리를 떠나질 않았기 때문이다. 나는 무방비 상태로 증오의 표적이 되어 죽은 사람들에 대해 자주 생각했고, 결국 내 인생에 언제나 가장 큰 고통과 희열을 안겨 주었던 정체성 이야기를 해 보기로 했다. 그리고 그렇게 완성한 원고는 2년 뒤 어느 출판사의 투고 시스템을 통과해 세상과 만날 수 있었다.

그 이후로 지금까지도 나는 줄곧 게이인 화자를 내세우며 글을 쓰고 있다. 내 성적 정체성과 화자의 성적 정체성을 일치시키자 그간 소설을 쓸 때마다 감지되었던 위화감이 거짓말처럼 사라졌고, 그 소설들은 실제 내 삶에도 영향을 미쳐 나는 소설 밖에서도 내가 어떤 사람인지 말할 수 있게 되었다. 물론 말할 수 있게 되었다고 해서 언제 어디서나 나를 드러낼 수 있는 건 아니다. 내가 한 발 걸치고 있는 출판계만 벗어나도 그건 무리한 일이고, 점점 더 극렬해지고 당당해지는 혐오 속에서 나의 안전과 안위부터 점검해야 하니까.

나는 한때 내가 대단한 용기를 냈다고 생각하기도 했다. 오랜 시간 정체하다 다시 한번 거듭났다는 식의 성장 서사 속에 나를 대입했고, 그렇게 나아진 내 모습을 제법 흡족해하며 자화자찬하기도 했다. 하지만 이제 와 돌이켜 보면 그게 과연 그토록 어려운 일이었을까 싶다. 지나고 보니 한결 심상해져 그런 것일 수도 있지만, 아무리 생각해 봐도 내가 누울 자리를 보고 누웠다는 심증을 떨쳐 버릴 수가 없기 때문이다.

문학판에서 성소수자의 목소리에 귀 기울이는 움직임이 없었다면 과연 내가 퀴어 소설을 쓰려고 했을까. 내가 만나고 교류하는 사람들이 이성애 중심주의와 성별 이분법에 대해 비판적 시선을 공유하고 있지 않았다면 과연 내가 내 정체성에 대해 말할 수 있었을까. 나는 쓰면 환영받을 수 있다는 신호를 읽었기 때문에 썼고 말을 해도 어떻게 되지는 않을 거라는 분위기를 느꼈기 때문에 말한 게 아닐까. 그렇다면 10년 전에는 절대로 불가능해 보였던 일들이 어째서 지금은 가능해진 거지?

나는 그건 용기의 문제가 아니라 시간의 문제라던 광호 씨의 말을 자주 곱씹는다. 어쩌면 그 말은 나를 향한 충고나 조언이 아니라 다가올 세상을 향한 기

대와 희망이었을지도 모른다는 바람을 안고서. 우리
의 정체성이 어떻든 거기엔 아무런 차별이 없어서 특
별한 용기도 자긍심도 필요 없는 세상. 우리가 누구
에게 어떤 종류의 끌림을 느끼든 그건 그다지 이상한
일이 아니어서 누군가의 인정도 응원도 필요 없는 세
상. 그날의 광호 씨는 시간이 흐르면 그런 세상이 반
드시 도래할 거라는 자신의 믿음에 내기를 걸고 싶었
던 게 아닐까. 우리가 우리를 외면하지 않는다면 그
런 세상은 틀림없이 앞당겨질 거라는 신념을 내게 보
여 주고 싶었던 게 아닐까.

*

광호 씨의 소식을 알게 된 건 작년 가을이었다. M
단체의 독서 모임에서 그해 봄 출간된 내 책으로 북
토크를 진행하고 싶다며 초청 메일을 보내왔고, 그렇
게 나는 근 10년 만에 다시 단체의 사무실을 찾게 되
었다. 모임장님의 소개에 따르면 독서 모임에서는 소
설뿐만 아니라 에세이, 인문학, 사회과학 등 다양한
분야의 책을 다뤘는데, 오래전 광호 씨가 만들었던
모임과는 별개의 모임이었음에도 나는 어쩔 수 없이

광호 씨를 떠올렸다. 거기에 가면 광호 씨와 재회하게 될 수도 있겠다는 생각도 잠시 하면서.

하지만 그날 내가 만난 사람은 광호 씨가 아니었다. 그 자리에는 스무 명 남짓한 사람들이 모였는데, 나는 혹시 여기에 나를 기억하는 사람이 있을지 궁금한 마음에 참석자들을 조심스레 살피다, 어서 나를 알아보라는 듯 옅은 미소를 머금고 있는 얼굴을 발견하게 되었다. 그게 바로 밍밍 씨였다. 밍밍 씨는 이 독서 모임의 회원은 아니지만 저자가 직접 참석한다는 공지를 보고 일부러 찾아왔다고 했다.

행사가 끝난 후 우리는 근처의 카페로 자리를 옮겨 근황을 나누었다. 밍밍 씨와 나는 '게이 라이프스타일 보고서' 집필 활동이 마무리된 다음 처음 만나는 것이었는데, 그간 어디서도 마주친 적이 없다는 사실을 괜히 신기해하며 밀린 소식을 두서없이 늘어놓았고, 그러다 자연스레 광호 씨에 대한 얘기로 넘어갔다. 광호 씨 이름을 먼저 꺼낸 건 아마도 나였을 것이다. 혹시 광호 씨는 어떻게 지내는지 아시느냐는 내 물음에 밍밍 씨는 어색한 정적과 흔들리는 눈빛으로 응답했고, 나는 그 즉시 뭔가 잘못되었다는 것을 알았다.

아주 잠깐이지만 나는 광호 씨가 스스로 생을 마감했을지도 모른다고 함부로 속단했다. 설마 아니겠지, 아닐 거야, 하고 별안간 엄습한 생각을 내쫓으면서도 광호 씨 역시 먼저 우리 곁을 떠난 성소수자들처럼 어느 순간 죽지 않고는 견딜 수가 없었던 걸지도 모른다고 비관했다. 그게 우리의 서사였고, 이런 소식이 까무러칠 만큼 놀라우면서도 동시에 넌더리가날 만큼 익숙하다는 게 이 삶의 가장 미쳐 버릴 것 같은 지점 중 하나였다.

하지만 광호 씨의 마지막은 내 예상과는 달랐다. 광호 씨는 자신에게 허락된 모든 수술과 치료를 기꺼이 감내하며 생에 대한 의지를 놓지 않았고, 가족들이 지켜보는 가운데 조용히 눈을 감았다.

나는 그 얘기를 듣고 나도 모르게 안도했다. 그리고 잠시 후 내가 이걸 다행으로 여긴다는 게 참으로 좆같다는 생각을 했다. 내가 뭐라 설명할 수 없는 기분 속에서 이런 속내를 털어놓자, 한동안 침묵을 지키던 밍밍 씨가 말했다.

이런 죽음과 그런 죽음이 과연 다를까요?

……네?

비약처럼 들릴지도 모르겠지만, 저는 광호 씨의 죽

음을 개인의 문제로 보지 않아요. 활동가로 산다고 해서 내가 어떻게 되어도 상관없는 건 아니잖아요. 앞에 서 있다는 이유로 당연한 것처럼 신변을 위협당하고 의무적으로 조롱을 감내해야 하는데, 최소한의 규제조차 없어 숨 쉬는 공기마다 노골적인 증오와 모욕과 낙인이 독성 물질처럼 부유하는데…… 어떻게 몸도 마음도 건강할 수가 있겠어요. 그건 아무리 뱉어 내고 씻어 내도 얇게 핀 곰팡이처럼 계속 살아남아 온몸 구석구석 스며들어요. 괜찮은 사람도 괜찮을 수가 없다고요.

*

광호 씨의 1주기에 맞춰 밍밍 씨와 친구들은 광호 씨를 위한 작은 추모회를 열었다. 그 자리에는 광호 씨와 같이 활동했던 동료들은 물론이고, 광호 씨의 어머니와 누나, 그리고 몇몇 대학 친구들도 참석했다. 그들은 각자 간직하고 있던 광호 씨의 사진을 한자리에 모아 감상했고, 거기에 얽힌 크고 작은 추억을 나누었다. 광호 씨가 그리 둥글둥글한 성격은 아니었던 탓에 뒤늦게 성토하는 분위기가 되었을 때는 많이 웃었고, 광호 씨의 어머니가 광호 씨의 투병 일기 몇 장을 읽어 주었을 때는 같이 눈시울을 붉혔으며, 광호 씨의 누나가 넉넉하게 준비해 온 떡과 식혜를 함께 나눠 먹었을 때는 다시 웃었다.

그로부터 2년이 흐른 지금, 광호 씨의 어머니 신귀영 씨는 성소수자 부모 모임에서 활동하고 있다. 여러 사람을 만나다 보니 상담 분야에 관심이 생겨 심리상담사 자격증 공부도 하고 있다고 한다.

광호 씨의 누나 윤선희 씨는 남편과 함께 제주도에서 작은 카페 겸 서점을 운영하고 있다. 작년부터 퀴어 관련 서적이 부쩍 늘어 서가 한쪽에 따로 코너를 마련해 두었는데, 그 앞에서 유독 오래 머무는 손님이 보이면 괜히 말 걸고 싶은 걸 간신히 참는다고 한다.

광호 씨의 대학 친구인 김소미 씨는 강남에서 제법 이름난 이혼 전문 로펌 소속 변호사로 일하고 있다. 한국에서도 동성 커플의 이혼 사건을 수임할 수 있는 그날까지 일을 계속하는 게 그녀의 목표라고 한다.

밍밍 씨는 활동가의 건강권에 대한 다큐멘터리를 만들고 있다. 자비로 진행하는 작업이어서 주머니 사정이 안 좋아질 때마다 일단 멈춤을 반복해야 했는데, 다행히 올 초에 독립 예술영화 제작 지원 사업에 선정돼 조만간 마무리할 수 있을 것 같다고 한다.

그리고 나는, 이 모든 이야기 앞에 뒤늦게 도착한 나는, 내가 무슨 말을 하고 싶은지도 잘 모르면서 이렇게 무턱대고 글을 쓰고 있다. 결국 내가 할 수 있는 건 이것뿐이라는 게 너무 초라한 것 같아 의기소침해졌다가도 내게 산적해 있는 죄책감과 부채감을 잠시나마 덜 수 있는 이 일이 있다는 게 얼마나 다행인지 모르겠다고 안도하면서. 그리고 지금 내게 주어진 이 지면이 어떤 성소수자들의 희생으로 비로소 가능해진 미래라고 생각하는 게 결코 무리는 아니리라 확신하면서.

아니, 나는 내가 무슨 말을 하고 싶은지 알고 있다. 내가 하고 싶은 말은 이거다.

광호 씨, 11년 전 우리의 내기를 기억하고 있을지 모르겠지만 당신이 이겼다는 소식을 뒤늦게 전합니다. 당신은 그냥 이긴 것도 아니고 아주 크게 이겼어요. 왜냐하면 당신 앞에서 절대로 이쪽 얘기는 쓰지 않을 거라고 다짐했던 제가 이제는 이쪽 얘기가 아닌 건 굳이 써야 할 이유가 없는 사람이 되었거든요. 어쩌다 이렇게 되어 버린 건지 모르겠지만, 아무튼 저는 당신이 이겼기에 다행인 나날을 보내고 있습니다. 당신이 당혹스러워해도 전혀 이상하지 않을 만큼 당신을 자주 떠올리면서요. 지금 당신이 있는 곳이 어디인지는 알 수 없지만, 그게 어디든 그곳은 당신이 오래도록 염원했던 미래였으면 좋겠습니다. 그리고 언젠가 우리가 다시 만난다면 당신의 버전으로 당신의 이야기를 직접 들을 수 있기를.

그럼 그때까지 안녕.

11시부터 1시까지의 대구

고인이 된 매형과는 딱 한 번 통화를 한 적이 있다. 내가 그 집 첫째 아들 준기에게 영어를 가르치게 되었기 때문이었다. 보컬 전공으로 대입을 희망했던 준기는 고2 겨울방학 한 달간 친구와 함께 서울에 머물면서 실용음악 학원에 다닐 예정이었는데, 레슨을 받는 시간 외에는 피시방이나 플스방에 죽치고 앉아 있을 게 뻔하므로 너한테 틈틈이 영어라도 배웠으면 좋겠다는 게 은수 누나 부부의 바람이었다. 내가 대학을 졸업할 무렵의 일이었으니 벌써 10년도 더 된 일이었다. 그때 매형은 누나 대신 대뜸 전화를 걸어와 과외비를 5만 원이나 깎았다. 5촌 조카라는 것을 감안해

시세보다 조금 낮게 불렀는데도 20만 원 이상은 주지 않으려고 했다.

그날 밤 엄마한테 이래저래 해서 매형에게 돈을 깎였다고 했더니 엄마는 그렇다니까, 그놈이 아주 지독하더라니까 하면서 매형이 처가 식구 전부를 먹여 살리는 와중에도 대구에 32평짜리 아파트를 두 채나 마련한 얘기를 늘어놓았다. 대학 졸업장이 쓸모없다는 걸 일찌감치 깨닫고는 부지런히 설비 기술을 배우러 다니더니 결국 자수성가를 한 거라고 했고, 남 보기에 그럴듯한 일이 아니라 세상에 진짜로 필요한 일을 해야 사람 구실을 하면서 살 수 있다고도 했다. 취업 대신 영화 학교에 가겠다며 고집을 부리던 내게 제발 좀 들으라고 하는 소리였다. 그래도 내 편을 아예 안 들 수는 없다고 생각했는지, 엄마는 나중에 매형을 좀스럽다고 흉보면서 어디 얼마나 잘 사나 두고 보자고도 했는데…… 안타깝게도 매형은 그리 잘 살지는 못했다. 위암이었고 거의 5년 넘게 투병 생활을 이어가다가 결국 눈을 감았으니까.

*

이른 아침의 대구행 열차는 한산하고 적막했다.
코로나로 인해 창가 쪽 좌석만 이용이 가능한 데다
도시 간 이동을 자제하는 분위기여서 열차 한 칸에
겨우 서너 명이 앉아 있을 뿐이었다. 출발할 때만 해
도 신발에 양말까지 젖을 만큼 거센 장대비가 쏟아졌
는데, 어느새 창밖의 하늘이 신기하리만큼 맑게 개어
있었다. 빗방울이 흥건했던 차창은 바싹 말라 있었
고, 들판과 야산의 초록은 짓이겨지듯 빠르게 흘러가
면서도 선명했다. 나는 몇 번 본 적도 없는 매형의 죽
음에 대해 내가 안타까움 이상의 감정을 느끼지 못하
는 건 어쩌면 당연하다는 생각과 그래도 그렇지 이렇
게까지 무감한 건 왠지 좀 잘못된 것 같다는 생각을
오가다 다시 핸드폰을 집어 들었다. 그리고 몇 분 전
까지 들여다보던 인스타그램 피드로 돌아갔다.

언젠가부터 내 인스타그램 둘러보기 피드에는 걸
칠 건 다 걸쳤는데도 어쩐지 벗은 것처럼 느껴지는 아
시아계 남자들이 대거 등장했는데, 팔로잉을 한 것도
아니고 '좋아요'를 누른 것도 아닌데 끈덕지게 나타나
자기 어필을 해 대는 바람에 속절없이 들여다보게 됐

다. 어디선가 이게 사용자의 이용 패턴을 기반으로 제공되는 큐레이션이라는 얘기를 들은 다음부터는 안봐야지, 지지 말아야지 생각하기도 했으나 언제나 생각보다 손이 먼저 반응해서 악순환이 반복됐다.

아닌가, 이건 선순환인가.

나는 호크니의 작품 앞에서 팔짱을 낀 채로 환하게 웃고 있는 남자와 호텔 욕실에서 가운을 반쯤 풀어 헤친 채 거울 셀카를 찍고 있는 남자, 그리고 식스팩이 선명한데도 굳이 옆구리 살을 꼬집으며 '돼지중'이라는 멘트를 남기는 남자의 사진에 오래 머물렀고, 습관처럼 이들이 게이인지 아닌지를 확인하기 위해 팔로잉 목록부터 살폈다. 빼박이다 싶으면 맥없이 애틋해졌지만 금세 흥미를 잃었고 아리까리하다 싶으면 어쩐지 간파해 내고 싶은 생각에 급격히 관심이 커지는 게 내 패턴이라면 패턴이었다. 어째서 나란 인간은 남자의 껍데기에 이토록 쉽게 동요하는 건지, 어째서 이른 아침에 장례식장으로 향하는 기차 안에서까지 이러고 앉아 있는 건지 알 수가 없어 한참을 자조하고 있는데, 카톡이 왔다.

〔너 오고 있어? 어디쯤?〕

은미 누나였다. 둘째 외삼촌의 첫째 딸.

천장에 붙은 모니터에 따르면 다음 역은 동대구였고, 도착 예정 시간까지는 15분이 남아 있었다. 벌써 나와 있는 거냐고 묻자 누나는 잠시 주저하더니 혹시 혼자서 찾아올 수 있느냐고 물었다. 여긴 씻을 데가 없어서 잠깐 목욕탕에 다녀와야 할 것 같다고 했다. 어젯밤 애들을 전부 데리고 왔다는 누나는 내일 아침 발인 후에 장지까지 따라갈 모양이었다.

나는 택시를 타면 금방일 거라는 누나에게 알겠다고 대답한 다음, 실은 그편이 더 좋다는 마음을 숨기지 못한 채 라이언이 거수경례하는 이모티콘을 더했다. 처음 누나가 내게 도착 시각을 물으며 역까지 마중 나오겠다고 했을 때부터 굳이 왜라고 생각했을 뿐 아니라 가능하다면 조금이라도 더 혼자 있고 싶었으므로. 이왕 이렇게 된 거 카페에서 커피나 한잔 하고 움직이자 생각하는데, 누나가 카톡을 하나 더 남겼다.

〔너 몇 시에 간다고 했지? 그냥 가면 안 돼. 나 올 때까지 기다려. 알겠지?〕

나는 코레일 앱을 열어 미리 예매해 둔 서울행 승차권을 확인했다. 13시 정각에 동대구역을 출발해 14시 53분에 서울에 도착하는 KTX-산천 282호 열차였고, 이 열차를 타려면 넉넉잡아도 12시 30분쯤에는 장례식장에서 나와야 했다. 11시까지 도착한다는 가정하에 계산해 보면 내가 그곳에 머물러야 하는 시간은 대략 한 시간 반 남짓. 그래, 뭐 한두 시간 정도면 정상 가족 이데올로기의 복무자들 앞에서 간도 빼고 쓸개도 빼고 정체성도 뺀 채로 견뎌 볼 수 있지 않을까 싶은 마음으로 산정한 시간이었는데, 과연 그 계산이 나를 과대평가한 것인지 아니면 과소평가한 것인지는 알 수 없었다.

하지만 잠시 후 우리 열차는 동대구역에 도착한다는 안내 방송이 흘러나오자, 코로나까지 감수하며 내려온 이 도시에 고작 두 시간만 머문다는 건 정말이지 돈지랄 같다는 생각이 들었다. 교통비는 여차여차해서 거의 10만 원이나 했고 당장 서울로 돌아가지 않으면 안 되는 무슨 급한 일이 있는 것도 아니었으니까.

홀로 기차를 타는 것도 낯선 도시를 방문하는 것도 무척 오랜만이어서일까. 나는 동성로와 스파크랜드와 납작만두 등을 검색해 보다 불현듯 여행을 온 것마냥 싱숭생숭해져서는 누군가를 — 정확히는 남자를 좋아하는 남자를 — 만나고 싶다는 충동에 휩싸였는데, 아쉽게도 대구에는 아는 남자가 하나도 없었다. 헤어진 연인이나 한때 호감이 있었던 남자, 아니, 하다못해 인스타그램이나 트위터로만 알고 지내는 남자라도 대구에 살고 있다면 제가 왔어요 하면서 미친 척 메시지라도 보내 볼 텐데…… 그런 사람은 떠오르지 않았다. 그러므로 여기서 내가 누군가를 만나려면 결국에는 만남 어플을 가열차게 돌리는 방법뿐이었는데, 내 매력 자본이 전혀 빛을 발하지 못하는 그 가상의 공간으로 나를 또 끌고 들어가야 할 정도로 내가 외로운가 하면, 거기에 대해서는 아직 생각해 볼 시간이 있었다.

*

남자는 오른손이 위였던가 아님 왼손이 위였던가 헷갈려 그냥 손끝을 애매하게 모은 채로 어물쩍 넘어가 보려는데, 마침 은수 누나가 이 집은 기독교니까 꼭 절을 할 필요는 없다면서 기도를 권했다. 그러고 보니 위패 옆자리에 추모를 위한 기도문이 큼지막

하게 적혀 있었고, 무릎 높이의 단상에는 향로 대신 성경책이 펼쳐져 있었다. 나는 매형의 영정 사진 앞에 헌화한 다음 짧은 기도를 했고, 마스크를 쓴 채로 상주 자리에 나란히 서 있는 은수 누나와 준기, 준일 형제에게 묵례했다. 그래도 주제에 삼촌이라고 형제에게 힘이 될 수 있는 회심의 한마디를 해 주고 싶었는데, 아무리 생각해 봐도 삼가 고인의 명복을 빕니다 말고는 떠오르는 게 없어서 결국 악수할 때 손에 힘을 조금 더 싣는 것으로 대신했다. 하긴 내일 모레 서른인 애들한테 내가 어른인 척하는 것도 웃기지.

조문을 마치고 접객실로 나오자 큰외숙모가 기다렸다는 듯이 나를 끌어안았다.

아이고, 이 매정한 사람아. 어떻게 얼굴 한번을 안 보여 주나.

나는 그 말이 꼭 그 말은 아니라는 걸 알면서도 슬그머니 마스크를 벗었다. 큰외숙모를 포함해 접객실에 있는 사람들 대부분이 마스크를 쓰고 있지 않았다.

건강하시죠? 그대로세요.

에이, 미친놈. 그래서 장가는 언제 갈 건데? 여자는 있지?

불과 몇 년 전까지만 해도 아줌마 같은 할머니였던

큰외숙모는 이제는 영락없이 할머니 같은 할머니였고, 그건 내가 요즘 엄마를 볼 때마다 받는 인상과 크게 다르지 않았다. 세월의 힘에 힘껏 쥐어짜여서 수분과 탄력을 모두 잃은 듯한 모습. 내 뺨을 매만지는 손길도 거칠었다.

그때 은수 누나가 엄마, 요새 애들은 결혼 얘기 싫어해 하면서 퉁을 주더니 나를 빈소 바로 옆의 좌식 테이블로 데려갔다. 중년 여성분들 다섯이 한 테이블 건너에서 식사 중이었고, 그 뒤편으로 큰외숙모와 비슷한 연배의 어르신들 셋이 술잔을 기울이고 있었다. 접객실이 빈소를 품고 니은자로 꺾인 구조여서 안쪽이 잘 보이진 않았지만 조문객은 이게 전부인 듯했다.

이윽고 상조회사 직원분이 내 앞으로 떡과 과일이 담긴 일회용 접시를 내려놓았고, 큰외숙모가 내 옆자리에 앉으며 밥을 먹겠느냐고 물었다. 간이 세기는 한데 그래도 먹을 만하다고 했다. 나는 딱히 생각이 없기도 하거니와 혼자 뭘 먹는 건 어색할 것 같기도 해 이따 은미 누나가 오면 먹겠다고 대답했는데, 말을 하고 보니 문득 누나가 언제쯤 돌아올지 궁금해졌다. 무작정 기다릴 생각은 아니었지만 그래도 얼굴도 못 보고 일어서고 싶지는 않았으니까. 오는 길에 누나와

주고받은 카톡 얘기를 하자, 큰외숙모가 말도 말라며
손을 내저었다.

극성도 그런 극성이 없어. 아침 댓바람부터 싸우
는데. 어휴, 정신 사나워서 내가 은미더러 나가라고
했어.

누가 싸워요?

은미네 애들 말이야.

은수 누나가 그 말이 사실이라는 듯 내 어깨 너머
를 턱짓으로 가리켜 보였다. 시선을 쫓아가 보니 식사
중인 어르신들 뒤편으로 누가 엎드려 있었다. 교복 자
켓을 머리끝까지 덮고 있어 보이는 건 형체뿐이었지
만 자세가 적잖이 불편해 보였다. 은수 누나가 속삭
이듯 쟤가 은미네 둘째라고 했고 애가 예민보스여서
은미가 고민이 많다고 했다.

그 집 애들이 벌써 사춘기라니, 하면서 잠시 가벼
운 회한에 젖은 사이, 은수 누나가 엄마의 안부를 물
었다. 어디가 얼마나 안 좋은 거냐고도 했고 병원은
가 본 거냐고도 했다. 어젯밤 엄마가 누나에게 장례
식에는 내가 대신 갈 거라고 전하며 원인 모를 어지러
움과 메스꺼움을 호소했기에 하는 말이었다. 나는 엄
마가 무슨 중병이 난 건 아니고 아무래도 코로나 때

문에 대구행은 부담스러워하는 것 같다고 둘러댔다. 물론 엄마가 집에 있기로 한 진짜 이유는 큰외숙모를 마주하고 싶지 않아서였고, 이 집에서도 그걸 모를 리 없었다. 엄마는 10여 년 전 큰외삼촌이 세상을 떠난 뒤 큰외숙모와 의절했는데, 그때는 왜 그리 심하게 싸웠는지 모르겠다고 말은 늘 하면서도 관계를 복원하는 건 원치 않는 듯했다.

엄마 얘기가 길어지면 아무래도 큰외숙모가 불편할 것 같아 말을 돌리려는데, 은수 누나가 아 참 내정신 하면서 옆옆 테이블 사람들에게 나를 소개했다. 분위기를 보아하니 누나의 친구들 같았다.

여기는 서울 사는 우리 고모 아들. 가족 중에 유일하게 대학 같은 대학 나온 애.

나는 내가 그렇게 요약된다는 게 기가 찼으나 누나가 나에 대해 아는 게 그것 말고는 없지 않나 싶기도 하고 또 그것 말고는 없었으면 싶기도 해서 군말 없이 고개를 숙였다. 오늘 나는 내가 아니라 엄마 대신이었고, 그러므로 괜히 허튼소리나 해서 실없어 보이지 말라는 엄마의 지령을 성실히 이행할 의무가 있었다. 그래, 이쯤은 해야지, 나도 양심이 있으면 도와야지 하고 마음을 다잡는데, 누나의 친구들 가운데 나와 가장 가까이 앉아 있는 분이 살짝 몸을 틀며 말했다.

얘기 많이 들었어요.

누나가 바깥쪽에 앉아 있는 두 사람을 따로 소개했다.

왼쪽은 상구 처고, 오른쪽은 상철이 처야.

아…….

나는 얼결에 다시 인사한 다음 두 사람을 가만히 눈에 담았다. 동그란 얼굴에 그보다 더 동그란 안경을 끼고 있는 쪽이 상구 형 부인, 긴 파마머리에 매끈한 콧대를 가진 쪽이 상철이 형 부인이었다. 상구 형과 상철이 형은 은수 누나의 남동생이었는데, 둘 다 최근 몇 년 사이에 이혼했다는 건 전해 들었으나 재혼한 건 처음 알았다. 언젠가 엄마는 둘 중 누군가의 이혼 소식을 전하며 이씨 일족은 어쩌면 그렇게 하나같이 참을성이 없는 거냐고, 이제 그 집 애들은 불쌍해서 어떡하냐고 혀를 찼는데, 그건 상구 형과 상철이 형 이전에 엄마의 남동생들, 그러니까 둘째 외삼촌과 셋째 외삼촌 모두 이혼을 해 그 집 애들이 힘겨운 유년을 보냈기에 하는 소리였다. 물론 나는 끝내 이혼을 하지 않는 부모 밑에서 자라는 게 훨씬 더 불행할 수도 있다고 생각하는 쪽이긴 했지만.

말이 나온 김에 형들은 어디 있느냐고 물었더니, 상구 형은 밤샘 폭음으로 유족 휴게실에서 자고 있다고 했고, 상철이 형은 레슨이 있어서 저녁에 올 거라고 했다. 상철이 형은 스키와 골프, 스킨스쿠버를 거쳐 이제는 테니스를 가르치는 모양이었다.

그래, 알아보겠네.

상철이 형 부인이라는 분이 나를 빤히 쳐다보다가 말했다.

어릴 때 얼굴이 남아 있네요.

……저요?

우리 본 적 있거든요. 예전에 포천에서. 너무 어렸을 때라 기억 못 할 수도 있는데.

은수 누나가 반색하며 끼어들었다.

어머, 너도 거기 있었어? 베어스타운?

그럼, 언니. 내가 그때부터 상철 오빠 좋아해서 따라갔잖아.

어우야, 그때 거기서 잘못 엮여서 인생 꼬인 애들이 한둘이 아니잖아.

나는 이게 다 무슨 소린가 싶은 어리둥절한 표정으로 앉아 있었으나, 실은 그날을 기억했다. 1992년 겨울이었고, 스키 강사로 일하던 상철이 형이 콘도에 공짜 방을 얻었다고 해서 외가 사람들 전체가 우르르 스키장으로 몰려갔던 날이었지. 워낙 호황이었던 데다 다들 하는 일도 잘돼 우애가 좋았던 시절이었다. 그날이 무슨 날이었는지 은수 누나는 바로 아래층에 방을 하나 더 잡고는 친구들을 불러 모았는데, 이쪽과 저쪽 모두가 술판에 화투판인 가운데서도 나는 조금 더 젊고 근사해 보이는 사람들이 많은 방을 기웃거렸다.

은수 애는 어렸을 때부터 그랬어.

한동안 잠자코 있던 큰외숙모가 말했다.

옛날에 우리 자양동 반지하 살 때, 저기 저 빈소만 한 방에서 다섯 식구가 먹고 자고 할 때, 그때도 이 기지배는 창피한 줄도 모르고 지 친구들을 죄다 끌고 왔다니까.

엄마, 내가 모르긴 뭘 몰라.

누나가 큰외숙모의 말을 자르며 말했다.

우리 집 얼마나 창피했는데.

그래? 창피했어? 근데 애들을 그렇게 데려와?

그거야 그래야 무시를 안 당하니까. 먼저 숨기고 움츠리면 애들이 함부로 해도 되는 줄 안다니까. 당당한 척 속을 다 까뒤집어 보여야 겨우 내 편이 되어 주지.

은수 누나는 어렸을 때부터 활발하고 붙임성이 좋아 언제나 주변에 사람이 끊이질 않았는데, 그게 사람을 유난히 좋아하는 누나의 성정 때문이라고만 생각했지 다른 이유가 있을 거라고는 한 번도 생각지 못했던 나로서는 어쩐지 그 말이 좀 짠하게 들렸다. 하지만 나는 누나의 말에 완전히 동의할 수는 없었는데, 왜냐하면 내가 살아온 삶의 궤적은 솔직하면 할수록 함부로 대해지는 게 인생이라고 일러 주는 것만 같았기 때문이었다.

잠시 대화가 끊긴 틈을 타 상철이 형 부인이 다시 만나서 좋네요 하면서 내게 옅은 미소를 보였다. 침묵을 메우기 위해 한 말 같았지만 그래도 듣기에 좋은 말이었다. 나는 좋다고 말씀해 주시니까 저도 좋네요 하고 대답한 다음 오래전 그날 속 어딘가에 자리하고 있었을 그녀를 떠올려 보려고 노력했다. 30년 전의 나를 단박에 기억해 주는 분에게 모르쇠로 일관한다는 게 어쩐지 실례인 것 같았으므로.

하지만 그날 그 콘도에 있었던 은수 누나의 친구들 가운데 내가 기억하는 사람은 따로 있었다. 지금도 생김새는 물론이고 이름까지 또렷하게 남아 있는 사람. 무슨 대단한 사건이 있었던 것도 아닌데 어쩌다 한 번씩 원체험 속 주인공처럼 생각나는 사람.

그분의 이름은 정아였다. 누나라고는 했지만 보통의 누나와는 달라 보였고, 내 눈에만 그런 건 아니었는지 둘째 외삼촌네 삼남매와 셋째 외삼촌네 삼남매 역시 호기심을 감추지 못했다. 작고 동그란 이마에 오밀조밀한 이목구비, 매끈한 턱선은 분명히 여성의 그것이었지만, 큰 키에 짧고 덥수룩한 머리, 걸걸한 목소리는 자꾸 그녀에 대한 판단을 지연하고 교란했으니까. 그냥 그런가 보다가 안 되는 나이였던 탓에 그날의 우리는 그분에게 정말 여자가 맞느냐고 집요하게 물어 댔는데, 그분은 자신을 향한 무례한 시선을 활보하게 내버려 둔 채로 응, 여자야 하고 심상하게 대답했다. 그러고는 우리에게 이선희를 아느냐고도 물었고 이상은을 아느냐고도 물었지.

그날 밤 우리는 그분에게 스키 기본 동작을 배웠다. 옷가지며 가방이 잔뜩 쌓여 있는 방 한쪽에 일렬로 서서 그분이 시키는 대로 양 무릎을 모았다 폈다 했다. 오른쪽으로 가려면 오른쪽이 아닌 왼쪽 무릎을, 왼쪽으로 가려면 왼쪽이 아닌 오른쪽 무릎에 힘을 줘야 한다는 설명을 이해해 보려 애쓰면서. 그분은 우리를 돌봐야 하는 의무가 있는 것도 아니면서 꽤 오랫동안 곁에 있었는데, 그날 그 자리가 청춘 남녀가 자연스러운 만남을 추구하는 그런 분위기였다는 은수 누나의 말을 곱씹어보자, 어째서 그때 그분이 무리에서 외따로 있었는지 알 것만 같은 기분이 되었다.

나는 문득 그분의 안부가 궁금해졌다. 지금 돌이켜 보면 그분은 화장기 없는 얼굴에 체형을 완전히 가리는 박스 티, 한쪽 귀에만 한 피어싱까지 이건 좀 뻔하지 않나 싶은 모습이었는데, 너무나도 전형적인 나머지 과연 그분이 실제로 그랬는지, 아니면 내가 그분을 원하는 대로 왜곡해 기억하고 있는 건지 의심스러웠다. 하지만 한 가지 확실한 건 그날 거기에 있던 십수 명의 사람들 가운데 그분은 확실히 뭔가 다른 존재였고, 나는 그 다름이 나와 어떤 식으로든 관련이 있으며 그것이 내 인생을 결코 수월하지 않은 방향으로 이끌리라는 것을 일찌감치 감지했다는 것이다. 어떤 기억이 거듭 재조합되며 수명을 연장하는 건 분명히 이유가 있었다.

나는 물어볼까 말까 한참을 망설이다 갑자기 기억

난 척 입을 뗐다.

혹시…… 그분은 어떻게 지내세요? 성함이 정아인
가 정화인가 그랬는데.

은수 누나가 눈을 동그랗게 뜨면서 신기해했다.

너 정아가 기억나?

나는 고개를 두어 번 끄덕이고는 그분이 스키를 가
르쳐 주었던 게 잊히지 않는다고 덧붙였다. 궁금해하
는 이유는 그것 말고는 없다는 듯이.

정아는 제주도에서 게장집 해. 가게가 두 개야. 완
전 부자야.

그때 큰외숙모가 대뜸 걔는 결혼은 했느냐고 물었
다. 그분을 기억해서 묻는 것 같기도 했고 그게 누구
든 일단 화제에 오르면 기혼 여부부터 확인하는 게
습관인 것 같기도 했다. 나는 숨을 죽이고 다음 말을
기다렸다. 사실은 나도 그게 궁금했으니까.

하지만 누나로부터 돌아온 대답은 기대와는 많이
달랐다.

옛날에 했지. 정아도 아들만 둘이야.

나는 순간적으로 누나가 말하는 사람이 내가 생각
하는 그 사람이 맞나 싶어서 멈칫했고, 뭔가 잘못된
것 같다고 이의를 제기하고 싶은 마음과 그럴 리 없다

고 부정하고 싶은 마음, 그리고 이걸 아쉽다고 해야 할지 서운하다고 해야 할지 알 수 없는 마음 사이를 헤매다 속으로 쓴웃음을 지었다. 내가 또 헛다리를 짚었구나 싶어서. 그러니까 이건 아주 어렸을 때부터 시작된 거구나 싶어서. 나는 지금도 누군가를 겉모습만으로 혹은 분위기만으로 퀴어로 오해하고 단정하는 짓을 자주 했고 ─ 제발 한 사람이라도 더 있었으면 좋겠다! ─ 그건 아마도 이번 생이 끝날 때까지 그만두지 못할 터였다. 물론 결혼을 하고 자식을 낳았다고 해서 퀴어가 아니라는 법은 없고, 정체성이라는 게 세상의 분류처럼 그렇게 말끔하고 자명하지만은 않다는 것 역시 모르지 않았지만, 어쩐지 내 게이더는 원체험부터 형편없었다는 게 증명된 것 같았다.

하지만 한편으로는 다행이라는 생각도 들었다. 아닐 수 있다면 아닌 게 낫지 않을까. 그럴 수 있다면, 그래도 된다면 한 사람이라도 덜 외롭고 덜 고통스러운 게 낫지 않을까. 이런 비관은 항상 마음속 어두운 곳에 웅크리고 있다 불쑥 기어 나와서는 내 삶을 좀먹었고, 내가 날마다 나를 용기와 자긍심으로 단련해도 완전히 소멸되지 않았다.

얼마쯤 지났을까. 역시 어떤 걸 영영 몰라도 되는

사람들과 함께 있는 건 그 자체만으로 힘이 든다는 생각에 골몰해 있는 사이, 성경책을 든 어르신들 네댓 명이 들어왔다. 은수 누나가 급히 마스크를 쓰더니 전도사님 하면서 무리 중 가장 앞에 있는 남자를 반겼고, 곧바로 나머지 조문객들을 빈소로 안내했다. 큰외숙모가 이제 점심시간이 됐으니 슬슬 사람들이 올 것 같다고 했는데, 시간을 확인해 보니 어느덧 30분이 지나 있었다.

은미 누나가 접객실로 돌아온 건 아마도 그로부터 1~2분쯤 뒤였을 것이다. 입구 쪽에서 익숙한 목소리가 들려오기에 눈을 돌렸더니 이제 막 벗어 든 샌들을 신발장에 집어넣고 있는 은미 누나가 보였고, 이내 누나가 나를 발견하고는 새된 소리를 냈다. 어쩐지 상황과 장소를 망각한 환대인 것 같아서 목소리를 좀 낮추라는 손짓을 했는데도 누나는 보란 듯이 더 큰 괴성을 내지르며 손을 흔들었다.

*

은미 누나는 자꾸 내게 먹을 걸 권했다. 밥 생각이 없다고 하자 떡을 내밀었고, 떡을 한두 개 집어 먹는 둥 마는 둥 하자 안주용 마른 과자를 잔뜩 담아 가지고 왔다. 콜라에 사이다에 식혜까지 캔 음료도 내 앞으로 한가득이었다. 누나는 자기도 손님이면서 내게 뭐라도 든든하게 먹여야 한다는 강박이 있는 것 같았는데, 아마도 내가 금방 일어날 걸 아니까 그에 대한 서운하고 아쉬운 마음을 이런 식으로 표현하는 것 같았다.

너 어렸을 때도 사람 많은 데선 밥 안 먹은 거 알아? 너네 엄마는 너가 너무 가려서 힘들다고 하고, 큰엄마는 그래도 너 편 들어준답시고 애가 선비네 양반이네 하고.

나는 지금도 안 먹고 싶은 게 그래서인가 생각하다가 양반은 무슨 양반이냐고, 돌아가신 할머니 말로는 김가는 대대손손 족보도 없는 쌍놈이라고 투덜거렸다. 웃자고 한 소리는 아니었는데 누나가 박수를 치면서 깔깔 소리를 내서 덩달아 나까지 웃게 됐다. 별것도 아닌 말에 시원하게 웃어 주는 건 예나 지금이나 똑같았다.

뭐야, 왜 이렇게 아줌마 됐어.

나는 엄지와 검지로 입가에 고인 침을 닦아 내는 누나를 보면서 말했다. 오랜만에 만난 누나는 나보다

고작 세 살이 많을 뿐인데도 어쩐지 나와는 다른 세
대 같았다.

　너도 대박 아저씨거든. 너 선크림은 바르니? 선크
림 있어?

　나는 은미 걔가 주는 건 그게 무엇이든 절대로 받
아 오지 말라던 엄마의 신신당부를 떠올리며 많아, 진
짜 많아 하고 선을 그었다. 이런 거절은 익숙한 듯 잠
깐 한쪽 볼을 실룩이던 누나가 하던 말로 돌아갔다.

　아줌마니까 아줌마지. 나는 아줌마가 아니었던 적
이 없어.

　생각해 보니 그랬다. 누나는 남들보다 조금 일찍
가정을 꾸렸으니까. 열아홉에 덜컥 임신을 하더니 스
물에 첫째를 낳았고 서너 해 간격으로 둘째와 셋째를
낳는 바람에 청춘도 젊음도 모두 포기해야 했으니까.
한동안 연락이 두절되었던 누나는 전직 유도 선수였
다는 매형과 고깃집을 개업한 뒤에야 다시 왕래를 재
개했는데, 안타깝게도 그 다다음 해에 폐업 소식과
이혼 소식을 동시에 전해 왔다. 매형이 누나의 절친과
바람이 났다고 했다.

　그리하여 누나는 구례에서 누나의 친엄마와 함께
아이들을 키우고 있었다. 내 옆에서 육개장을 두 그릇

째 비우고 있는 퉁퉁한 남자애가 첫째, 한참 떨어진 구석 자리에서 마스크를 쓴 채로 액정 화면을 들여다보고 있는 남자애가 둘째, 그리고 누나 옆에 착 달라붙어서 칭얼대고 있는 여자애가 막내였다. 올해 고2라는 첫째의 이름은 명진, 중3이라는 둘째의 이름은 경진, 중1이라는 셋째의 이름은 유리였다. 나는 이 애들을 오늘 처음 봤다고 생각했는데, 누나 말에 따르면 우리는 8년 전에 한 번 본 적이 있었다. 누나의 남동생인 태웅이의 결혼식에서였다. 그날이 내가 누나를 마지막으로 본 날이기도 했다.

나는 뭘 사 달라고 조르는 것 같은 막내에게 말을 붙였다. 과자나 학용품 같은 거라면 사 주고 싶은 마음도 있었다.

너는 왜 그러는 건데. 뭐가 필요한데.

부끄러운 듯 시선을 떨구는 막내를 대신해 누나가 대답했다.

방학했다고 염색해 달래. 뷰티 유튜버 꿈나무셔.

그때 옆에서 말없이 수저를 뜨던 첫째가 군기를 잡듯이 야 했고, 막내가 제 엄마 품으로 머리를 파묻으며 중얼거렸다. 아, 해 줄 거 안 해 줄 거?

나는 막내의 말투에 느닷없이 어린 시절의 누나가

겹쳐 웃음이 나왔다. 우리가 이따금 만나서 어울릴 때마다 누나는 내게 이렇게 묻곤 했으니까. 나랑 놀 거 안 놀 거? 말해 봐, 놀 거 안 놀 거? 놀 거라고 분명하게 대답을 해도 묻고, 심지어 재밌게 놀고 있는데도 물어서 언젠가 나는 제발 그것 좀 그만 물어보면 안 되냐고 짜증을 낸 적도 있었는데, 지금 생각해 보면 고작 열한 살, 열두 살이었던 그 어린아이가 이런 식으로 관계를 확인받으려 했다는 건 가슴이 미어지는 일이었다.

유전자가 진짜 무섭긴 하네.

누나가 무슨 말이냐고 되묻듯이 나를 건너다봤다.

막내 말투 말이야. 어렸을 때 누나랑 똑같아서.

누나는 그런가 싶은 얼굴로 막내를 보다가 내게 비웃음을 던졌다.

야, 너는 니 엄마랑 똑같아.

나?

그래, 고모랑 판박이야. 서울 사람 같은 거. 정 없는 거. 어쩜 내 전화는 한결같이 씹어 드시는지.

나는 거기에 대해서는 할 말이 없었기에 미안해, 하고 말끝을 흐렸다. 오랫동안 상습적으로 씹었으니 누나 입장에서는 무시를 당했다는 생각이 들 수도 있었고 기분이 나빠 화를 낼 수도 있었다.

누나의 연락을 씹은 건 누나가 전해 오는 소식이라는 게 십중팔구는 다른 애들의 결혼이었기 때문이었다. 지난 몇 년간 나와 항렬이 같은 외사촌들은 모두 기혼이 됐는데, 한두 번 잠수 타는 걸 봤으면 눈치껏 그래, 애는 사정이 있나 보다 하고 넘어가 주면 좋으련만 누나는 그건 또 안 되는지 결혼식이 있을 때마다 내 참석 여부를 확인하려고 했다. 또래 중 가장 맏이라는 이유로 혹은 나와 가장 가까웠다는 이유로 나를 세상 밖으로 끌어내는 역할을 떠맡은 듯했다.

물론 나도 항상 유난스럽게 구는 건 아니었다. 30분 남짓 우두커니 앉아 박수나 몇 번 치는 게 뭐 그리 대수라고 자꾸 옹졸해지나 싶어 스스로를 다독일 때도 있었고, 정말이지 가지 않으면 안 되는, 이를테면 매일 얼굴을 맞대야 하는 직장 동료나 그동안 신세 진 게 많은 친구의 결혼식에는 어떻게든 꾸역꾸역 참석하기도 했으니까.

하지만 그렇게 좋은 사람인 척, 아니, 보통 사람인 척 노력한 날에는 어김없이 거대한 뭔가가 나를 물속에 처박아 놓고는 네 자리는 거기라고, 너는 평생 거기서 쥐죽은듯이 땅 위의 사람들을 쳐다만 보라고 강

제하는 듯한 기분에 시달렸는데, 그럴 때 나는 고장
났고 고로 폐기 처분되어 마땅하다는 결론까지 도달
하는 건 아주 금방이었다. 언젠가 어느 결혼식에 갔
던 날에는 그냥 저기 저 창밖으로 뛰어내릴까 싶은
충동이 일기도 해 내가 내 마음을 해치면서까지 괜
찮은 척하는 건 이제 그만하자는 결심을 하게 되기도
했고.

누나가 지금 내 머릿속을 들여다보는 것처럼 말
했다.

근데 은지가 너한테 엄청 서운해하기는 했어.

은지가?

니가 태웅이 결혼식에는 왔으면서 자기 결혼식에
는 안 왔다고.

내가 거기만 안 갔나. 은규, 은서, 상민이 다 안 갔
는데…….

장하다, 장해.

나는 누나에게 내가 태웅이 결혼식에 갔던 건 그
즈음 취업에 성공했기 때문이라고는 말하지 못했다.
이름을 말하면 누구나 다 아는 회사는 아니었지만
그래도 내가 길고 긴 방황 끝에 드디어 자리를 잡았
다는 걸 자랑하고 싶었다고도 말하지 못했고, 내가

되고 싶었던 것과는 많이 다른 사람이 되었어도 내 앞가림은 하면서 살고 있다는 걸 보여 주고 싶었다고도 말하지 못했다. 물론 그즈음 엄마가 태웅이 와이프가 혼수로 보내 온 이불을 포장도 뜯지 않은 채로 거실 한쪽에 방치해 두는 시위 아닌 시위를 벌이는 통에 아예 모른 척할 수가 없었다는 얘기도. 그러니까 그날의 나는 오늘처럼 내 나름대로 어떻게든 자식 된 도리를 벌충해 보겠다고 안간힘을 썼을 뿐이었다.

너는…… 고2라고?

나는 화제를 돌릴 요량으로 옆에 있는 첫째에게 물었다.

그럼 이제 열여덟 살?

네.

열여덟 살짜리 남자애랑은 무슨 말을 해야 하는지 감도 안 와서 머뭇거리는 사이, 누나가 얘는 육군사관학교를 가고 싶어 한다고 했다. 애가 어릴 때부터 지 엄마가 고생하는 걸 봐서 그런지 속이 깊고 듬직하다고 했다. 육군사관학교 지망이면 공부를 꽤 잘하는 모양이라고 묻자 누나는 그건 또 아니라며 열없이 웃었는데, 그냥 웃고 마는 건 자존심이 상하는지 둘째 쪽으로 넌지시 고갯짓을 했다. 공부는 쟤가 잘

한다고, 공부하는 꼴은 한 번도 본 적이 없는데 신통 방통하게도 성적은 잘 나온다고 하면서.

하지만 나는 어쩐지 그 말이 첫째를 건드렸을 것만 같아 슬쩍 기색을 살피게 됐다. 아침에 싸웠다는 얘기를 들어서 그런지 처음부터 둘 사이의 냉랭한 분위기를 의식하지 않을 수 없었고, 서로를 느슨하게 잇고 있던 긴장감이 일순간 팽팽해진 것만 같았으니까. 그리고 잠시 후 아니나 다를까 첫째가 야 하고 둘째를 불렀다. 막내에게 권위를 내세울 때보다 훨씬 더 크고 낯선 목소리였다.

이쪽으로 오라고. 삼촌한테 인사하라고.

둘째는 꿈쩍도 안 했다. 누나가 너 이 삼촌 기억한다고 했잖아 하면서 재차 말을 시켰는데도 귀에 뭐라도 끼고 있는 양 반응이 없었다. 뭘 보고 있는 건지 계속 화면을 밀어 올리는 손이 바빴고, 저렇게까지 집중하는 건 아무래도 의도적이라는 생각이 들었다.

애가 변했어요.

첫째가 하소연을 하듯 말했다.

작년까지만 해도 착하고 좋은 애였는데, 이젠 위아래도 없이 별것도 아닌 걸로 시비고. 어젯밤에도 진짜 제가 창피해서…….

나는 어젯밤은 또 무슨 얘긴가 싶어 누나를 쳐다봤다. 하지만 누나는 거기에 대해선 할 말이 없다는 듯이 슬그머니 막내에게 눈을 돌렸다.

유리가 중학교 가더니 엄청 꾸미거든요.

첫째가 손톱을 만지작거리고 있는 막내를 일별하더니 말을 이었다.

화장도 하고 다이어트도 하고 뭐 그래요. 아무튼 어제 상구 삼촌이 유리를 보자마자 왜 이렇게 예뻐졌냐고 놀라더라고요. 나중에 쌍꺼풀이랑 치아 교정 같은 거만 하면 걸그룹도 할 수 있겠다고요. 아, 솔직히 칭찬한 거잖아요. 상식적으로 그건 칭찬으로 한 말인 거잖아요. 근데 저 자식이 상구 삼촌한테 마지막 말은 취소하라고 정색하는 거예요. 애한테 성형을 강요했다고요.

아……

상구 삼촌이 그건 미안하다고 바로 사과했어요. 걸그룹은 그런 거 다 하고 나온다고 들어서 한 말이지 다른 뜻은 없다고, 유리가 그만큼 예뻐서 한 말이니까 기분 나쁘게 생각하지 말라고요. 근데 쟤는 그 예쁘다는 말 가지고 또 트집을 잡는 거예요. 그런 평가는 부적절하고 문제적이라면서요. 상구 삼촌은 나는 유리가 정말 예뻐서 예쁘다고 한 건데 그게 왜 문제냐고 황당해하시고…… 아니, 다 떠나서 지한테 한 말도 아니잖아요. 유리가 괜찮다는데 왜 지가 난리냐고요.

첫째는 거기까지 말하고는 내 반응을 살폈다. 동의를 바라는 것 같았고, 자기 편을 하나라도 더 늘릴 수 있다면 앞으로도 이 얘기는 얼마든지 반복할 기세였다.

요즘 계속 이래요. 페미들한테 세뇌당해서 무슨 말을 못 하게 해요. 말하는 거 보면 지는 남자가 아닌 줄 안다니까요. 정신병자도 아니고.

그때 등 뒤에서 둘째가 도저히 못 참겠다는 듯이 버럭 소리를 질렀다.

아, 님은 계속 그렇게 당연하게 사시라고요! 생각 같은 거 하지 말고 가던 길 가시라고요!

나는 자리를 박차고 일어서려는 첫째의 어깨를 가까스로 붙잡았고, 그 애의 손에서 빨간 고추기름이 묻어 있는 플라스틱 수저를 빼앗았다. 주위를 둘러보니 사람들의 이목이 진작부터 이쪽으로 쏠려 있었다. 여전히 입구 쪽 테이블에 앉아 있던 큰외숙모가 은미야 하고 악을 썼다. 애들을 어떻게 좀 해 보라는 뜻이었다.

둘 다 한마디만 더 해 봐. 아주 입을 찢어 놓을 테 니까.

누나는 감정을 싹 다 지워 버린 듯한 얼굴로 첫째 와 둘째를 번갈아 쏘아봤다. 움푹 들어간 눈동자는 왠지 물기가 어려 있는 것 같았고, 이런 상황을 수십 번 수백 번 되풀이한 것처럼 지쳐 보였다.

너는 그냥 혼자 살아.

누나가 메마른 목소리로 내게 말했다.

절대로 이 지옥으로 오지 말고.

뭐래. 나도 결혼할 거야.

나는 마음에도 없는 말을 비위를 맞춘답시고 했 다. 결혼해서 아들딸 구분 없이 셋은 낳을 거라고 했 고, 그 정도는 해 봐야 그래도 인생이 뭔지 조금은 알 수 있지 않겠느냐고도 했다. 그게 자기를 치켜세워 주는 말이라는 걸 뒤늦게 알아차린 누나가 입꼬리를 끌어 올렸다.

그래, 너는 이혼 같은 건 안 하고 잘 살 거야.

어째서?

우리 이씨가 아니잖아.

나는 누나가 내 친누나였으면 좋겠다고 생각했던

시절과 외가에 가면 또래 중 나만 이씨가 아니라는 게 어쩐지 분해서 나도 이씨가 되게 해 달라고 엄마를 졸랐던 시절을 잠시 떠올렸다. 어째서 나는 형들보다는 누나들과 어울리는 게 더 편한 건지 그 이유를 알 수 없었던 시절. 어째서 나는 누나들 사이에 껴 있을 때만 비로소 자연스러워질 수 있는 건지 그 이유를 짐작도 하지 못했던 시절.

나는 무슨 일이 있었느냐는 듯이 태연하게 게임 영상을 들여다보고 있는 첫째와 이쪽은 신경 쓰고 싶지도 않다는 듯이 비스듬히 돌아앉아 있는 둘째, 그리고 작은 손거울을 펼친 채 머리끝을 만지작거리고 있는 막내를 차례로 살피다가 다시 둘째를 눈에 담았다. 둘째는 이마를 짚은 채로 화면에 비친 글자들을 빠르게 흘려보내고 있었는데, 나는 그 애가 지금 자기가 혼자 고립되어 있다고 느낄까 봐 신경이 쓰였다.

얼마나 지났을까. 맨바닥에 허리 받침도 없이 너무 오래 앉아 있었더니 다리가 저릿해 자세를 바꾸려는데, 테이블 위에 올려 두었던 전화기가 진동했다. 12시 20분을 알리는 알람이었다. 알람은 10분 뒤에 한 번 더 울릴 예정이었고, 그 전에는 어떻게든 일어나야 기차를 타거나 타는 척할 수 있었다. 내가 슬슬 일어나려 한다는 게 보였는지 누나가 물었다.

진짜 갈 거? 태웅이랑 은지 보고 가면 안돼?

언제 오는데?

4~5시쯤 같이 도착한다는데. 너 은지네 애들 한 번도 못 봤지? 걔들 끼 부리는 거 진짜 골 때리거든.

나는 걔들은 몇 살이냐고 물었고, 궁금하지도 않은 걸 또 잘도 묻는 내가 미워져 얼른 혼자가 되고 싶었다.

얘기나 더 하자. 너랑 얘기하니까 살 것 같아.

나는 나를 애틋하게 바라보는 누나의 표정을 그대로 돌려주었다. 누나가 한 번 더 붙잡으면 마음을 바꾸기라도 할 것처럼, 우리가 또 언제 만나겠느냐는 누나의 말에 진심으로 망설이고 있는 것처럼.

하지만 다음 알람이 울렸을 때 나는 내가 어떤 선택을 할지 알았다. 왜냐하면 그 순간에도 나는 내가 나를 흉내 내고 있다는 기분을 떨쳐 낼 수가 없었으니까. 누나가 얘기해서 살 것 같은 사람은 진짜 내 얘기를 할 수 있는 내가 아니고 그저 기대되는 말이나 어울리는 말, 필요한 말만 할 수 있는 나였으니까. 잠시라도 내가 누구인지 까맣게 잊을 수 있다면 좋을 텐데, 아쉽게도 나는 내가 여기와는 어울리지 않는 사람이라는 생각을 계속 움켜쥐고 있었다.

*

은미 누나로부터 어디까지 갔느냐면서 전화가 걸려온 건 동대구역사 앞으로 이어지는 8차선 도로에 진입했을 때였다. 뭐 그리 대단한 일을 했다고 진이 다 빠져서는 나를 실은 이 택시가 이대로 서울까지 갔으면 좋겠다는 생각이나 하고 있는데, 누나가 깜빡했다며 줄 게 있다고 했다. 뭐냐고 물으니 엄마한테 전해 주면 된다고 했고, 나는 그게 뭔지 알았다.

지금 가고 있으니까 역 앞에서 기다려. 알겠지?

하지만 10여 분 뒤에 내 앞에 나타난 건 누나가 아니라 누나의 둘째였다. 처음에는 마스크 때문에 긴가민가했으나 손에 들려 있는 종이백이 그애가 맞다는 확신을 주었다.

둘째는 제법 키가 컸다. 아까는 구부정하게 앉아만 있어 몰랐는데 마주 서니 눈높이가 거의 비슷했다. 눈꼬리는 쌍꺼풀 없이 약간 올라가 있었고 눈동자는 크고 검었다. 중3이라고 했던가, 아니면 고1이라고 했던가. 그러고 보니 마스크를 벗은 얼굴은 아직

제대로 보지도 못한 데다 얼핏 들었던 이름도 생각이
나질 않았다.

너 혼자 온 거야? 엄마는?

둘째는 내게 종이 백부터 쥐여 주고는 가쁜 숨을
몰아쉬었다. 진한 눈썹 사이로 땀방울이 맺혀 있었다.

빨리 쫓아가라고 해서.

그렇구나. 고마워. 엄마한테도 고맙다고 전해 주고.

네.

그래.

…….

순간 어색한 정적이 내려앉았고, 나는 뭐라도 해
야 할 것 같아서 토너와 에센스와 수분 크림 같은 게
종류별로 담겨 있는 종이백을 들여다봤다. 바르면 꼭
뭐가 난다면서 엄마가 동네 아줌마들한테 염가에 되
팔거나 그것도 여의치 않으면 그냥 쌓아 두는 것들이
었다.

다시 고개를 들었을 때 둘째는 나를 빤히 쳐다보
고 있었다. 눈이 마주쳤으니 시선을 떨구거나 딴 곳으
로 돌리는 게 자연스러운 분위기였는데도 그러지 않
았다. 혹시 용돈을 달라는 건가 싶어 부랴부랴 지갑
을 찾는데, 둘째가 말했다.

저…… 기억하고 있어요?

끝이 살짝 올라가는 듯한 어조에 나는 그 말을 질문으로 오해하고는 되물었다.

기억하고 있냐고? 너를?

아니요, 기억하고 있다고요.

아, 기억하고 있다고? 너가?

네.

뭘?

둘째는 8년 전 태웅이 결혼식에서 만났던 나를 기억한다고 했다. 그날 우리는 피로연장에서 같은 테이블에 앉았는데, 내가 자기를 뷔페 진열대로 데리고 다니면서 아이스크림도 퍼 주고 쿠키도 담아 줬다고 했다. 그랬나. 우리가 같이 밥을 먹었나. 하지만 둘째가 나를 기억하는 건 단지 그날 내가 보인 호의나 친절 뭐 그런 것 때문만은 아닌 듯했다. 왜냐하면 이윽고 둘째가, 실은 이 말을 하고 싶었다는 게 분명해 보이는 태도로 불쑥 내 인스타그램 얘기를 꺼냈으니까.

둘째는 작년부터 내 인스타그램을 보고 있다고 했다. 내가 어떤 에세이에서 발췌한 문장이 근사해서 그 책을 샀다고도 했고, 내가 추천한 영화를 극장에서 꼭 보고 싶어서 광주까지 간 적도 있다고 했다. 나는 크게 당황한 나머지 어떻게도 아니고 어째서라고 물었다. 한 번 묻는 것으로는 성에 차지 않아 한 번 더 물었고, 일단 묻기는 물었으나 애가 또 뭘 봤을지 걱정이 돼 말문이 막혔다. 아니, 다 보라고 올린 건 맞는데, 봐서 안 되는 걸 본 적은 있어도 올린 적은 없는 것 같은데 그래도……

애기를 들어 보니 둘째는 엄마 핸드폰으로 인스타그램을 하다가 내 계정을 발견한 듯했다. 자기는 데이터가 1기가밖에 안 돼서 엄마 핸드폰으로 뭘 많이 하는데, 어느 날 추천 목록에 아는 얼굴과 이름이 떠 보게 됐다고 했다. 사실 맞팔을 하고 싶지 않아서 모른 척했을 뿐, 나도 누나의 계정을 몇 번 본 적이 있기는 했다. 누나는 자신을 1인 기업 양성 대표로 소개했고, 예뻐지고 건강해지고 날씬해지면서 누구나 돈을 벌 수 있다고 광고했지.

근데 미안한데.

나는 계속 아는 척하고 싶지 않아서 물었다.

이름이 뭐랬지? 아까 듣긴 들었는데.

경진이요.

그래, 경진이구나. 이경진.

한경진이요.

한씨야?

나는 우리가 이씨에게서 태어났으나 이씨는 아니라는 게 무슨 대단한 공통점이라도 되는 양 반가워하다가 친밀감을 향해 조심스레 발을 내딛었다.

내 번호 알려 줄까?

네?

아니, 나중에 서울에 올 일 있거나 무슨 일 있으면 연락하라고. 아, 무슨 일이 있을 거라는 건 아니고.

…….

잠시 망설이던 경진이 핸드폰을 꺼내더니 내게 전화를 걸었다. 뭘 급히 누르기에 잠금 상태를 해제하나 보다 했는데 이내 재킷 주머니 안에 넣어 둔 내 핸드폰이 진동했다. 애는 도대체 뭔데 다 알고 있는 건가 싶어 얼떨떨해하는 사이, 경진이 아까 엄마가 삼촌을 못 찾으면 연락하라며 번호를 알려 줬다고 했다.

근데 나는 전화보다는 문자가 좋거든. 급한 일 아니면 문자로 하자. 자주 하라는 건 아니고 필요하면 하라는 얘기야. 그리고 내가 업무 시간에는 확인이 늦을 수도 있고.

어쩌라는 건가 싶은 혼란한 눈빛으로 나를 쳐다보던 경진이 마지못해 고개를 끄덕였다. 어쩐지 이 친구

에게는 지킬 수 있는 말만 하고 싶다는 생각에서 꺼
낸 말이었는데, 반응을 보아하니 마이너스인 듯했다.
생각이 거기까지 닿았을 때 나는 문득 궁금해졌다.
누나는 왜 하필 둘째를 보낸 걸까. 어째서 첫째가 아
닌 둘째였을까. 거기엔 아무런 의미도 없나.

너 밥 안 먹었지?

나는 경진에게 충동적으로 물었다.

같이 햄버거 안 먹을래? 아까 보니까 안쪽에 롯데
리아 있던데.

나는 곧바로 그래요 하지 않는 경진의 미적지근한
반응에 머쓱해져서는 한발 물러섰다.

코로나 때문에 좀 그런가?

아니요, 그게 아니라…….

경진이 눈썹을 치켜올리며 물었다.

지금 가셔야 하는 거 아니에요?

나는 힐끗 시간을 확인하고는 아직 승차권 변경이
가능하다고 대답했다. 둘러대듯 말했지만 사실이었
고, 10퍼센트의 수수료만 내면 앱으로 바로 취소가
가능하다는 것을 이미 내려오는 기차 안에서 확인한
터였다. 게다가 오늘은 자리도 많아서 언제든 원하는
시간에 올라갈 수 있었고. 하지만 경진은 그게 아니

라는 듯이 차분하게 시선을 되받았다. 그러고는 웃음과 확신을 섞어 말했다.

제가 밥은 편하게 먹자는 주의여서요.

아…… 그래.

나는 그 순간에는 조금 멋쩍었으나 금세 한갓진 기분이 되어서는 따라 웃었다. 애는 열여섯인데 이게 되는구나 싶어서, 중심도 기준도 모두 자기한테 둘 수 있구나 싶어서 좀 신기하면서도 기꺼운 질투심 같은 게 일었다. 그건 신경 말단이 툭툭 살아나는 느낌이기도 했고, 그제야 내가 서 있는 곳이 물속이 아니라 땅 위라는 걸 자각한 것처럼 숨이 확 트이는 느낌이기도 했다.

잠시 후 경진은 내게 조심히 올라가시라는 인사를 남기고는 먼저 몸을 돌렸다. 이제는 급할 것도 없을 것 같은데 긴 다리로 성큼성큼 서두르듯 걸었고, 몇몇 앞서 있던 사람을 지나쳐 다시 택시가 줄지어 서 있는 정거장 쪽으로 향했다. 경진이 가로질러 가는 역사 앞 광장의 보도블록 위로 한낮의 햇볕이 잘게 부서져 내렸고, 빛이 마치 살아 있는 생물처럼 경진의 주변을 부유했다.

역사 안으로 들어와 탑승 게이트를 확인하는데 카

톡이 왔다.

〔서울 가면 진짜로 연락할지도 몰라요!!! 씹지 마세요!!!!!〕

나는 답장을 하기 전 통화 목록 상단에 있는 경진의 번호를 이름과 함께 새로운 연락처에 추가했다. 출발까지는 딱 5분이 남아 있었고, 이대로 경유하듯 서울로 돌아간다고 해도 오늘은 언제든지 다시 빛을 발할 어떤 기억의 형태로 내 안에 스며 있으리라는 것을 알았다.

끝이 괜찮으면 다 괜찮은 거 맞지?

나는 누구한테 묻는지도 모르고 물었다.

9월은 멀어진 사람을 위한 기도

〔9월이네요. 우리 약속…… 잊지 않았지요?〕

다소 뜬금없는 데다 어쩐지 은밀하기까지 해서 고개를 갸웃하게 되는 H 씨의 메시지.

약속? 우리가 무슨 약속을 했던가? 나는 아무래도 H 씨가 수신인이 내가 아니어야 하는 메시지를 잘못 보낸 것 같다고, 아마도 대화창을 착각했거나 이름을 헷갈린 모양이라고 생각했고, H 씨가 즉시 상황을 수습할 수 있도록 못 본 척하면서 다음 말을 기다렸다.

죄송해요, 잘못 보냈어요.

H 씨가 다시 말을 걸어오면,

괜찮아요, 저는 아무것도 못 봤는걸요!

짐짓 시치미를 떼어 보리라 생각하면서.

하지만 잠시 뒤에 나는 H 씨가 말하는 약속이 무엇인지 뒤늦게 떠올라 멈칫했다. 캘린더 앱을 열어 보니 오늘은 9월 1일이었고, H 씨와 나는 9월이 되면 함께 하기로 한 일이 있었다.

작년 9월, 나는 서울 시내의 어느 작은 책방에서 H 씨가 진행한 '9월의 일기' 워크숍에 참여했다. 책방 한쪽 벽에 오는 9월 한 달간 함께 일기 쓸 사람을 모집한다는 안내문이 붙어 있길래 문의했더니, 책방지기가 크게 반색하며 나를 반겼다. 알고 보니 책방지기가 바로 워크숍을 기획한 H 씨였다. H 씨는 실은 여지껏 신청자가 아무도 없었다며 멋쩍어하더니 혹시 자신과 단둘이 진행해도 괜찮을지 물었고, 내가 부담을 느끼고 도망칠까 봐 걱정됐는지 연신 간단하다는 말을 되풀이하며 일기 쓰기에 대한 세 가지 규칙을 알려 주었다.

하나, 손으로 쓸 것. (컴퓨터로 쓰고 옮겨도 됨.)

둘, 날마다 쓸 것. (몰아서 써도 됨.)

셋, 뭐라도 쓸 것. (꼭 일기가 아니어도 됨.)

　H 씨와 나는 9월 한 달간 일기를 썼다. 일기는 각자 쓰는 것인 동시에 함께 쓰는 것이기도 했는데, 그건 우리가 일정 기간 동안 쓴다는 감각을 공유하는 게 활동의 전제였기 때문이었다. 월말에는 서로의 일기를 교환해 읽는 시간도 계획되어 있었다. 독자를 의식하고 쓰는 셈이니 과연 얼마큼 솔직할 수 있을지는 알 수 없었지만, 우리가 써야 하는 게 꼭 사실일 필요는 없으므로 진정성이 강제되는 것도 아니었다.

　약속대로 우리는 9월의 마지막 날 다시 만나 서로의 한 달을 천천히 묵독했다. 자신이 읽은 것에 대한 그 어떠한 감상이나 의견도 입 밖으로 꺼내지 않는 것이 워크숍의 네 번째 규칙이자 마무리였다.

　그날 준비된 시간을 모두 마치고 집으로 돌아갈 채비를 하는데, H 씨가 혹시 내년 9월에도 함께 일기를 써 보지 않겠느냐고 물었다. 자세히 말은 하지 않았어도 우리는 이 시간이 마음속의 뭔가를 건드렸다는 것을 알고 있었다. 사실 그럴 거라는 걸 내심 알고 있었기에 기꺼이 쓰고 읽었던 것인지도 몰랐다. 여기서 자세히 얘기할 수는 없지만, 나는 H 씨의 일기를 읽으며 H 씨 역시 나처럼 당장 이거라도 쓰지 않으면 안 될 것 같은 나날을 보내고 있는 것 같다고 생각했다. H 씨에게 실례가 될까 봐 간신히 참았지만, 어떤 문장에서는 갑자기 울컥한 기분이 치밀어 올라 목젖이 뜨거워지기도 했다.

나는 흔쾌히 내년을 기약하며 H 씨에게 물었다. 그런데 어째서 9월이냐고. 1년은 열두 달이나 있고 일기는 9월에만 쓸 수 있는 것도 아닌데 왜 하필 9월을 선택했느냐고. 그때 H 씨는 말했다.

오은의 시 「1년」에 이런 구절이 있어요. "9월엔 마음을 다잡아 보려 하지만, 다 잡아도 마음만은 못 잡겠더군요."

나는 약속은 깜빡했으면서도 그 구절만큼은 아직도 또렷하게 기억하고 있는 나 자신을 신기해하다 H 씨에게 답장했다. 그동안 잠자코 있다 9월의 첫날이 되어서야 조심스레 말을 꺼내는 게 그녀와 왠지 어울린다는 생각도 하면서.

〔그럼요, 잊지 않았죠! 오늘부터 쓸 거랍니다. 그런데 이번에도 우리는 9월의 마지막 날에 만나는 건가요?〕

*

　혈압약 처방 때문에 병원에 갔다 새로운 약을 하나 더 처방받았다. 따로 검사를 진행한 것도 아닌데 처방이 달라지는 게 의아해 선생님께 어떤 약이냐고 물었더니, 내가 앓고 있는 만성 질병에 사용할 수 있는 최초이자 유일한 약이 나왔다며 한번 써 보자고 했다. 원래는 다른 병에 사용되는 약이었는데 8월 초 식품의약품안전처로부터 적응증 추가 승인을 획득하게 돼 9월부터 투여가 가능해졌다고 했다.

　사무실로 돌아가는 버스 안에서 약 이름과 부작용에 대해 검색해 봤다. 병원과 약국에서 이미 들은 내용이 그대로 적혀 있을 뿐인데도 글로 된 걸 보니 그제야 실감이 나면서 어쩐지 좀 싱숭생숭해졌다. 매우 흔하게는 저혈당, 흔하게는 현기증과 요통. 소변 속 당분을 희석하기 위해 물을 자주 섭취하라고도 쓰여 있었다. 나는 평소에 물을 잘 안 마시는 편이므로 이건 또 몸에 긍정적인 변화를 줄 수 있을지도 모르겠다. 언제나 그렇듯이 좋아지는 게 있으면 나빠지는 게 있다.

　약은 마름모꼴의 노란색이다. 혈압약은 흰색이고

새 약은 노란색이니 적어도 헷갈려 과복용하는 일은
없을 것이다.

*

나는 한때 물에게 끌린 적이 있다. 물은 자기처럼
별 볼 일 없는 사람을 누가 좋아해 주겠느냐고 습관
처럼 말했고, 그건 그냥 우는소리가 아니라 오랜 시
간 자신의 몸과 마음에 기입된 거절의 역사에서 도출
한 결론이었지만, 나는 물이 스스로 생각하는 것처럼
그렇게 매력이 없는 사람이라고는 생각하지 않았다.
작고 동그란 이마와 밋밋한 이목구비는 귀여운 구석
이 있었고, 정중하면서도 약간은 주눅 든 태도는 묘
하게 다정한 느낌을 주었다.

하지만 나는 물에 대한 마음을 빠르게 정리했다.
물의 라이프스타일이라는 게 알면 알수록 내가 감당
할 수 있는 유형이 아니었을뿐더러 애초에 물이 자신
은 어느 한 사람과의 지속적인 관계 맺기가 불능하다
고 확신했기 때문이다. 물은 이후의 관계를 전제하지
않고도 자신을 욕망해 줄 수 있는 사람들을 원했고,
그런 사람들을 비교적 쉽고 확실하게 만날 수 있는

특정 장소들을, 이를테면 휴게텔이나 디브이디방, 화장실 같은 곳을 자주 드나들었다. 주로 게이 커뮤니티 안에서만 은밀하게 공유되는 곳이었고, 위험과 부담을 감수할 수밖에 없는 사람들이 모였다 흩어지는 곳이었다.

사실 그때의 물을 떠올려 보면 나는 좀 의아해진다. 나야 처음에는 물에게 약간의 흑심이 있었고, 이후에는 야릇한 호기심과 말초적인 재미를 느껴 물의 이야기에 귀 기울였지만, 물은 어째서 그 모든 이야기를 내게 들려주고 싶어 했던 것인지 알 수가 없기 때문이다. 우리가 만날 때마다 물은 그동안 스치듯 만난 남자와 그 만남에서 비롯된 감정, 느낌, 생각 같은 것들을 털어놓곤 했는데, 나는 단 한순간도 물을 판단하지 않은 적이 없었고, 그건 이미 내가 물을 바라보는 눈빛과 표정에서부터 여과 없이 드러났을 텐데도 물은 어떠한 이유에서인지 자신을 투명하게 보여 주려 했다.

하지만 물의 속내가 무엇이었든지간에, 그 시절 내가 물에게 반복했던 말은 지금도 후회가 된다. 내 딴에는 진심으로 걱정이 돼 한 소리였고, 다행히 물도 그걸 곡해하거나 대놓고 기분 나빠하지는 않았지만,

그 말에는 내가 인지했던 것보다 훨씬 더 강력한 위계와 무거운 낙인이 있었다.

안 그러면 안 돼? 그러다 너 좆 된다니까.

*

오늘도 어김없이 물을 생각해 버렸다는 사실이 어쩐지 실패처럼 느껴져 흔들리는 차창에 자책하듯 쿵쿵 이마를 찧고 있는데, 버스 안으로 해 질 녘의 황금빛이 한꺼번에 쏟아져 들어왔다. 어쩜 이런가 싶을 정도로 압도적인 양의 빛 무더기. 뭔가 이상하다 싶었는지 핸드폰에 시선을 고정하고 있던 사람들이 하나둘 창밖을 바라보기 시작했고, 찰나였지만 빛이 사람들의 고단한 얼굴 위로 부드럽게 흩뿌려졌다.

눈꺼풀 위에서 잠시 아른거리던 온기가 사라졌을 때 문득 이런 생각이 들었다.

버스를 타자. 9월에는 지하철 말고 버스를 타자. 시커먼 차창 속에 우두커니 서 있는 나 말고, 그 속에서 자꾸 끈질기게 달라붙는 물에 대한 기억 말고, 빛이 가리키는 곳으로 눈을 돌리자.

*

올 초에 나는 더는 예술의 시녀로 살지 않겠다는 다짐을 했다. 최근에 나를 곤경에 빠뜨린 거의 모든 일들이 하나같이 그놈의 예술 때문이라는 결론에서 였다. 나는 예술이 나와 동등하다고 생각하며 우리가 나란히 걷고 있다 믿어 의심치 않았는데, 알고 보니 예술은 이미 나를 추월해 버린 지 오래였고, 그냥 앞서만 있는 게 아니라 내가 가야 할 방향을 함부로 결정하거나 시야를 멋대로 한정하고 있었다. 나는 예술 때문에 사람의 경중을 따진 적도 있고, 누군가의 마음을 이용해 본 적도 있으며, 오래된 인연을 끊은 적도 있다.

이런 결심을 흙에게 말했더니, 흙은 안 그래도 나는 네가 소설 때문에 불행해졌다는 생각을 오래전부터 해 왔다며 잘 생각했다는 반응을 보였다. 아무리 그래도 쓰는 게 사는 것보다 중요할 수는 없다는 것이었다. 나는 그건 그것대로 맞는 말이긴 하지만 아무래도 흙이 내 말을 듣고 싶은 대로 오해한 것 같아서, 즉, 예술의 시녀로 살지 않겠다는 말을 소설을 관두겠다는 말로 착각한 것 같아서 그건 또 아니라고 바로잡았는데, 흙은 뭔가를 깊이 생각하는 듯 하더니 어째서 그게 양립 가능한 일인지 잘 모르겠다며 어깨를 으쓱해 보였다. 그러고는 한 박자 쉬었다 덧붙이듯 물었다.

근데 왜 하필 시녀지? 그거 여혐 아닌가?

*

이렇게 쓰면 흙이 차별적 표현은 절대로 하지 않을 것처럼 보이겠지만 실은 그렇지 않다. 얼마 전 탈옥한 상습 성폭행범에 대한 뉴스를 보다 흙은 무심결에 이런 말을 하기도 했다.

저렇게 사느니 차라리 게이로 사는 게 낫겠다.

나는 지금 내가 무슨 말을 들은 건지 믿을 수가 없어 그대로 얼어 버렸는데, 우리 사이에 내려앉은 날카로운 침묵을 뒤늦게 알아차린 흙이 아차 싶었는지 바로 얼버무리듯 중얼거렸다.

아니, 내가 그렇게 생각한다는 게 아니고 현실적으로 우리 사회의 시선이 그렇다는 얘긴데.

…….

미안해.

왜 나한테 미안해. 너한테 미안해야지.

그냥 잊어 줘.

나는 이런 말은 그 즉시 뇌리에 새겨져 잊으려야 잊을 수가 없다는 사실이 못내 억울해졌고, 이따금 이런 식으로 표출되는 흙의 뼛속 깊은 자기혐오를, 우리는 사회악이고 우리가 하는 동성애는 중범죄라고 믿고 있는 듯한 흙의 진심을 과연 내가 언제까지 지켜봐 줄 수 있을지 자문하게 됐다. 내 딴에는 한다고 한 것 같은데 어쩌면 이건 내가 어찌할 수 있는 문제가 아닌가 싶기도 하고.

아, 물론 나는 여기서 흙의 흉을 보려는 건 아니고.

*

사람들에게 흙이 어떤 사람인지 설명하기 위해 종종 예로 드는 에피소드가 하나 있다. 몇 년 전 흙과 함께 지하철을 탔을 때의 일인데, 차림으로 추측하건대 등산을 다녀온 게 분명해 보이는 어떤 아저씨가 우리 옆에 앉으면서 곧바로 땀 냄새와 술 냄새가 뒤섞인 듯한 퀴퀴한 악취를 풍기기 시작했다. 나는 틈틈이 기회를 엿보다 대각선 쪽에 두 자리가 난 것을 발견하고는 바로 움직였다. 그리고 흙에게 얼른 이쪽으로 오라고 눈짓했다. 이 자리라고 그리 쾌적할 것 같지는 않았지만 그래도 그 아저씨 바로 옆보다는 나을 것 같았다.

하지만 흙은 계속 같은 자리를 고수했다. 나를 바라보며 이마를 구겼다 폈다 하는 식으로 불편을 호소하면서도 그랬다. 나중에 열차에서 내려 흙에게 어째서 가만히 있었느냐고 물었더니, 흙은 우리 둘이 동시에 일어서면 그 아저씨가 그게 자기 때문이라는 걸 알아차리고는 무안해할까 봐 참았다고 했다. 그분에게 모멸감을 안겨 주고 싶지는 않았다는 것이었다. 그분은 너무 취해 눈도 제대로 뜨지 못했는데, 아니, 두 눈을 멀쩡히 뜨고 있었더라도 옆에서 누가 일어나든 말든 그런 건 전혀 개의치 않을 것 같은 사람이었는데…….

생각해 보니 한번은 이런 일도 있었다. 흙의 동네를 함께 걷던 중이었는데 흙이 멀쩡하게 가던 길을 놔두고 갑자기 나를 옆 골목으로 끌고 갔다. 그 골목은 얼마 못 가 다시 원래의 큰길로 합쳐졌으므로 초행인 나도 우리가 명백하게 돌아가고 있다는 걸 알 수 있었다. 내가 의아해하자 흙은 자신이 예전에 다니던 미용실이 큰길에 있어 몇 달째 피해 다니는 중이라고 했다. 혹시 그 앞을 지나가다 미용사가 자기를 발견하기라도 하면 서운해할 것 같다는 것이었다. 미용실을 바꾼 게 무슨 대수라고 이렇게까지 하는 건지 황당해하는 내게 흙은 뭐니 뭐니 해도 역시 내 마음 편한 게 최고라며 웃음을 지었고, 그런 흙을 보고 있자니 나도 나지만 너도 참 너구나 싶어 나중에는 그냥 항복하는 마음이 되었다.

하지만 요즘 나는 흙이 바로 이런 사람이기 때문에 우리가 계속 만나고 있는 건 아닐까 생각한다. 흙이 나로부터 비롯된 갖은 감정적 악취를 참고 있을지도 모른다는 생각. 나한테 상처를 주지 않으려고 애써 멀리 에둘러 가고 있을지도 모른다는 생각. 흙은 대체로 그런 사람이니 내게도 예외는 아닐 거라는 생각.

참고 있는 사람은 나 혼자만이 아니다.

*

일기에 단 한 줄도 쓰고 싶은 말이 없어서 아까 낮에 받은 안내 문자를 그대로 옮겨 적었다.

〔서울시립승화원에서는 코로나 19 방역 대책의 일환으로 추석 연휴 기간 실내 봉안당을 폐쇄하오니 참고하시기 바랍니다. 추석 연휴 기간 방문 자제를 요청드리오니 적극적인 협조와 양해를 부탁드립니다.〕

*

버스에 오르면 왼쪽 맨 앞자리가 비어 있는지부터 살핀다. 이 자리는 구조상 앞바퀴 위에 위치한 데다 저상의 경우는 다른 자리보다 간격이 비좁아 앉을 때마다 약간 힘이 드는데, 그럼에도 나는 가능하면 여기에 앉으려고 한다.

이 자리를 선호하는 건 여기에 앉아야만 제대로 목격할 수 있는 장면이 있기 때문이다. 바로 기사님들끼리 스치듯 안녕을 하는 장면. 언제부터인지 나는 같은 번호 버스를 모는 기사님들이 엇갈리며 서로를 발견할 때마다 가볍게 손을 들어 보이거나 고갯짓을 하는 식으로 인사한다는 것을 알게 됐는데, 그게 전국의 모든 버스 회사에서 통용되는 내규 같은 것인지 아니면 내가 이용하는 버스 회사 소속 기사님들만의 특징인지는 모르겠으나, 어쨌든 기사님들이 서로 아는 척하는 걸 보면 괜히 기분이 반짝 좋아져서 그 순간을 기다리게 됐다.

하지만 오늘은 어찌 된 일인지 반대편 차선에서 다가오던 기사님 한 분이 아무런 인사도 없이 지나갔다. 버스가 시야에 들어왔을 때부터 운전석을 주시했기에 내가 타이밍을 놓쳤거나 잘못 본 건 아닌 듯했다. 잠깐 딴생각을 하다 그냥 지나친 걸까. 아니면 무슨 안 좋은 일이 있어 인사할 기분이 아니었던 걸까. 그것도 아니면 저쪽의 기사님과 이쪽의 기사님은 서로를 외면하는 게 당연할 만큼 사이가 별로인 걸까.

그래, 그럴 수 있지. 이렇게 스치는 것조차 곤란하고 불편할 수 있지.

*

며칠 전 함께 일하는 S 씨가 공유해 준 별자리 운세를 읽다가 또 물을 떠올렸다. 내가 속한 게자리는 2019년부터 11번 하우스에 천왕성이 체류 중이어서 친구나 지인의 반경에 많은 변화가 있다고 쓰여 있었기 때문이다. 이런 운세를 보자마자 물이 신속 정확하게 내 머릿속을 점령하는 걸 보니 아직 멀었구나 싶었다.

〔2022년은 새로운 사람들과의 갑작스럽고 예기치
못한 만남이 많을 것이며, 기존의 관계는 많은 변화
를 겪게 될 것입니다. 몇 년 후, 천왕성이 자리를 옮기
면 당신은 완전히 다른 친구, 동료, 지인의 서클 안에
있을 것입니다.〕

나는 거기까지 읽고는 다시 스크롤을 올려 게시물
의 제목을 확인했다.
'2022년의 Classic Horoscope 12 별자리.'
그러니까 이 별자리 운세는 올해가 아닌 내년을 말
하고 있는 것. 나는 머나먼 미래처럼 느껴지는 그 네
자리 숫자를 바라보며 생각했다. 그렇다면 나는 누군
가를 또 잃게 되는 것일까? 내년에도 끊어지고 멀어지
는 것일까?

*

있잖아, 미안한데…… 이제 내 앞에서 걔 얘기는
그만했으면 좋겠어. 솔직히 많이 친했던 것도 아니잖

아. 계속 이러는 건 너한테도 나한테도 좋을 게 없을 것 같아.

작년 이맘때쯤 흙이 내가 한 번도 본 적 없는 경직된 얼굴로 했던 말. 나는 흙이 그렇게 말하기 전까지는 내가 물에 대해 너무 많이 말하고 있다는 걸 미처 알지 못했다. 아니, 알았는데, 사실은 흙이 참고 있다는 것도 알았고 내가 짐이 되고 있다는 것도 알았는데, 흙이 아니면 말할 수 있는 사람도 말하고 싶은 사람도 없었다.

*

물이 전화를 걸어온 건 작년 5월 중순이었다. 자정을 조금 넘긴 시각이었고, 살짝 열어 둔 창문 사이로 시원한 빗소리가 밀려들었다. 나는 깨어 있었고 심지어 핸드폰을 손에 쥐고 있었지만 화면에 떠 있는 물의 이름을 가만히 내려다보기만 했다. 이게 얼마 만인지 가늠이 안 될 정도로 오랜만이라 당황스러웠고, 어쩐지 예감도 좋지 않았다. 이 시간에 전화라니…….

물의 상황이 궁금하고 걱정됐다면 응당 전화를 받

아야 했건만, 나는 결국 받지 않았다. 궁금하지 않은 것도 아니었고 걱정되지 않은 것도 아니었지만 그보다는 모르고 싶다는 마음이 다른 모든 생각을 제압했다. 복잡해지는 상황은 원치 않았고, 다시 물과 연결되는 것을 내가 바라는지도 확실치 않았다. 급한 용건이 있는 거라면 바로 메시지를 보내올 거라는 생각에 잠시 기다려 보기도 했으나, 물은 그 한 번의 전화를 끝으로 더는 연락하지 않았다.

한동안 나는 그날의 선택에 대해 생각할 때마다 그저 마음의 여유가 없었을 뿐이었다고 되뇌곤 했다. 그즈음의 나는 완전히 소진된 상태여서 누군가의 얘기를 들어 주고 공감해 줄 여력이 없었던 거라고, 그러므로 그날 밤 나를 찾은 사람이 꼭 물이 아니었더라도 나는 응답하지 않았을 거라고 자꾸 내 입장을 정리하려고 했다.

하지만 그로부터 1년 하고도 반이 지난 지금, 나는 그게 완전한 이유가 될 수 없다는 것을 알고 있다. 결코 거짓은 아니지만 내게는 그 모든 것들을 선행하는 진짜 이유가 있었다는 것을, 나를 한껏 위축시키고 주저하게 만들었던 그날의 불편에는 분명한 실체가 있었다는 것을 알고 있다.

*

흙과 만나기 시작했을 때 우리는 종종 다 같이 어울렸다. 흙과 물은 서로를 궁금해했고, 특히나 흙은 물을 재밌어하는 눈치였다. 물은 처음에는 흙이 별로인지 데면데면하게 굴면서 낯을 가렸지만, 몇 번 식사를 하고 술을 마신 다음부터는 곧잘 웃고 떠들었다. 단둘이 만났을 때보다는 확실히 조심하는 듯했고 은근히 자존심을 세운다는 느낌도 없지 않았지만, 그게 어색하거나 이상한 건 아니었다. 물은 만나면 늘 그랬던 것처럼 그간 일회성으로 만난 남자들 얘기를 들려주었는데, 어째서인지 나중에는 흙이 먼저 캐묻고 물이 마지못해 대답하는 상황이 연출되기도 했다. 흙은 물처럼 자신의 욕구를 활발하게 실천하는 사람은, 아니, 그걸 거리낌 없이 말하는 사람은 주변에서 본 적이 없다며 신기해했고, 나는 눈을 동그랗게 뜬 채로 좀 더 자세히 듣고 싶어 하는 흙의 마음이 뭔지 너무 잘 알았다.

하지만 언젠가부터 흙은 물에 대한 속마음을 내비쳤다.

근데 말이야. 그 친구 어디 아프거나 그런 건 아니

지?

응?

오늘 보니까 얼굴이 좀 안 좋아 보여서. 무슨 병이
있는 건 아니겠지?

무슨 병?

아니, 난 그 친구가 진심으로 걱정되거든. 아무리
외로워도 그렇지 계속 그런 식으로 사는 건 아닌 것
같아서.

아까 못 들었어?

뭘?

걔가 말했잖아. 자기는 외로워서 그러는 게 아니고
좋아서 그러는 거라고. 거기엔 좋다는 것 말고 다른
이유 같은 건 없다고.

나는 사람을 소개해 줄 게 아니라면 거기에 대해
서는 비난도 평가도 하지 말라며 물의 편을 들어 보
기도 했지만, 사실은 나도 물이 염려되는 마음을 완
전히 숨기지는 못했다. 물이 우리와 헤어지고 나서 다
시 낙인이 새겨진 세계로 향했을 거라고 상상하면 더
더욱 그랬다.

그러나 잠시 후 나는 우리가 맘 편히 물을 걱정할
수 있는 위치에 있다는 사실에 내심 안도하고 있다는

걸 깨달았는데, 흙이 우리 두 사람과 물을 구분 짓는 게 어쩐지 우리 관계에 대한 확신처럼 다가와 그랬던 것 같기도 하다. 언제 어떻게 끝날지 알 수는 없지만 적어도 그 순간만큼은 우리가 그 바닥에서 영영 동반 탈출하는 데 성공한 것처럼 느껴지기도 했으니까.

하지만 물을 화제 삼아 흙과 나눈 이런 대화들은 분명히 물과 나 사이의 거리를 벌려 놓았다. 내가 물의 메시지에 바로 답하지 않거나 다음을 기약하며 약속을 미루게 된 건 단순히 그즈음 먹고사는 문제가 중요해졌기 때문만은 아니었을 것이다. 물은 이따금 연락해 올 때마다 요즘에는 자기도 형들처럼 조신하게 '안 게이'같이 살고 있다는 말을 농담처럼 했는데, 나는 물이 서운해하고 있다는 걸 감지했으면서도 그런 마음을 지금처럼 온전히 드러내 보이지는 않았으면 하는 바람에 그냥 웃어넘기려고만 했다.

그러니까 나는 내가 어느 순간을 기점으로 흙을 선택한 거라는 생각도 든다. 커뮤니티 안에서도 쉬쉬하고 수치스러워하는 물의 세계보다는 그나마 온건하고 안전해 보이는 흙의 세계에 나를 연루시키고 싶어서. 정상성의 위계 구조 속에서 그나마 한 층이라도 더 위에 있는 삶에 나를 어떻게든 안착시키고 싶어서.

그래 봤자 우리가 바깥에 있는 사람들이라는 건 달라지지 않는데. 제아무리 동료 시민으로서의 성실함과 무해함을 증명한다 한들, 우리는 언제나 승인의 대상이며 공동체가 위기에 처하면 언제 어떻게 또 머리채 잡혀 끌려 나올지 알 수 없는 사람들인데.

*

그때 물이 전화를 걸어온 이유가 곤란을 호소하거나 도움을 청하기 위해서가 아니라 그저 내 안부를 묻고 싶었던 거라고 생각하면 나는 울고 싶어진다. 방역을 빌미로 연일 게이 혐오 기사가 쏟아지고 폭력적인 아우팅이 자행되던 그 전례 없는 혼란 속에서, 혹시나 서로가 서로의 알리바이가 될까 봐 공포에 떨며 숨죽였던 상황 속에서, 단지 내가 어떻게 지내고 있는지 궁금했던 거라고 생각하면…… 나는 죽고 싶어진다.

*

오늘은 S 씨의 소개로 수상(手相)을 봤다. 광주에

서 사주를 기반으로 손에 대해 연구하시는 역술가 선생님인데, 직접 서울까지 올라오는 건 흔치 않은 기회라기에 얼떨결에 예약을 잡았다.

하지만 역술가 선생님과 마주 앉아 있는 30여 분 동안 나는 마음이 딴 데 가 있었다. 전날 잠을 설쳐 그런 건지 아니면 새로 복용 중인 약 기운 때문인 건지 집중이 잘 안 됐고, 정신이 어떤 막에 둘러싸여 있는 것처럼 몽롱했다. 게다가 선생님이 내 손금에서 읽어 낸 정보들은 전반적으로 시시했다. 내 사주가 시시하니 그런 얘기밖에 할 수 없었을 테지만, 소화기가 안 좋다거나 생각이 너무 많다거나 사람을 가린다거나 하는 얘기는 그냥 안색만 봐도 알 수 있지 않을까 싶어 점점 흘려듣게 됐다. 대화가 끊기거나 겉도는 게 어색했는지 나중에는 선생님이 먼저 뭐 궁금한 게 없느냐고 묻기도 했는데, 나는 소설 쓰는 게 너무 어렵다는 얘기라도 해 볼까 하다가 그게 어려운 건 재능이 없기 때문이라는 결론 같은 게 돌아올까 봐 입을 다물었다. 그리고 할 말이 떠오를 때까지 선명하고 흐릿한 선들이 불규칙하게 난립하고 있는 손바닥을 가만히 내려다봤다.

아, 여쭤보고 싶은 게 생각났는데요.

그래요, 말씀해 보세요.

혹시 내년에도 제가 힘들까요?

그게 무슨 소리냐는 듯이 미간을 구기는 선생님을 보며 나는 말을 이었다.

별자리 운세에서 말하길 제가 천왕성이 들어와 있어서 기존의 인연들과 멀어진다고 해서요. 작년이랑 올해만 그런 게 아니라 내년에도 그렇다고 하는데 정말 그런지 궁금해서.

별자리?

아, 그런 건 손에는 안 나와 있을까요?

선생님이 차분하게 내 시선을 되받으며 물었다.

왜요, 누구랑 멀어졌어요?

네, 뭐…….

많이 힘들었고?

네, 뭐…….

잠시간 내 손을 내려다보며 침묵하던 선생님이 옅은 미소를 지으며 말했다.

그냥 전화해서 술 한잔 하자고 하세요. 그러면 되는 거예요.

*

집으로 돌아오는 버스에서 이영훈의 노래를 들었다. 유튜브로 커버 곡 라이브 영상을 조금 보다가 1집과 2집에서 좋아했던 노래들 몇 곡을 차례로 틀었다. 가늘고 맥없이 흔들리지만 그래서 위안이 되는 목소리. 조용하고 정직한 위로.

문득 이 가수를 처음 알려 준 사람이 생각났다. 2010년 홍대 놀이터에서 이 가수가 버스킹을 종종 했을 때 꼭 한 번 와서 들어 봐야 한다고 흥분했던 사람. 벌써 10년도 더 지난 일이 되었다. 그 사람하고는 어떻게 멀어졌더라.

노래가 이어지는 동안 멀어진 인연들을 두서없이 떠올렸다.

빚더미에 앉은 부모를 따라 야반도주하면서도 내게 석 장의 편지를 남겼던 옆집 형. 매일 밤 음성사서함에 사랑 노래를 보내는 사람이 나라는 사실을 알면서도 끝까지 모른 척해 준 친구. 오직 호기심만으로 화장실에서 첫 키스를 나눴던 친구. 자기는 나중에 크면 꼭 광화문에 있는 빌딩에서 일할 거라고 다짐했던 친구. 졸업식 날 너는 영화를 할 수 있을 거라며 자신이 대학 시절부터 모아 온 영화 잡지를 선물해 주신 선생님. 어디서 무얼 하든 소설만큼은 절대로 포기하지 말자고 목 놓아 울던 선배님. 남자 두 분한테 내어 줄 수 있는 방은 없다는 이유로 어떤 모텔에서 함께 문전박대를 경험했던 첫사랑. 술에 취했으니까 하는 말이지만 너는 진짜 개새끼고 그걸 알아야 한다고 소리쳤던 옛 연인.

모두들 잘 지내고 있는지.

*

아침에 일어나 보니 흙이 메신저로 링크 하나를 보내 왔다. 또 자극적인 사연 제보처럼 시작해 건강 보조제 광고로 끝나는 낚시 포스팅이겠거니 하면서 클릭해 봤더니 '국민 절반이 틀린다는 맞춤법'이라는 제목의 카드 뉴스였다. '다음 중 맞춤법이 올바른 것을 고르시오'라는 문구와 함께 흔히들 헷갈리는 단어들이 연이어 등장했다. 뇌졸증 vs 뇌졸중, 댓가 vs 대가, 대갚음 vs 되갚음, 곁땀 vs 겨땀.

언젠가 내가 '분기탱천'을 '탱기분천'이라고 잘못 말했다 비웃음을 산 이후로, 흙은 맞춤법과 관련된 게

시물을 발견하면 새끼에게 먹이를 물어다 주는 어미 새처럼 내게 부단히 실어 나르곤 하는데, 이렇게까지 챙겨 주는 걸 보면 아마도 내가 흙 앞에서 비슷한 실수를 몇 번 더 한 게 아닐까 싶다. 흙은 모르지만 나는 사회생활을 막 시작했을 무렵 '인건비'를 '인권비'로 써서 망신을 당한 적도 있으니까.

나는 올바른 단어 몇 개를 골라 보다가 이걸 하란다고 또 얌전히 하고 있는 내가 싫어져 다시 메신저 창으로 돌아갔다. 그리고 흙에게 맞춤법과는 전혀 상관없는 딴 얘기를 시작했다. 흙은 마침 핸드폰을 들여다보고 있었는지 바로 응답해 주었고.

〔이번 주 토요일에 뭐 하시는지?〕

〔아마도 만나겠죠.〕

〔누구를?〕

〔당신을.〕

〔그렇다면 같이 가 주나요? 제가 어디를 좀 가려고 하는데.〕

〔그럽시다.〕

〔어딘 줄 알고 바로 간대? 누가 가자고 하면 막 가고 그러는 스타일?〕

〔왜? 각오가 필요하나?〕

〔그건 아니고…… 파주에 가려고.〕

〔파주?〕

〔응, 할머니한테 다녀오려고. 추석 연휴에 못 갔거든. 방역 때문에 봉안시설 임시 폐쇄한다고 해서.〕

*

흙이 아무래도 자기는 밖에서 기다리는 게 낫겠다며 멈춰 선 건 우리가 봉안당 건물 안으로 들어온 직후였다. 출입문 앞 탁자에 놓여 있는 방역용 방명록에 전화번호를 적고 안쪽으로 들어가려는데 흙이 말했다.

난 괜찮으니까 천천히 인사드리고 와.

봉안당은 왕릉식으로 지어진 2층짜리 건물이었는데, 층고가 높아 흙의 목소리가 웅웅거렸다. 나는 무슨 일인가 싶어 흙의 표정을 살피다 역시 짜증이 났군, 났어 하면서 흙에게 다시 한번 사과했다. 가을볕이 작열하는 비탈을 거의 30분 넘게 걸어 올라온 터라 흙한테 계속 미안한 마음이었다. 혼자 왔을 때는 그럭저럭 걸을만 했기에 걷자고 한 건데, 오늘따라 오고 가는 차가 많아 자꾸 갓길로 몸을 피해야 했다. 하지만 얘기를 들어보니 흙이 망설이는 건 그런 이유 때문이 아니었다.

아니, 내가 인사를 드린다는 게 좀 그렇지 않나 해서.

뭐가?

할머니가 우리를 불편해하실 수도 있잖아.

…….

나는 이 위인이 이제 하다하다 죽은 사람 눈치까지 보는구나 싶어 말문이 막혔지만, 이걸 부모님을 만나 뵙는 자리 같은 것으로 받아들였다면야 주저하는 것도 아예 말이 안 되는 건 또 아닌 것 같아서 마냥 비웃지는 못했다. 하지만 그렇게 생각하더라도 흙이 별 걱정을 다 하고 있다는 판단에는 변함이 없었는데, 왜냐하면 세상을 떠난 지 벌써 20여 년이 다 되어 가는 할머니가 우리에 대해 알면 얼마나 알 것이며, 행여 안다손 쳐도 이제 와 뭘 어쩌겠나 싶었기 때문이다. 그사이 흙이 물었다.

어떤 분이셨는데?

할머니?

응, 그래도 조금은 오픈 마인드셨을까?

오픈 마인드라…….

나는 잠시 생각해 보는 척을 하다 그 시대 사람들 가운데서는 그런 편이었다고 대답했다. 그 순간에는 되도록 흙이 듣고 싶어 하는 말을 해 주고 싶었고, 그래도 이왕 여기까지 왔으니 흙이 할머니에게 좋은 인상을 가졌으면 했다.

하지만 말은 그렇게 하면서도 나는 할머니야말로 오픈 마인드와는 거리가 먼 사람이었다고 잠깐 생각했다. 나중에 엄마를 통해 알게 된 사실이지만 할머니는 내 앞에서는 무척 다정다감했으나, 뒤에서는 너는 애를 어떻게 키우길래 애가 계집애처럼 섬약한 거냐고 엄마를 들볶았다고 하니까. 엄마는 어쩌다 할머니 얘기가 나오면 결혼을 하고도 오래도록 애가 들어서질 않아 마음고생이 심했던 시절의 설움을 빠뜨리지 않았는데, 할머니가 이대로 포기할 순 없다며 전국의 용하다는 한의원이란 한의원은 죄다 순회하는 통에 하루도 마음 편히 잠든 날이 없다고 했다. 그토록 어렵사리 얻은 귀한 손이 결국 무럭무럭 자라 이집의 대를 끊어 놓는 장본인이 될 거라고는 그때의 누구도 상상하지 못했겠지만.

할머니의 봉안함은 B구역 중간쯤이었다. 출입구에서 바라봤을 때 오른편이었고, 흡사 물품 보관함처럼 보이기도 하는 직사각의 돌기둥이 할머니가 입주해 있는 단지였다. 할머니의 명패에 쌓인 먼지를 검지로 쓱 훑어 내는데 흙이 말했다.

할머니 성이 원씨였구나.

응, 원씨.

원할머니였네. 보쌈을 좋아하셨나?

…….

나는 이런 건 진짜 웃어 주면 안 되는데, 안 되는데, 하면서도 결국 피식 웃고 말았고, 입꼬리를 끌어올린 채 뿌듯해하는 흙을 애써 무시하며 어깨에 메고 있던 가방을 바닥에 내려놓았다. 그리고 잠시 숨을 고른 다음 집에서 가져온 위령 기도문을 꺼냈다. 천주교인들이 장례식이나 기일에 쓰는 4페이지짜리 인쇄물이었다. 나는 냉담자가 된 지 오래였지만 봉안당에 올 때는 이 기도문을 꼭 챙겼고, 기도문을 읽는건 내 딴에는 조금이라도 더 할머니 곁에 머물러 보려는 노력이었다.

우리는 어설프게 십자성호를 그은 다음 기도를 시작했다. 기도문은 선창과 후창으로 역할을 나누어 번갈아 읽는 형식이었고, 행이 바뀔 때마다 문장 앞에 흰색 동그라미와 검은색 동그라미로 순서가 표시되어 있었다. 혼자 읽을 때는 몰랐는데 둘이 주거니 받거니 하며 읽으니 의도치 않게 어떤 리듬이 생겨 어느 순간에는 우리가 시 낭송을 하고 있는 것처럼 느껴지기도 했다.

우리에게 주어진 문장들을 모두 소화했을 때 나는 다시 처음부터 읽고 싶다는, 아니, 읽어야 한다는 강렬한 기분에 사로잡혔다. 그리고 그런 생각이 들자마자 곧바로 흙에게 한 번 더 같이 읽어 줄 수 있느냐고 물었다.

또 읽자고? 왜?

너무 긴가?

너무 길지.

아니, 그냥 듣기 좋은 것 같아서. 여기 있는 할머니 이웃 분들을 위해서 기도해도 좋을 것 같고⋯⋯.

흙은 처음에는 무슨 꿍꿍인가 싶은 눈으로 나를 쳐다봤으나, 이내 체념한 듯 내 손에 들려 있던 기도문을 가져갔다. 그러고는 똑같은 걸 그대로 읽으면 지

겨우니 이번에는 역할을 바꿔 자신이 선창하겠다고 했다.

사실 그때 나는 물을 떠올렸다. 기도문에 '세상을 떠난 모든 이'라는 말이 빈번하게 반복돼 물을 떠올리지 않을 수가 없었고, 물이 어디에 어떻게 잠들어 있는지 알지 못해 한 번 찾아가 볼 수도 없는 이 상황에 대해서도 생각해 보지 않을 수가 없었다. 물의 부고를 내게 전해 준 친구에 따르면, 물의 유일한 가족이자 혈육이었던 아버지는 코로나도 코로나지만 물의 죽음이 어떤 식으로든 알려지는 걸 원치 않아 무빈소 장례를 선택했고, 우리 같은 사람들이 기웃거리는 걸 원천봉쇄하기 위해 장지마저 비밀에 부쳤다.

나는 우리의 두 번째 낭독은 다른 사람들의 귓가에 닿을 수 있을 만큼 큰 소리였으면 좋겠다고 생각했다. 어떻게든 조금 더 힘을 실어 기도를 멀리 보낼 수 있었으면 좋겠다고 생각했다. 물이 있는 곳까지 흘러갈 수는 없겠지만 그래도, 그렇더라도…… 그런 생각이라도 하지 않으면 왠지 또 내가 참을 수 없을 만큼 싫어질 것 같았고, 나를 책망하는 것도 미워하는 것도 더는 흙에게는 들키고 싶지 않았으므로 일부러 더 그런 생각이라도 해 보려고 했다.

그때 흙이 내 팔꿈치를 툭 치더니 말했다.

자, 시작한다.

*

그사이 물에게 무슨 일이 있었는지 나는 아직까지
도 확실히 아는 게 없다. 나만 그런 게 아니고 커뮤니
티 내에서 물을 알고 지냈던 거의 모든 사람들이 아
는 게 없어서, 그러니까 우리는 서로의 일상을 잘 모
르는데도 능히 친구일 수 있는 사람들이어서, 물의
죽음은 그저 우리에게 익숙한 몇 가지 키워드와 거기
서 비롯된 추측으로만 설명될 뿐이다. 혐오와 비난,
배제와 박탈, 우울과 고립, 질병과 고통, 그리고 성소
수자와 자살.

한동안은 물의 죽음에 들러붙어 있는 이 추측들
을 떼어 내려고 했다. 정답을 아는 유일한 한 사람의
부재 속에서 제출된 답안들을, 규범에서 이탈한 삶은
곧 죽음이라는 식의 편견을 강화하는 서사들을 거
부해 보려고 했다. 가증스럽지만 이제라도 내가 물을
위해 할 수 있는 건 그것 말고는 없지 않나 싶었고, 그
건 내 마음을 조금이라도 편하게 만들기 위한 일이기

도 했다.

물은 문란해서 죽은 게 아니다.

물은 불안해서 죽은 게 아니다.

물은 무력해서 죽은 게 아니다.

물은 슬퍼서 죽은 게 아니다.

물은 화가 나서 죽은 게 아니다.

물은 외로워서 죽은 게 아니다.

물은 게이여서 죽은 게 아니다.

하지만 이런 인과관계를 끊어 내려는 노력은 나에게 또 다른 질문을 남겼다. 어째서 나는 물의 죽음을 무결한 것으로 만들고 싶어 하는가. 어째서 나는 불온해 보이는 것들은 모조리 지우려 하는 것이며 게이는 다 그렇게 사는 것도 아니고 다 그렇게 죽는 것도 아니라고 해명하고 싶어 하는가. 내가 자기 검열을 반복하며 끊임없이 의식하고 있는 시선의 주인은 도대체 누구이고, 그 시선으로부터 허락받기 위해 밀어내거나 끊어 내는 사람은 또 누구인가.

*

내가 흙과 물 두 사람을 서로에게 처음 소개했던

그날 밤, 물은 흙에 대한 소감을 이렇게 남겼다.

역시 비슷한 사람을 만날 줄 알았어요.

그리고 같은 날 집으로 돌아가는 전철 안에서 흙은 내게 이렇게 묻는 것으로 물에 대한 인상을 넌지시 전했다.

근데 너는 저런 친구를 어디서 만난 거야?

*

H 씨와는 29일에 만났다. 원래는 마지막 날에 만나기로 약속했지만 H 씨에게 피치 못할 사정이 생겨 하루를 앞당기게 됐다.

우리는 H 씨가 좋아하는 카페의 구석진 자리에 앉아 서로의 일기를 묵독했다. 한 번만 읽는 건 아쉬워 다시 처음으로 돌아가 읽었더니 어느덧 30분이 지나 있었다. 읽을 양이 그리 많은 건 아니었는데도 그랬다. 우리는 다시 노트를 교환하고는 누가 먼저랄 것도 없이 휴 하고 연극적인 한숨을 내쉬었다.

누구든 한 사람은 알아야 하니까요.

H 씨가 먼저 말했고,

그렇죠, 그런 거죠.

내가 덧붙였다.

우리는 일기 내용에 대해서는 그 어떠한 감상도 의견도 나누지 않는다는 규칙을 이번에도 지키기로 했으므로 하는 수 없이 다른 얘기를 나눴다. 다른 얘기란 대부분 요즘에 우리가 보고 듣고 생각하는 것들에 대한 것이어서 엄밀히 따지자면 일기에 쓴 것과 별반 다르지 않았지만, 어쨌든 H 씨도 나도 가급적 일기에 대한 얘기는 의식적으로 삼가려는 게 보여 조금 짠하고 웃기다는 생각이 들었다. H 씨는 자신이 지난여름부터 꾸준하게 어떤 사람의 이름 한 글자를 잘못불러 왔음에도 그 사람이 단 한 번도 바로잡지 않았다는 사실에 대해 말했고, 나는 즐겨 듣는 팟캐스트의 진행자가 우리는 누군가를 희화화하거나 상처 주지 않고도 충분히 재밌게 대화할 수 있다고 자신하던 순간에 대해 말했다.

얼마쯤 지났을까. 계속 떠들다 보니 허기가 져 당근 케이크를 하나 주문하고 자리로 돌아왔더니, H 씨가 막 생각났다는 듯이 나를 똑바로 건너다보며 말했다.

참, 그러고 보니 우리 하루 치 일기가 남았는데 그건 못 보겠네요. 9월은 내일까지니까.

아, 그러네요. 쓰고 카톡으로라도 보여 줄까요?

H 씨는 잠시 고민하더니 다른 제안을 했다.

잘 묻어 두었다 내년에 만나서 열어 보는 건 어떨까요.

오, 김장독처럼?

타임캡슐처럼!

나는 그것도 재밌겠다고 생각하며 물었다.

앗, 그럼 우린 내년에도 같이 일기를 쓰는 거군요?

그럼요, 쓰는 거죠. 같이 쓰는 겁니다.

나는 순간 너울거리는 듯한 기분이 왠지 부끄러워 테이블 위로 시선을 낮췄고, 오후의 햇살이 유리잔을 통과해 작은 물웅덩이처럼 고여 있는 자리를 가만히 응시하다 대답했다.

그렇다면 다음 9월 1일에는 제가 먼저 시작을 알려 보겠습니다.

*

길을 걷다가 어느 집 대문 앞에 놓인 화분을 보고 멈춰 섰다. 거뭇하게 시들고 말라 버린 이름 모를 화분에 큼지막한 메모가 붙어 있었다.

〔살리고 있는 중. 가져가지 마세요.〕

나는 카메라 앱을 열고 메모가 잘 보이도록 구도를 잡다가, 오늘은 이거에 대해 쓰면 되겠다고 확신하며 버튼을 누르려다가 불현듯 스치는 어떤 생각에 다시 핸드폰을 내려놓았다. 함부로 판단하지 말자고 결심했으면서, 섣불리 연민하거나 동정하지 말자고 다짐했으면서, 나는 어느새 그걸 또 잊고 있었다.

알 것 같은 밤과 대부분의 끝

1

그래도 이건 아니지 않나, 정말 아니지 않나 하고 나도 모르게 속마음을 내뱉었을 때 엄마는 원피스의 가슴께를 가볍게 펄럭이면서 모래라도 씹은 듯한 얼굴을 하고 있었다. 옷에 밴 고기 냄새 때문이었다. 엄마는 차주인 내가 괜찮다는데도 차에 타자마자 시트 걱정부터 하며 차창을 전부 내리게 했는데, 그러고도 성에 안 차는지 방금 전 내가 한 말을 듣고 싶은 대로 오해하기까지 했다.

그치, 이 상태로 가는 건 민폐겠지?

아니, 그게 아니라 내 말은······.

나는 차창을 한꺼번에 닫은 다음 말을 이었다.

거길 굳이 가는 건 정말 아니지 않나 싶다고. 염치 없는 거 아닌가?

엄마가 무슨 말을 하려는 건지 아니면 참으려는 건지 알 수 없는 태도로 입술을 달싹이는 사이, 나는 앞 차의 제동등을 확인하고는 속도를 줄였다. 도시를 짓 누르는 듯한 자줏빛 하늘과 도로 위를 가득 메운 자동 차들, 멀찌감치 횡단보도를 가로지르는 사람들로 눈 앞이 부산스러웠다. 문득 속이 더부룩한 건 저녁을 너 무 일찍 먹었기 때문만은 아닐 거라는 생각이 들었다.

우리는 엄마의 옛 연인의 장례식장으로 향하는 중 이었다. 10여 년 전 국내의 명산을 오르는 동호회에 서 엄마와 눈이 맞아 살림까지 차렸던 남자. 아내와 몇 년에 걸친 소송 끝에 어렵사리 이혼했으면서 어째 서인지 엄마와 헤어지자마자 다시 본처에게 돌아갔 다는 남자. 언젠가 그 남자는 내게 대뜸 전화를 걸어 와 나는 연숙 씨가 없으면 하루도 못 산다고 목놓아 울었는데, 그 눈물이 부끄럽지도 않은지 결국 그 연 숙 씨와 헤어지고도 무려 아홉 해를 더 살다가 어젯 밤이 되어서야 죽었다.

사인은 알 수 없었다. 그 남자의 이름으로 도착한 부고 문자에는 사망 일자와 장례식장 주소, 발인 시간, 그리고 실제 발신자로 추정되는 남자의 아들 이름과 연락처, 계좌번호 등은 있었으나 사인은 없었으니까. 혹시 예전에 같이 산을 탔던 사람들 가운데 뭘 좀 아는 이가 있을까 싶어 그중 두엇에게 연락해 봤으나 그들은 부고조차 알지 못했다.

왜 죽었을까. 말술이어도 건강검진을 하면 모든 수치가 정상이었는데. 그 흔한 고혈압이나 고지혈증도 없던 사람이었는데. 그사이 무슨 일이 있었던 걸까. 엄마는 어젯밤 부고 문자를 받았을 때부터 그게 궁금하다고 했다. 그리고 그걸 계속 궁금해하며 살고 싶지는 않다고도 했다.

거기 가면 그 아저씨 와이프랑 자식들이랑 다 있을 거 아냐. 없을까?

있겠지.

근데 간다고? 알아보면 어쩌려고?

알아볼까? 만난 적도 없는데?

사진 같은 걸 봤을 수도 있잖아. 몰래 뒤를 밟았을 수도 있는 거고.

설마 그렇게까지 했을까.

했으면 어쩔 건데?

진지하게 생각해 보는지 잠시 말이 없던 엄마가 이
내 피식 웃었다.

어쩌긴 뭘 어째. 다 지나간 일인데. 그리고 내가 무
슨 죄졌니. 우린 사랑을 한 거지, 죄지은 게 아니라고.

나는 그건 분명히 죄는 아니지만 도리도 아니지 않
나 하는 생각과 괜히 거길 찾아갔다가 험한 꼴이라도
당하면 어쩌나 하는 생각 따위에 마음이 산란해졌
고, 역시 오늘 엄마를 만난 건 실수라는 생각까지 하
게 됐다. 이런 상황에서도 기어코 마음이 가는 대로
하고야 마는 엄마가 오늘따라 왠지 더 얄미웠다.

오늘 만남을 강행한 건 나였다. 저녁에는 조문을
가야 하니 내일이나 내일 모레가 좋겠다는 엄마를 붙
잡은 것도, 이른 저녁이라도 좋으니 밥만 먹고 바로
헤어지자며 엄마를 조르다시피 한 것도 모두 점심 무
렵의 내가 전화로 벌인 일이었다.

엄마는 혹시 무슨 일이 있는 거냐고 거듭 물으며
내 걱정을 했는데, 다행히 무슨 일 같은 건 없었고 애
인에게서 오늘은 모친과 저녁을 먹고 본가에서 하룻
밤 자고 가겠다는 문자를 받고 나니 문득 엄마가 떠

올랐던 것이다. 애인은 모친이 갑상샘 수술을 받은 작년 여름을 기점으로 부쩍 본가를 찾는 횟수를 늘렸고, 본가에 갈 때마다 내게 엄마한테 잘하라는 충고를 잊지 않았다. 내가 같은 서울 하늘 아래 살면서도 1년에 한두 번, 그것도 명절이 아니면 굳이 엄마를 만나려 하지 않는다는 걸 알기에 하는 소리였다.

오랜만에 만난 엄마는 정성껏 차려입은 모습이었다. 무릎까지 오는 검은색 원피스에 앞이 뾰족한 검은색 에나멜 구두, 그리고 각이 반듯하게 잡힌 검은색 토트백까지. 누가 봐도 오늘의 동선 어디쯤에 장례식장이 있다는 걸 알 수 있는 차림이었다. 하지만 얼마 지나지 않아 엄마의 원피스에는 뜻밖의 흠이 생기고 말았는데, 그건 엄마가 즐겨 찾는다는 그 냉면집이 저녁이 되자 냉면보다는 고기를 찾는 손님들로 북적였기 때문이었다. 주변을 둘러보니 우리 말고는 모두 고기 손님인 듯했고, 각 테이블마다 설치되어 있는 환풍 장치도 우리 자리까지 번지는 고기 탄내를 막지 못했다. 엄마는 식사를 하는 둥 마는 둥 하면서 옷 걱정을 했다. 얘기를 들어 보니 장례식도 장례식이지만 입고 있는 그 민무늬 원피스가 꽤 고가인 모양이었다.

나는 도대체 누가 죽었기에 이렇게까지 신경을 쓰나 싶어 고인의 정체에 대해 물었다. 낮에 전화로 물었을 때는 그냥 친구가 죽었다고 해서 그러려니 했는데, 아무래도 유난스러운 구석이 있었다.

그때 엄마는 잠시 말을 고르는가 싶더니 그 사람이라고 했다. 그 사람이 죽었다고 했다.

나는 엄마가 그 사람이라고 말하는 즉시 그 아저씨를 떠올렸고, 그건 내가 택시를 타도 된다는 엄마를 굳이 내 차에 태운 이유이기도 했다. 그 아저씨는 나와 인연이라면 인연이고 사연이라면 사연이 있는 사람이니까. 나는 요즘도 가끔씩 그 아저씨와 그 아저씨로부터 파생된 어떤 우연에 대해서 생각하곤 하니까. 그 아저씨를 만나기로 했으나 결국 만나지 못했던 그날에 대해서. 그 아저씨를 만나지 못했기 때문에 결국 만날 수 있었던 한 사람에 대해서.

얼마쯤 지났을까. 한동안 아무 말 없이 차창 밖을 내다보던 엄마가 뭔가를 발견하고는 얘, 얘, 하면서 손짓했다. 퇴계로에서 동대입구역 방향으로 이어지는 언덕을 넘어 어느 교차로에 멈춰 섰을 때였다.

여기 거기 아니니?

나는 눈앞의 표지판과 내비게이션을 차례로 살피

고는 역 이름을 확인했다. 언젠가 애인이 이 동네의 유명한 찜닭집과 곱창집 얘기를 한 적이 있어 내게는 맛집이 많은 곳으로 각인된 동네였다.

여기가 내가 처녀 때 살던 동네잖아.

처녀 때?

응, 결혼 전에.

불광동 아니고?

그건 신혼 때고. 내가 이 동네에서 일 배웠거든. 이 근방에 수선집이 많았어. 만날 동대문은 가도 여기까진 잘 안 넘어오니까 이렇게 휑해진 줄도 몰랐네.

엄마는 원래 이 자리에 고가도로가 있었는데 없어졌다는 둥, 저기 저 던킨도너츠가 있던 자리는 예전에도 빵집이었다는 둥 말이 많아졌고, 이윽고 뭔가 떠올랐는지 잠깐만 차를 세워 보라며 오른편을 가리켜 보였다. 갑자기 여기서 차를 어떻게 세우냐고 난감해해도 잠깐이면 된다며 막무가내였다.

내 기억에 저기 저 시장 뒤편에 양장점이 하나 있었거든.

양장점은 왜.

왜긴 왜야. 이대로는 갈 수가 없으니까 그러지. 너 같으면 그 집 사람들한테 흉 잡히고 싶겠니?

엄마인지도 모를 거라며.

알든 모르든 사람이 깔끔해 보여야 할 거 아니야.

지금도 괜찮아.

이 냄새가 괜찮아? 사람이 죽었는데?

……

나는 신호가 바뀌자마자 차선을 두 개나 가로질러 연석 쪽으로 차를 바짝 붙였고, 엄마가 시키는 대로 바로 보이는 골목으로 우회전했다. 내비게이션이 띠링띠링 경고음을 울리며 경로를 재탐색했으나 길이 갑자기 좁아진 데다 사람들이 앞을 가로막듯이 지나다녀서 더는 화면이 눈에 들어오지도 않았다. 주차할 자리를 찾는 동안, 엄마는 일찌감치 안전벨트를 풀고선 반찬 가게와 청과물 가게, 생선 가게가 차례로 늘어선 길가를 두리번거렸다. 골목은 퇴근 후 장을 보는 사람들로 북적였고, 어느덧 창밖에는 초여름의 밤기운이 내려앉아 있었다.

2

그날 나는 광화문 스타벅스에서 엄마의 연인이라

는 그 아저씨를 하염없이 기다렸다.

시작은 아마도 착각에서 비롯되었을 것이다. 약속 시간이 한참이나 지났는데도 아무런 기별이 없자 나는 그분에게 전화를 걸어 어디쯤이시냐고 물었고, 3층 한가운데에 있는 내 자리를 설명했다. 층을 헤맬 수도 있으니 먼저 일러 두는 게 나을 것 같았다. 하지만 그때 그분에게서 돌아온 말은 다소 황당했는데, 왜냐하면 자신은 이미 30분 전에 도착했으며 여기는 1층 밖에 없다고 잘라 말했기 때문이다.

나는 아무래도 뭔가 이상하다 싶어 바로 1층으로 내려갔고, 거기에 있는 사람들의 면면을 빠르게 훑어 봤다. 그리고 머지않아 우리가 서로 다른 스타벅스에 있다는 것을 알아차렸다. 좀 더 얘기를 들어 보니 그분이 일찌감치 자리를 잡은 곳은 광화문점이 아닌 무교점이었던 것이다. 무교점과 광화문점 모두 광화문 역 근처에 있으니 착각하는 것도 무리는 아니었다. 그분은 광화문 스타벅스라기에 당연히 여긴 줄 알았다며 멋쩍어했고, 금방 그쪽으로 갈 테니 조금만 더 기다려 달라며 미안해했다.

하지만 그로부터 20여 분이 지나도록 그분은 나타나지 않았다. 다시 통화를 시도했으나 응답이 없었고 오고 계시느냐는 문자에도 묵묵부답이었다. 그분에게서 콜백이 온 건 한참 뒤였다. 이번에는 착각이 아니라 사고였다.

아, 이걸 어쩌죠. 미안합니다. 내가 방금 접촉 사고를 내서…… 금방 끝날 것 같기는 한데. 좀 더 기다려 줄 수 있을까요?

나는 고작 길 하나만 건너면 되는 근거리를 왜 차로 움직인 건지 알 수가 없어 갸웃했고, 어쩌면 이분은 이 근방 지리를 전혀 모르는 게 아닐까 생각했다.

전날 밤 아저씨는 내게 엄마의 실종을 알리며 아이처럼 울었다. 그분에 따르면 엄마는 나흘째 행방불명이었는데, 그동안 여러 번 다투고 화해했지만 이렇게 오래 연락 두절된 건 처음이어서 알리지 않을 수가 없었다고 했다. 그분은 내게 최근에 엄마와 연락한 적이 있는지, 엄마가 지낼 만한 곳을 아는지, 엄마와 가까운 친구의 연락처를 알려 줄 수 있는지 등을 물었고, 내가 그 어느 것에도 쉬이 답하지 못하자 행여나 연숙 씨에게 안 좋은 일이 벌어졌을까 봐 무섭다며 울음을 터뜨렸다. 그리고 더는 눈물이 나지 않게 되었을 때쯤 혹시 내일 자기를 좀 만나 줄 수 있느냐고 물었다. 만나서 긴히 물어보고 싶은 게 있다고 했다.

다음 날 나를 바람맞히리라고는 상상조차 할 수 없었던 절박한 목소리였다.

그날 스타벅스에서 내가 옆자리의 대화에 귀를 기울이게 된 건 그분을 기다리는 시간이 너무나도 지루했기 때문이었다. 그때 내가 앉아 있던 테이블은 예닐곱 명이 둘러앉을 수 있는 커다란 원목이었는데, 호탕한 척하는 누군가의 웃음소리를 따라 옆으로 눈을 돌리자, 20대 후반에서 30대 초반쯤으로 보이는 남자 둘이 마주 앉아 있었다. 아까 전 통화를 할 때까지만 해도 그 자리는 비어 있었으므로 아마도 그들은 내가 인터넷 뉴스나 트위터 피드에 정신이 팔린 사이에 등장한 듯했다.

나는 단번에 그들이 게이라는 걸 알았다. 그들 중 특별히 나는 게이입니다, 라고 써 붙여 놓은 것 같은 스타일은 없었지만, 내가 게이이기에 감지할 수 있고 그들이 게이이기에 감지될 수 있는 어떤 미묘한 공기가 테이블 위를 감돌았다. 나는 본능적으로 두 사람을 힐끗거리게 됐다. 처음에는 내 촉이 맞는지 확인하고 싶어서였고, 나중에는 그들의 관계와 상황, 대화에 호기심이 일었다. 토요일 점심 무렵, 도심 한복

판의 프랜차이즈 카페에서 아이스아메리카노와 아이스라테, 그리고 어색한 긴장감을 사이에 두고 존댓말로 백문백답 같은 얘기나 나누고 있는 남자들이라니…….

그들이 오늘 처음 만난 사이라는 건 그들이 게이라는 것만큼이나 자명해 보였다. 그즈음 어떻게든 새로운 사랑을 찾겠다는 일념하에 닥치는 대로 사람을 만났던 나로서는 그들이 서로에게 좋은 인상을 주고자 애써 연출하는 그 모든 표정과 자세와 몸짓 들이 익숙했으니까. 어떻게든 끼는 숨기고 남자다운 척해 보려는, 나는 이렇게 티가 잘 안 나는 사람이라고 어필하는 듯한 일련의 노력들. 두 사람이 종로3가 일대가 아닌 광화문에서 만난 것 역시 내게는 다분히 의도적으로 보였는데, 물론 그건 게이들이 즐겨 찾는 그 동네와 나를 잠시나마 구분 짓기 위해 첫 만남 장소로 광화문이나 서촌을 선호해 왔던, 그렇게 함으로써 상대방에게 내가 닳고 닳은 사람은 아니라는 인상을 주고자 했던 내 역사에 근거한 해석이었다.

하지만 이어지는 대화를 따라가다 보니 그들의 상황은 보이는 것처럼 순조롭지 않았다. 묻는 사람과 대답하는 사람이 고정되어 있는, 핑퐁으로 치자면 핑만 있고 품은 없는 일방적인 대화였기 때문이다. 주말에는 보통 무엇을 하는지, 최근에는 어떤 영화를 봤는지, 운동을 한 지는 얼마나 됐는지, 이쪽 친구들은 많은지, 굳이 나누자면 이태원파와 종로파 중 어느쪽인지 연신 묻는 건 내 쪽에 앉은 남자였고, 건너편에 앉은 남자는 주어진 모든 질문에 대답은 하면서도 결코 되묻는 법이 없었다.

그러니까 상황은 뻔했다. 이쪽은 저쪽에 끌리나 저쪽은 이쪽에 끌리지 않는 것. 이쪽은 갈급하나 저쪽은 아쉬울 게 없는 것. 나는 여러 번에 걸친 곁눈질로 두 사람을 유심히 살폈고, 물감이 번진 듯한 요란한 무늬의 남방을 입고 있는 내 쪽의 남자보다는 집에서 잘 때나 주워 입을 것 같은 흰색 티셔츠에 밤톨 같은 머리를 하고 있는 건너편의 남자가 훨씬 더 일턱해 보인다는 것을 확인했다. 건너편의 남자는 시종일관 느긋하고 편안해 보였는데, 아무래도 자신의 남성성을 부풀리거나 연출할 필요가 없어 보이는 외형적 조건이 남자를 이따금 미소 지으며 대답만 해도 되는 사람으로 만들어 주는 듯했다. 그래 봤자 게이이므로 그건 정말이지 같잖은 기득권이었지만, 솔직히 말하자면 나 역시 그런 사람에 끌렸고 그런 사람으로 비치길 원했으며 그게 잘 안 돼서 힘들었다.

생각해 보면 그 당시 나는 누군가의 마음에 들고자 나를 가장하는 일에 완전히 지쳐 있었다. 남자다운 분 선호합니다, 여성스러운 분 죄송합니다, 운동하는 분이 좋습니다, 끼순이는 사양합니다라고 적혀 있는 데이팅 앱 프로필 문구를 볼 때마다 다들 참 양심도 없다고 혀를 차면서도 자꾸만 내 모습을 점검하게 됐고, 어쩌다 연이 닿아 누군가를 만날 때도 진짜 내 모습을 들켰다가는 사랑받지 못할 거라는 불안에 시달렸다. 게이들이 선호하는 매력 자본이 부족한 사람. 선섹스 후연애라는 이쪽 세계의 작동 방식에 부적합한 사람. 너무 많은 거절과 너무 잦은 낙담에 어느덧 자존감이 바닥나 버린 사람. 그게 나였다.

나는 있는 그대로의 나로 살고자 이 바닥에 나온 것이면서도 나를 좀처럼 긍정하지 못하는 내 모습에 수시로 서글퍼졌고, 내가 이 짓을 과연 언제까지 할 수 있을지 막막해 자주 비관했다. 그리고 이런 게 게이 라이프라면 게이를, 아니 인생을 그만두는 게 낫겠다는 생각을 습관적으로 했다. 물론 그런 비장한 결론에 도달한 날에도 어김없이 지나가는 남자들에게 눈이 돌아갔지만.

나는 내 쪽에 앉은 남자의 마음이 뭔지 알았다. 어째서 가망이 없어 보이는데도 대화를 이어 가려는지 알았고, 어째서 굴욕을 감수하면서까지 최선을 다해 보려는지도 알았다. 여기서 더하면 더할수록 자신만 초라해질 뿐이라는 걸 알면서도 버티는 마음. 차라리 상대의 동정심이라도 자극해 오늘 밤은 혼자 잠들고 싶지 않은 마음.

생각이 거기까지 닿았을 때 나는 어째서 우리는 이런 식으로밖에 만날 수 없는 건지, 어째서 누군가를 사랑하고 누군가에게 사랑받으려면 정육점 쇼케이스 안의 벌거벗은 고깃덩어리처럼 나를 노골적으로 전시해야만 하는 건지 억울해졌고, 나를 잘 알지도 못하는 사람이 함부로 안겨 주는 모멸감과 수치심으로부터 나를 분리하고 싶다는 생각에 이어폰으로 귀를 틀어막았다. 그리고 저들의 세계는 나와는 별 상관이 없는 것처럼 다시 핸드폰으로 눈을 돌렸다.

3

엄마가 찾는 양장점은 흔적조차 남아 있지 않았

다. 역 근처의 재래시장은 아직 명맥을 유지하고 있었으나 양장점과 수선집 몇 개가 모여 있었다는 그 뒤편의 골목은 먹자골목 같은 게 되어 있었고, 순댓국집과 호프집, 실내 포장마차 등이 적당히 촌스러운 간판을 내건 채 영업 중이었다. 그 가게들도 연식이 십수 년은 되어 보여서 엄마의 기억이 정말 오래됐다는 걸 알 수 있었다.

엄마가 결혼 전에 살았던 그 집에 가 보지 않겠느냐고 물은 건 1~2분쯤 뒤였다. 엄마는 주변 골목을 천천히 살피더니 어떤 감상에 사로잡힌 듯했고, 기왕 여기까지 왔으니 그 집을 한번 보고 싶다고 했다. 당시에도 헐고 너절했던 그 집이 아직 남아 있을지 의문이지만 그래도 궁금하다고 했다. 시장 옆 아파트 단지 너머로 보이는, 듬성듬성 불 밝힌 창문이 모여 있는 그 언덕이 엄마가 살았다는 동네였다.

나는 처음에는 시간도 늦었는데 그냥 가면 안 되느냐고 뻗댔으나, 일단 걷다 보니 숨이 좀 트이는 것 같기도 하고 속이 좀 편해지는 같기도 해 잠자코 엄마를 뒤따랐다. 고만고만한 다가구주택들이 난립한 눈앞의 풍경보다는 머릿속에서 두서없이 점멸하는 어떤 기억들, 이를테면 그날 스타벅스에서 내가 훔쳐봤던 남자들의 기류나 끝내 파투 난 그 아저씨와의 만남, 그리고 서대문역 쪽으로 걷다가 마주친 뜻밖의 인연 같은 것들에 골몰하면서.

야, 한번 같이 보자니까 그러네.

서너 걸음쯤 앞서 있던 엄마가 돌아보며 말했다.

너 만나는 그 친구 말이야. 얼마나 됐다고?

우리?

응.

만난 지는 햇수로 9년, 같이 산 지는 5년.

기특하네. 잘 맞나 보다.

나는 우리 얘기를 조금 더 듣고 싶어하는 듯한 엄마의 시선을 슬쩍 피하면서도 덧붙였다.

다정해. 해가 갈수록 사람이 더 다정해지네.

그래? 계속 다정해?

응, 뭐 잘못한 게 있나 봐. 켕기는 게 있거나.

…….

…….

잘해 줘도 지랄. 중학교 선생님이라 그랬나?

아니, 초등학교.

다정하고 안정적이고 백 점이다. 맛있는 거 사 줄 테니까 한번 데려와. 그렇게 오래 만났다면서 어쩜 한

번을 안 보여 주니?

나는 순간적으로 그건 말이지, 엄마, 내가 엄마의 인정 같은 건 필요치 않아서야라고 속엣말을 할 뻔했으나, 괜히 분위기를 망치고 싶지는 않아서 다른 말을 했다.

맛있는 거 뭐 사 줄 건데? 냉면?

엄마는 원피스 소맷부리에 코끝을 대더니 킁킁 냄새를 맡았고, 이내 표정과는 다른 말을 했다.

애, 그래도 아까보다는 훨씬 낫다.

사실 내가 내켜 하지 않아서 그렇지 애인은 전부터 엄마를 만나고 싶어 했다. 내가 일찌감치 엄마한테 커밍아웃을 했고 엄마가 그걸 대수롭지 않게 받아들였다는 사실이 그는 여전히 신기한 모양이었다. 내가 그건 다 엄마가 나한테 지은 죄가 많기 때문이라고, 엄마가 자기 인생을 살겠다며 고작 아홉 살이었던 나를 버리고 미국으로 떠났기 때문이라고, 그러니까 사실 엄마는 내 인생에 대해 왈가왈부할 수 있는 지분이 거의 없으며 따라서 우리는 일반적인 모자 관계가 아니라고 우리 집 사정을 구구절절 설명해도 그에게 돌아오는 말은 그래도, 였다. 그는 내가 스물셋 무렵 다시 만난 엄마에게 커밍아웃부터 한 게 일종의 복수였다는 걸 알면서도 엄마 얘기가 나오면 어김없이 이렇게 말하곤 했다.

그래도 너를 있는 그대로 받아들이신 거잖아. 너는 그게 얼마나 힘든 일인지 모를 거야. 너는 정말 아무것도 몰라.

그런 말을 들을 때마다 나는 아무것도 모르는 건 내가 아니라 바로 너라고, 너는 진짜로 감내하고 있는 사람이 누구인지 전혀 모르는 것 같다고 생각했지만, 그런 마음은 가급적 입 밖으로 꺼내지 않았다. 왜냐하면 나는 서로에게 진실한 게 최선이라고 생각할 만큼 어리석지는 않았으니까. 나는 내게 더 중요한 게 무엇인지 정확히 알고 있었고, 그것을 지키기 위해서라면 이미 본 것들을 못 본 척하거나 알게 된 것들을 모르는 척해야 한다는 걸 체득한 지 오래였다. 그래, 우리가 어떻게 만났는데. 우리가 어떻게 여기까지 왔는데.

근데 그때 그 아저씨랑은 왜 헤어진 거야?

오르막이 시작될 때쯤 나는 덩굴이 비늘처럼 뒤덮인 어느 집 담장을 일별하던 엄마에게 물었다. 물론 오늘 같은 밤이 아니었다면 굳이 하지 않았을 질문이었다.

그냥 뭐…….

또 엄마가 버린 거지?

나는 그 말이 내가 듣기에도 못된 것 같아 멈칫했으나 나를 버렸던 사람이라면 이 정도는 감당해야 하지 않나 싶어 사과하지 않았다. 웃는 척하는 건지 웃으려 애쓰는 건지 알 수 없는 표정으로 동그란 이마를 만지작거리던 엄마가 입을 열었다.

맞아, 내가 버렸지. 그럼 차였겠니?

왜 찼는데?

뻔하지. 성격 차이.

엄마가 한 박자 쉬었다 말을 이었다.

그 사람이 결혼을 원했거든. 그게 우리의 다음이어야 한다고 생각했어.

하지, 왜? 어차피 같이 사는데.

내가 한 번 당하지 두 번 당할까. 그리고 그게 그거랑 같니?

나는 그거와 그거는 같지 않다는 걸 모르지 않았지만 어쩐지 엄마가 하는 말이 다 가진 사람의 배부른 소리처럼 들려서 다를 건 또 뭐냐고 투덜댔다. 한 번 할 수도 있고 두 번 할 수도 있으며 그 모든 걸 할 수 있는데도 안 하는 게 얼마나 큰 특권인지를, 10년을 만나도 여전히 서로의 마음 말고는 기댈 곳이 전혀 없는 관계의 미래를 엄마는 생각해 본 적이 없을 테니까.

근데 솔직히 말하면…… 그 전부터 내가 좀 변했어.

엄마가 말했다.

그 사람, 우리가 함께였던 두 해 가운데 처음 1년은 소송 중이었거든. 아내가 회사 사무장인가 하는 남자랑 바람이 났으면서도 절대로 인정을 안 해서. 사실상 이혼한 상태이기는 했지만 법적으로는 아니었던 거지. 근데 얼마 뒤에 법적으로도 홀가분해지니까 어째서 그런 건지 그 사람에 대한 마음이 예전 같지가 않은 거야. 뭐랄까 우리를 지탱해 주던 간절한 어떤 게 사라져 버린 것 같달까.

그게 뭔데?

엄마는 잘 모르겠다는 듯이 어깨를 으쓱해 보이더니 어쩌면 그건 이혼 때문이 아닐 수도 있다고 말을 고쳤다. 그냥 우리가 다 된 걸지도 모른다고. 만날 만큼 만나서 시시하고 재미없어진 걸 수도 있다고. 그뿐이라고.

나는 엄마가 하는 말이 무슨 말인지 알 것 같았지만, 그 말을 있는 그대로 받아들이거나 이해하는 건 내 마음을 훼손하는 짓이라는 생각에 한동안 침묵으로 물러섰다.

　내가 그날을 소환한 건 엄마가 여기가 아닌 것 같다며 주위를 두리번거릴 때였다. 제법 걸었다고 생각했는데도 계속 오르게 되는 걸 보니 언덕은 역에서 봤을 때보다 훨씬 더 높은 듯했고, 우리는 가다 서다를 반복하면서 추억 속에 갇혀 있는 순간들을 조심스럽게 끄집어냈다.

　그 아저씨가 나한테 울고불고 난리 쳤던 거 기억나? 엄마 어디 있는지 아느냐면서.

　무슨 소린가 싶은 얼굴로 나를 쳐다보던 엄마가 피식 웃었다.

　술만 먹으면 그렇게 울었지. 한번은 동네 개를 붙잡고 울었다니까.

　그 당시 엄마는 그 아저씨가 내게 전화를 한 건 잔뜩 취했기 때문일 거라고 했다. 다음 날 약속 장소에 나타나지 않은 것도 착각과 사고를 운운했던 것도 모두 전날 밤 자신이 취중에 무슨 말을 했는지 전혀 기억하지 못해서일 거라고 했다. 내가 우리의 통화 내용을 상세히 전하며 그런 게 아니었다고 말해도 엄마는 그 사람은 그러고도 남을 위인이며 나는 그 사람이 하는 말은 반의 반만 믿는다고 코웃음 쳤다.

그날 좀 재밌는 일이 있었어.

그날?

그 아저씨한테 바람맞은 날 말이야.

나는 이제껏 누구에게도 한 적 없는 이야기를 꺼냈다. 말해 버리면 아무것도 아닌 게 되어 버릴까 봐 오래도록 혼자만 간직해 온 이야기를.

한 시간쯤 기다리다 더는 안 되겠어서 일어났어. 사고 처리가 자꾸 길어진다면서 양해를 구하시는데 솔직히 좀 짜증이 나더라고. 사고라고 하니 어쩔 수 없다는 건 아는데 그래도 처음부터 이러는 건 좀 아니지 않나 싶었거든. 게다가 내가 계속 기다리니까 그분이 괜히 더 전전긍긍하는 것 같기도 했고…… 아무튼 카페 밖으로 나와서 이리저리 배회하듯 한참을 걸었어. 오래 앉아 있었더니 좀 걷고 싶더라고. 볕이 좋은 날이었거든. 경복궁역을 지나 서촌까지 갔다가 이왕 나온 김에 영화나 보고 들어가야겠다 싶어서 다시 광화문역 방향으로 돌아왔지. 근데 극장 쪽으로 건너가려고 신호를 기다리는데 어떤 남자 하나가 길가에 주저앉아 있는 거야. 호흡이 곤란한 것처럼 숨을 크게 들이마셨다 내쉬면서. 고개를 숙인 채 어깨를 들썩이는데 어째 좀 이상하더라고. 그냥 갈까 말까 한참을 망설이다가 괜찮으신 거냐고 물어봤어. 그랬더니 그 남자가 힘겹게 머리를 들면서 자기 좀 도와줄 수 있느냐고 묻더라. 얘기를 들어 보니 갑자기 눈앞이 뒤집히고 다리에 힘이 풀려 넘어졌다고 하더라고. 아까 전에 근처 골목에서 갑자기 튀어나온 차에 살짝 부딪혔는데, 그 순간에는 충격이 크지 않기도 하고 특별히 다친 데도 없어서 괜찮은가 보다 했더니 그게 아닌 것 같다고.

어머, 그래서?

부축해서 응급실에 데려다줬어. 근처에 대학병원이 있었거든.

잘했네, 원래 그런 사고가 더 무섭다고 하더라. 겉은 멀쩡한데 안에서 피가 줄줄 새는 거지. 운전자한테 연락은 했고?

아니, 아무렇지도 않아서 그냥 가시라고 했대. 전화번호도 안 받고.

아이고, 바보네. 바보야.

나는 엄마에게 그 바보가 내 연인이라는 말은 하지 않았다. 내가 그 남자에게 다가갔던 진짜 이유는 그 남자가 방금 전까지 내가 앉아 있던 그 스타벅스에서 누군가에게 성실히 구애를 하던 바로 그 사람이었기 때문이라는 말도 하지 않았고, 반년쯤 뒤에 내가 데이팅 앱에서 우연히 그 남자를 발견하고는 반가운 마음에 우리의 인연에 대해 이야기하면서 우리가 다시 만나게 되었다는 말도 하지 않았다. 말을 하려고 보니 어쩐지 그 모든 일들이 이제는 좀 시답잖다는 생각이 들었기 때문이었고, 절반쯤 말했을 뿐인데도 벌써 우리가 아무것도 아닌 게 되어 버린 것만 같은 허무함이 밀려들었기 때문이었다. 하긴 엄밀히 따지고 보면 그건 운명이라기엔 좀 억지스러웠으니까. 그날의 사고와 사고는 서로 관련이 없을 뿐 아니라 우리는 결국 그 지긋지긋한 데이팅 앱이 아니었다면 만나지 못했을 테니까.

그때 내가 해야 할 말을 전부 하지 않았다는 게 느껴졌는지 엄마가 물었다.

근데 뭐가 재밌다는 거야? 재밌는 일이 있었다며.

아, 재밌는 일이 아니라 신기한 일인가.

신기한 일?

그 아저씨 덕분에 내가 사람을 구했으니까.

엄마는 그게 어째서 신기한 일이냐고 되묻듯이 이

마를 살짝 구겼고, 내가 거기에 대해 더는 할 말이 없다는 것을 확인하고는 싱겁다는 듯이 다시 옛 동네를 둘러보는 일로 돌아갔다. 그리고 잠시 후 좁다란 길을 사이에 두고 마주 서 있는 집들과 각각의 대문 옆에 걸려 있는 빨간 깃발들을 눈에 담더니 아무래도 길을 잘못 든 것 같다고 했다.

결국 우리가 이 골목 저 골목을 둘러보다 멈춰 선 곳은 구멍가게 앞이었다. 새시 문 양옆으로 공병이 담긴 박스와 빛바랜 평상, 헤집어진 종이 상자들이 널브러져 있는 동네 슈퍼. 엄마가 또래로 보이는 주인 여자에게 길을 묻는 동안, 나는 가게 밖에서 핸드폰을 확인하며 엄마를 기다렸다. 내 담당은 아니지만 흐름을 파악해야 하는 업무 메일 몇 개를 읽고 음식 사진과 카페 사진, 셀카 따위로 뒤덮인 인스타그램 피드를 훑어봤다. 그리고 카톡을 열어 지금쯤 본가에서 쉬고 있을 애인에게 메시지를 보냈다. 언제나 그렇듯이 밥은 먹었느냐고 물었는데 정말이지 그게 궁금한 건 아니었다.

이 사람은 뭘 하는데 메시지도 확인하지 않는 걸까. 왜 엄마를 만난다는 날에는 어김없이 연락이 두절되는 걸까. 지금 같이 있는 사람이 정말 엄마이기는 한 걸까. 그런 질문들이 머릿속을 활보하도록 그냥 내 버려 둔 채 카톡 창을 가만히 내려다보는데, 언제 가 게에서 나왔는지 엄마가 내 앞으로 까만 비닐봉지를 내밀었다. 이게 뭔가 싶어 봤더니 안에 하늘색 분무 기가 들어 있었다. 상쾌한 향. 세균으로 인한 냄새 제 거. 페브리즈였다. 나는 졌다는 생각에 헛웃음을 내 뱉으며 봉지 안에서 페브리즈를 꺼냈다. 그리고 엄마 에게 물었다.

알아냈어?

응?

옛날에 살던 집 말이야.

엄마가 벌써 흥미를 잃은 듯한 얼굴로 말했다.

아, 더 위쪽이었어. 아까 지나오면서 축대 봤지? 원 래는 거기서 오른쪽으로 길이 나 있어서 더 올라가는 건데 그 뒤가 다 밀려서 아파트가 된 거야. 저 아줌마 말로는 여기도 관리처분인가 떨어져서 내년이면 싹 다 밀릴 거라네.

나는 엄마를 따라서 우리가 지나온 길을 돌아봤 다. 몇몇 집에서 새어 나오는 불빛이 길 위의 무언가 를 찾다 실패한 것처럼 멈춰 있었고, 그 옆으로 세워 진 난간 너머로 동네의 야경이 펼쳐졌다. 어느새 한밤

을 품은 하늘과 어스름한 달빛이 내려앉은 초록색 옥
상들, 그리고 점처럼 박힌 가로등을 따라서 선처럼 그
어진 골목들.

그때 엄마가 내 손에 들린 페브리즈를 낚아채듯 가
져가더니 허공에 가볍게 분사했다. 칙 소리가 마음에
드는지 한 번 더 뿌렸고, 반짝이듯 흩뿌려지는 찰나
의 물안개를 향해 다시 한번 뿌렸다. 나는 인공적인
꽃향기가 부유하는 밤하늘을 멍하니 바라보다 엄마
의 말소리에 눈을 돌렸다. 엄마가 있지, 하고 운을 떼
더니 주목을 원하는 태도로 뜸을 들였다.

아 뭔데, 그냥 말해.

네 말이 맞는 거 같아. 거긴 안 가는 게 좋겠어.

왜 또…….

알아볼 것 같아. 모를 수가 없을 것 같아.

그쪽에서? 엄마를?

응, 그런 건 그냥 아는 거잖아. 다 알고 있는 거잖
아. 그치?

…….

그만 집에 가자. 데려다줄 수 있지?

엄마는 그렇게 묻더니 나를 똑바로 쳐다봤다. 그러
고는 내 뒤에 가려져 있던 누군가를 알아보기라도 한

것처럼 희미한 미소를 지었다. 나는 엄마에게는 절대로 보이고 싶지 않은 걸 들켜 버린 것만 같은 기분에 멈칫하다가, 아니, 어쩌면 엄마는 처음부터 그걸 보고 있었을지도 모른다는 생각에 아연해하다가 문득 내 안에 단단한 동상처럼 자리하고 있었던 어떤 다짐이 부서져 버렸다는 걸 깨달았다.

아니, 그건 아주 오래전부터 부서져 있었지.

4

애인으로부터 전화가 온 건 장례식장 건물 밖에 외따로 있는 ATM 부스 안으로 막 들어섰을 때였다. 내가 어쩌자고 여기까지 온 걸까 싶은 생각과 그래도 일단 왔으니 조문이나 하자는 생각 사이에서 갈팡질팡하는데 핸드폰이 진동했다. 에어컨이 고장 났는지 부스 안이 찌는 듯이 더웠다. 나는 이제야 답을 하는 그가 괘씸하다고 생각하면서도 반갑게 전화를 받았다. 굴욕적이게도 반갑지 않은 것은 아니었으니까.

엄마랑 뭐가 그렇게 재밌어서 답장도 못해? 뭐 커밍아웃이라도 하셨나?

나는 제발 좀 그러지 말자고 수차례 마음먹었으면서도 비꼬아 말했고, 그렇게 내뱉고 나서는 어김없이 후회했다.

그가 편하게 누워 있을 때만 나오는 특유의 나른한 목소리로 대답했다.

아니야, 오늘 엄마 안 만났어.

안 만났다고? 왜?

몰라, 얘기하자면 길어.

그는 내가 뭔가를 궁금해할 때마다 입버릇처럼 얘기하자면 길다고 대답하곤 했는데, 막상 사정을 들어보면 그 얘기라는 게 길었던 적은 한 번도 없었다. 있었나? 아니, 없었다.

무슨 일인데?

내일 장학사 오는데 갑자기 수업 시연을 나더러 하라고 해서. 여태 자료 만들다가 왔어.

나는 그 말을 곧이곧대로 믿지 못하는 나 자신이 너무나도 싫었지만, 그렇다고 믿기지도 않은 걸 억지로 믿을 수는 없는 노릇이어서 그가 이런 거짓을 늘어놓을 수밖에 없는 다른 가능성을 떠올렸다. 원래는 본가에서 하룻밤 잘 거라는 핑계로 외박하려 했으나 그게 어긋나 버린 상황들을. 이를테면 만나기로 한 사람이 갑자기 연락이 끊겼거나 만났더니 기대와는 너무 달라서 마음이 식었거나, 그것도 아니면 이쪽은 마음이 동하는데 저쪽은 그렇지 않아서 외박이 불발된 그런 흔하디흔한 상황.

방금 전 머릿속을 스쳐 지나간 장면에서 느껴지는 어떤 기시감이 나를 따갑게 찌르는 사이, 그가 물었다.

근데 넌 어딘데? 왜 안 와?

아, 내가 어디냐면…….

나는 몸을 돌려 부스 밖을 내다봤다. 장례식장 건물 바로 앞에 서 있는 택시가 보였고, 이윽고 택시에서 내리는 정장 차림의 남자가 보였다. 그리고 창문 위로 겹쳐지는 내 후줄근한 모습도.

나 궁금한 게 있는데. 조문할 때 분홍색 입어도 되나? 분홍색 남방에 청바지.

조문? 누가 죽었어?

어, 장례식장이야.

이 밤에? 누가 죽었는데?

나는 이걸 어디서부터 어떻게 설명해야 하나 고민하다가, 이건 진짜로 얘기가 길지만 나까지 그렇게 말하고 싶지는 않다고 생각하다가 혹시 지금 이쪽으로 와 줄 수 있는지를 물었다. 굳이 해야 한다면 이건 지금 얼굴을 보고 해야 하는 얘기였으니까. 그가 뭔가를 가늠하려는 것처럼 숨죽이는 사이, 나는 적립식 펀드 광고와 신용대출 광고가 반복 재생되고 있는 ATM 화면으로 눈을 돌렸다. 화면 오른쪽 상단에 자리한 디지털시계가 어느덧 하루 끝을 가리키고 있었다.

너무 늦었잖아. 지금이 몇 신 줄 아는 거야?

그래서 안 온다고?

아, 누가 죽은 건데 그래.

나는 우리의 시작이라는 대답을 잇새에 깨물었다 삼켰고, 그 대신 정말로 묻고 싶은 것을 묻기로 했다. 내가 지금 더할 나위 없이 유치하게 굴고 있다는 걸 알면서도 드디어 우리 두 사람이 도망칠 수 없는 사각으로 몰린 것 같아 멈출 수가 없었다.

아니다, 오지 마. 안 와도 돼. 대신 이거 하나만 솔직하게 말해 줘.

뭐?

오늘…… 만나기로 했던 사람이 정말 엄마였어?

나는 그제야 내가 왜 오늘 무리해서라도 만나야만 했던 사람이 엄마였는지 알 것 같았고, 그렇게 묻기 전까지는 미처 느끼지 못했던 어떤 감정이 나를 제압하는 동시에 풀어놓는 걸 체감하며 그의 다음 말을 기다렸다. 부스 안의 공기가 내 날숨을 머금은 채 뜨겁게 달아올랐고, 내 얼굴 위에 덧씌워져 있던 가면 같은 것이 조금씩 녹아서 땀처럼 흘러내렸다.

그때 그가 영원히 이어질 것만 같던 침묵을 깨고 말했다.

어떤 소설은 이렇게 끝나기도 한다

1

엄마와 티브이를 보는데 요즘 감자를 잘 팔아서 화제가 되고 있다는 강원도지사가 나왔다. 코로나19로 인한 외식 불황 및 학교 식자재 감소로 강원도에 감자 재고량이 무려 약 1만 1000톤에 달하게 되었고, 결국 도청에서 인터넷 판매라는 자구책을 마련해 농민을 돕고 있다는 내용의 뉴스였다. 돕고 있다는 말이 거짓이 아니라는 걸 증명해 보이듯 도지사가 팔을 걷어붙이고 열심히 포장을 돕는 모습이 이어졌다.

엄마가 우리도 저 감자나 한번 사 보자고 입을 뗀

건 그로부터 1~2초쯤 뒤였다. 엄마는 감자가 10킬로그램에 5000원이면 거저나 다름없다며 주문을 해 보자고 했다. 군데군데 싹이 나 있어도 아깝지 않을 가격이라는 것이었다. 나는 바로 포털에 '강원도 감자'를 검색해 구입처를 확인했고, '진품샵'이라는 이름의 사이트에 접속했다. 하지만 사이트에 걸린 안내문과 몇몇 구매 후기를 훑어보니 이건 정말이지 만만치 않겠다는 생각이 들었는데, 날마다 8000 상자를 파는데도 사람들이 하도 몰리는 통에 서버가 다운되기 일쑤고, 심지어 며칠 전에는 판매 시작 1분 30초 만에 전량 소진되었다고 했다.

근데 10킬로그램이면 양이 얼마나 되는 거야?

나는 판매 시작 시간이라는 오전 10시 앞으로 알람을 서너 개쯤 맞춰 놓은 다음 엄마에게 물었다. 그깟 감자가 뭐라고 이렇게까지 해야 하나 싶으면서도 기왕 하는 거 그깟 감자도 못 사는 사람은 되고 싶지 않았다.

엄청 많지. 우리는 5킬로그램도 다 못 먹을 걸.

근데 왜 사래?

다들 산다잖아.

엄마가 어깨를 으쓱해 보이더니 혼잣말을 하듯 중

얼거렸다.

감자 5킬로그램, 고구마 5킬로그램 해서 반반씩 팔면 좋겠네. 그게 우리한테는 딱인데.

반반은 무슨, 치킨도 아니고.

야, 그러지 말고 혹시 모르니까 내일 전화해서 반반도 되는지 한번 물어볼래? 감자가 넘치는데 고구마라고 안 넘치겠니?

나는 처음에는 무슨 그런 생떼를 쓰느냐며 어이없어 했으나, 어느 순간부터는 나도 모르게 감자 반 고구마 반이 담긴 커다란 상자를 떠올리게 됐다. 그리고 감자와 고구마라면 5대 5보다는 7대 3이나 8대 2 정도가 적당한 것 같다고, 아니, 어렸을 때부터 한결같은 '감자파'인 나로서는 역시나 고구마는 3이나 2도 필요치 않다고 생각하다가 무심결에 엄마 앞에서 말실수를 하고 말았다.

엄마.

응.

나는 그래도 고구마보다는 남자가 더 좋더라. 아니, 감자가……

…….

…….

아, 빌어먹을 나의 무의식.

2

지난봄 나는 첫 장편 출간을 앞두고 마음이 심란했다. 담당 편집자 H 씨로부터 구체적인 출간 일정을 전해 듣자 비로소 올 것이 왔다는 생각이 들면서 머리가 복잡해진 것이다. 그날은 화요일이었고 H 씨와 나는 재교지를 주고받기 위해 도심의 어느 카페에서 잠깐 만났다. 교정지 위에 적힌 H 씨의 메모를 빠르게 훑어보는데 H 씨가 물었다.

선생님, 혹시 출간 이후에 행사 생각이 있으실까요?

행사라면 북 토크 같은 거요?

네, 작가님마다 스타일이 다르거든요. 행사를 원하시는 분도 있고 원치 않는 분도 있어서 미리 확인해 두려고요.

하면 누가 올까요?

왜요, 오죠 하면서 가볍게 웃던 H 씨가 이내 너무 단언해 버렸다는 생각이 들었는지 얼른 다음 말을 덧붙였다. 요즘에는 규모가 그렇게 크진 않으니까요.

나는 행사든 뭐든 주어진 건 열심히 하고 싶다고 말했다. 하지만 말해 놓고 보니 한 가지가 걸렸다.

아, 근데 그런 자리에서 저를 어디까지 오픈해야 할지 모르겠어서…….

잠깐의 정적이 흘렀고, H 씨가 조심스러운 표정으로 대답했다.

그렇죠. 사실 저도 그 생각을 했는데…….

H 씨는 내가 얼굴을 마주 보고 내 정체성에 대해 말한 몇 안 되는 사람이었다. 앞으로 원고에 대해 이런저런 의견을 나누려면 확실히 밝혀 두는 게 좋을 것 같다는 판단에 두 번째 만남에서 내가 먼저 얘기를 꺼냈다. 굳이 말하지 않아도 H 씨가 소설 원고 때문에 충분히 짐작하고 있으리라는 생각이 들었지만, 그럼에도 어쨌든 직접 말함으로써 H 씨에게 보다 진실해지고 싶은 욕심이 내게 있었다.

생각해 보면 소설가가 편집자나 독자에게 자신의 정체성을 드러내야 할 의무는 없었다. 그건 누구도 강요하지 않는 일이었고, 어쩌면 누구도 궁금해하지 않는 일이었다. 소설은 어디까지나 소설일 뿐이고 퀴어 소설은 퀴어 당사자만 쓸 수 있는 글도 아니므로, 작가가 먼저 나서서 진정성을 피력하는 건 어쩌면 어떻

게든 자신을 드러내고 싶어하는 욕심 그 이상도 이하
도 아닐지 몰랐다.

하지만 나는 말하지 않아도 모두 아시잖아요 하고
눙치는 듯한 의뭉스러운 태도로 책 뒤에 숨고 싶지는
않았다. 프라이버시도 중요했지만 그보다 더 중요한
건 자존심이었다. 애초에 나를 숨기는 게 지긋지긋하
다는 생각으로 시작한 소설이었고, 더는 그렇게 살지
않겠다고 결심하며 마무리한 소설이었다.

내가 이런저런 생각으로 주저하는 사이, H 씨가
말했다.

선생님, 행사에 대해서는 천천히 생각하셔도 될 것
같아요. 아직 시간이 있으니까요.

하지만 그때 내가 진심으로 걱정한 건 북 토크가
아니었다.

나는 엄마를 생각했다. H 씨가 내게 재교지를 건
네며 북 토크에 대한 의중을 물어 온 바로 그 순간부
터, 책이 나오긴 나오나 보다 하면서 새삼스레 출간을
실감해버린 바로 그 순간부터 엄마를 떠올리고 있었
다. 그리고 잠시 후 나는 이 책을 쓰는 내내 마음속에
품고 있었으면서도 나중의 일이라며 애써 방기해 둔
질문으로부터 더는 도망칠 수 없다는 걸 깨달았다.

나는 과연 엄마에게 말할 수 있을까?

내가 이런 책을 썼으며 사실은 이런 사람이라는 것을 엄마에게 얘기할 수 있을까?

3

이런 상황을 일찌감치 예고했던 사람이 있다. 내 오랜 퀴어 친구이자 소설가인 J.

지난여름 내 장편 초고를 먼저 읽어 준 J는 너는 어쩔 수 없이 밝혀야겠다는 말로 소감을 대신했다. 이왕 여기까지 왔으니 조금 더 욕심을 내서 자유로워지라는 것이었다. 내가 쓴 소설은 승승장구하던 어떤 인기 배우가 오랫동안 꼭꼭 숨겨 두었던 자신의 성 정체성을 대중에게 공표하기까지의 과정을 담고 있었는데, 가족의 기대와 대중의 시선, 보장된 미래처럼 현재의 삶을 반드시 지켜야 하는 상황 속에서도 결국 그 모든 것들을 포기하고 진짜 자기 자신이 되는 쪽을 선택한다는 내용이었다.

J는 이 소설은 처음부터 끝까지 커밍아웃에 대한 이야기이므로 작가가 자신의 정체성을 부정하거나

함구해서는 안 될 것 같다고 말했다. 퀴어로서 우리에 대해 부단히 쓰고 말해야 한다고 결론짓던 작가의 목소리가 단지 소설 안에서만 유효하다면 그것이야말로 작가와 소설의 한계를 명확히 보여 주는 게 아니겠느냐는 것이었다. 나는 소설은 소설이고 작가는 작가지, 어째서 작가가 소설 속 주인공을 따라 커밍아웃까지 해야만 하는 거냐고 따져 묻고 싶었지만, 그 소설이라는 게 '꾸며진 나'와 '진짜 나'로 분리된 채 살아가는 삶의 불행과 고통, 파국을 담고 있으므로 J가 그렇게 말하는 것도 무리는 아니라는 생각이 들었다.

그날 우리가 그런 대화를 나눴던 까닭은 그즈음 우리가 삶과 작품을 연결하는 문제로 골머리를 앓고 있었기 때문이다. 우리는 어쨌든 쓰고는 있으나 아직 작품집을 내지 못한 소설가들이었고, 어떻게 하면 지금보다 더 나은 글을 쓸 수 있는지 그 방법을 찾기 위해 나름대로 분투하는 중이었다. 우리는 진짜 해야 할 말이 있음에도 계속 돌려 말하고 있다는 자각으로부터 자유롭지 못했고, 이런 식의 커버링이 도대체 무슨 소용이 있느냐는 얘기를 토로하듯 자주 나눴다. 그건 분명히 최근의 한국 문학장 안에서 유행처럼 번지고 있는 1인칭 시점의 자전적 글쓰기를 의식한 대화이기도 했다. 제발 네 인생 이야기를 쓰라고, 너의 진짜 목소리를 들려 달라고 독려하는 듯한 어떤 분위기가 우리에게 방향을 제시하고 있었다.

하지만 그날도 나는 대뜸 엄마 얘기를 꺼냈다. 물론 처음부터 그랬던 건 아니고, 이후에 출간될 책의 보도자료나 관련 인터뷰에 작가가 커밍아웃한 게이라는 내용이 포함된다면 과연 어떤 상황이 펼쳐질지를 상상해보다가 불현듯 엄마가 떠오른 것이다. 평소에 스마트폰으로 별의별 걸 다 검색해 보는 엄마가 기필코 내 이름만큼은 검색해 보지 않을 이유 같은 건 없었다.

그때 아직 일어나지도 않은 일로 지레 겁을 먹고 있는 내게 J가 대수롭지 않게 말했다.

먼저 엄마한테 선빵을 날리는 거야.

어떻게?

뭘 어떻게야. 그냥 말하는 거지.

그러고 보니 J는 자기 엄마한테 커밍아웃을 해낸, 내 주변에 몇 안 되는 위인이었다. 나는 그 얘기를 듣기 전까지만 해도 J를 나만큼이나 겁이 많은 사람으로 오해해 왔는데, 알고 보니 J는 나와는 비교도 할 수 없을 만큼의 결기와 강단을 품고 있었다. 하지만 J가 갑자기 어조를 바꾸더니 말을 하라는 건지 말라는 건지 알 수 없는 애매한 소리를 했다.

아, 근데 참고로 말해도 별로 달라지는 건 없어.

응?

아니, 우리 엄마는 지금도 나한테 결혼은 언제 할 거냐고 물어보거든.

결혼? 확실히 말했는데도?

어, 말했는데도. 너는 아직도 그런 거냐고, 그건 언제 끝나는 거냐고 의아해하시지.

바뀔 수 있다고 생각하시는 건가?

그것도 그렇고, 그냥 인정할 수가 없는 거야.

그날 집으로 돌아가는 길에 나는 엄마가 내게서 직접 전해 듣는 것과 인터넷 검색이나 주변 사람들을 통해 알게 되는 것 중 어느 쪽이 더 나은 커밍아웃일지를 가늠해 봤다. 그리고 J가 내게 들려준 얘기를 해피 엔딩으로 봐야 할지 아니면 새드 엔딩으로 봐야 할지도 생각해 봤다. 어쨌든 엄마한테 말했는데도 절연당하거나 파문당하지 않았다는 건 '해피' 같았지만, 그럼에도 이해될 수 없다는 건 '새드' 같았으니까.

하지만 머지않아 나는 이건 어쩌면 해피나 새드일 수는 있을지언정 결코 엔딩일 수는 없겠다는 생각에 조금 울적해졌는데, 왜냐하면 여러 번 말했는데도 크게 달라지지 않더라는 J의 경험담이 왠지 모르게 우리에게 커밍아웃은 죽기 전까지 끝나지 않을 과업이라고 일러 주는 것만 같았기 때문이다. 고작 한 번을 상상하는 것만으로도 버거워 어떻게든 도망치고 싶어 하는 나로서는 그것을 언제까지고 반복해야 할지도 모른다는 일말의 가능성만큼 절망스러운 건 없었다.

4

작년 봄 난생처음으로 심리상담을 받았다. 서너 해 전부터 관심은 있었으나 비용 때문에 엄두를 못 내고 있었는데, 어느 날 동료 소설가 Y가 예술인복지재단에서 진행하는 예술인 심리상담 지원 사업의 신청 일자를 알려 주었다. 전문 센터에서 총 열두 차례의 상담을 무료로 받을 수 있는 프로그램이었다.

솔직히 나는 그즈음 상담이 절실한 상태는 아니었

다. 거의 2년 넘게 붙잡고 있던 원고를 일단 마무리한 터라 그 어느 때보다도 홀가분했고, 덕분에 꽤 오랫동안 나를 잠식해 왔던 자격지심으로부터 잠시나마 거리를 둘 수 있었다. 그럭저럭 무탈한 나날을 보내고 있었으므로 상담에 걸맞은 사연 같은 건 딱히 떠오르지 않았는데, 그렇다 보니 이리도 할 말이 없을 바에는 그냥 예약을 취소하는 게 낫겠다는 생각을 상담소로 향하는 지하철 안에서까지도 했다. 하지만 첫 상담이 마무리될 무렵 나는 선생님에게 이렇게 묻고 있는 나 자신을 발견했다.

선생님, 오늘 저만큼 말을 많이 한 내담자가 또 있었나요?

나는 매번 상담소 문을 닫고 나올 때마다 진이 빠졌다. 나도 몰랐던 혹은 알았으나 외면했던 내 마음을 마주하는 게 예상보다 훨씬 더 곤혹스러웠기 때문이다. 그 마음의 실체란 대개 품고 싶지 않은 것으로 판명되는 경우가 많아서 나는 속으로 부정했다가 분노했다가 타협하는 과정을 반복했다. 그리고 나라는 사람을 조금씩 재정립하는 과정에서 내가 감정 표현에 어려움을 겪는 사람이라는 걸 알게 됐다.

내성적인 사람이나 갈등을 회피하는 사람 정도로만 자신을 인식하고 있던 내게 감정 표현에 문제가 있다는 전문가의 진단은 다소 충격적이었다. 왜냐하면 나는 글을 쓰는 사람이니까. 글을 쓰는 사람에게, 그것도 소설을 쓰는 사람에게 감정 표현이 안 된다는 건 자동차로 치면 구동 벨트나 타이밍 벨트가 끊어진 것과 같은 치명적인 결함처럼 느껴졌으니까. 어째서 이런 얘기를 듣자마자 내 글쓰기부터 걱정하게 되는 건지는 모르겠으나, 나는 글쓰기의 세계를 관장하는 어떤 거대하고 절대적인 존재로부터 당신은 자격이 없다는 선고를 받은 기분이었다.

선생님은 일단 분노를 밖으로 끄집어내는 게 최우선이라고 했다. 분노는 가장 크고 강력한 감정이므로 분노를 계속 품고만 있으면 다른 감정들이 갇혀 있을 수밖에 없다고 했다. 나는 내 마음에 어떤 길이 있고 그 길의 맨 앞에서 분노가 깡패처럼 죽치고 앉아 다른 감정들의 통행을 방해하는 모습을 상상하다가 물었다.

분노 표출이라는 건 제가 화를 내면 되는 건가요?

네, 맞아요. 화를 내야 해요.

혼자서는 잘 내는데요.

그건 표출이 아니죠. 다시 담는 거죠.

선생님이 내 시선을 차분하게 되받으며 말했다.

대상이 있어야 해요.

대상이라면…….

아시잖아요.

5

맨 처음 상담 선생님이 내가 분노해야 할 대상으로 엄마를 지목했을 때 나는 좀 의아했다. 내게 분노가 쌓여 있다는 진단은 바로 수긍할 수 있었으나 그 원인이 엄마에게 있다는 해석에는 뭔가 석연치 않은 구석이 있었기 때문이다. 물론 상담 내용 중 상당 부분이 가족에 대한 것이고 그중 엄마의 비중이 작지는 않으므로 선생님이 그렇게 생각하는 것도 이해가 되지 않는 건 아니었다. 나는 매 시간 선생님의 안내에 따라 자꾸 유년 시절로 되돌아갔고, 그때의 내가 스스로 생각했던 것보다 훨씬 더 불행했다는 걸 알게 되었다.

하지만 아무리 생각해 봐도 내 불행의 원인은 엄마

가 아닌 아빠였다. 너무 높고 견고해서 애초에 부딪혀 보겠다는 생각조차 할 수 없었던 나의 벽. 아니, 너무 안쓰럽고 아슬아슬해서 충돌을 상상하는 것조차 죄스러웠던 나의 적. 게다가 엄마와 나는 비교적 잘 지내 왔고 잘 지내는 중이었다. 대부분의 동거인들이 그렇듯 서로에 대한 짜증과 불만을 나날이 갱신하고 있기는 했으나, 엄마를 향한 내 감정의 팔레트에는 딱히 분노라고 명명할 만한 색은 없었다. 글쎄, 선생님이 생각하는 분노와 내가 생각하는 분노가 달라서 그저 나 좋을 대로 착각하는 건지도 모르지만, 나는 엄마에게 딱히 분노를 느끼지 않았다.

하지만 내가 이렇게 말했을 때 선생님은 바로 그게 문제의 시작이라고 했다. 문제를 문제로 인식하지 않으려 하는 문제. 엄마에게만큼은 결코 그 문제의 자리를 허락하지 않으려 하는 문제.

나는 엄마에게 분노를 느끼는 게 당연하다고 상정하는 선생님에게 적잖은 반발심을 느꼈으나, 그 반발심마저도 문제로 해석되고야 마는 환원 논리 앞에서 한없이 무력해지고 말았다. 그리고 결국 내가 엄마에게 분노를 느끼지 않는 까닭은 실제로 느끼지 않아서가 아니라 느껴서는 안 된다고 생각하기 때문이라는 분석에 굴복하고 말았다. 엄마와 크게 대립해 본 적도 없고 대립해야 할 이유도 모르겠다는 나의 대답은 내가 듣기에도 왠지 좀 수상쩍었다.

그날 밤 잠들기 전 나는 종이 한 장을 꺼내 놓고 엄마에게 화를 내야만 하는 이유를 두서없이 적어 내려갔다. 일단 글로 정리해 본 다음에도 납득이 가고 확신이 들면 어떻게든 화를 내 보자는 생각에서였다.

하지만 나는 내가 써놓은 유년 시절의 기억과 상처들을 한참 동안 들여다보다 얌전히 종이를 찢었다. 엄마를 탓하고 싶고 책잡고 싶어 기를 쓰고 있는 내 모습이 너무 어리석고 유치해 견딜 수가 없었다. 나는 성장을 위해 부모의 세계에 필연적으로 균열을 내야 하는 10대가 아니었고, 엄마도 더는 자신의 포용력이나 회복력을 시험받아야 하는 학부모가 아니었다. 그 시절로 돌아가기엔 엄마도 나도 너무 멀리 와 있었다.

엄마는 분노의 대상이라기보다는 보호의 대상이어야 했다. 안정이 중요하고 공경이 필요한 나이였다. 그걸 뻔히 알면서도 이제 와 꼬인 내 마음을 한번 풀어 보겠답시고 엄마의 마음을 헤집어 놓을 수는 없었다.

그건 내가 원하는 '나'가 아니었고 엄마가 원하는 '나'도 아니었다.

6

엄마는 당신의 인생이 꼬이기 시작한 지점을 정확히 결혼으로 봤다. 그때 엄마는 스물셋. 자유연애가 제법 자연스러워진 시대였다고는 하나 예나 지금이나 그건 그럴 수 있는 사람에게나 그랬고, 엄마는 장성한 딸을 데리고 있으면 뭔가 크게 잘못된 거라고 생각하는 부모 밑에서 하루하루 조금씩 내쫓기듯 중매혼을 준비했다. 그 시절 동네에는 집집마다 돌아다니며 다리를 놓아 주는 노파들이 있었고, 또래 친구들 대부분이 그들의 도움으로 짝을 만났기에 엄마 역시 그들의 수완에 자신의 인생을 속절없이 내맡겼다.

하지만 뚜쟁이들은 엄마의 조건과 상황을 자세히 확인하고는 난감해했다. 그 당시 외가는 장남과 차남의 전방위적인 삽질로 집도 잃고 땅도 잃고 기르던 가축도 모두 잃었으니까. 이 집과 저 집을 저울질하며 등급을 나누는 뚜쟁이들에게 외가는 그리 높은 점수를 줄 수 없는 혼처였고, 결국 엄마가 혼담을 나누게 된 상대는 집이 부유하기는 하나 선천적 청각장애가 있는 남자였다.

엄마가 부모도 형제도 만류했던 그 결혼을 고집했

던 건 역시나 가난 때문이었다. 자신의 가난이 남자의 장애에 버금가는 결함이라고 함부로 비관했기 때문에. 어린 시절을 유복하게 보냈던 엄마는 갑작스러운 가난이 몰고 온 수치로부터 벗어날 수만 있다면 무엇이든 할 기세였고, 일단 남자의 집이 잘산다고 하니 장애 정도는 충분히 감수할 수 있을 거라 자신했다. 남자가 겉으로 봤을 때는 보통 사람과 조금도 다르지 않을 뿐 아니라 자신은 근처에도 못 가 본 대학을 나와서 직장 생활까지 하고 있으니 그래도 손해는 아니리라 믿었던 것이다. 물론 지금 이 사람을 놓치면 영영 결혼 같은 건 할 수 없을지도 모른다는 두려움도 있었고.

다행히 엄마는 결혼 후 더는 의식주 걱정은 하지 않게 되었다. 다시 예전처럼 따뜻한 자리에서 잠들었고, 삼시 세끼를 부족함 없이 챙겨 먹었으며, 혼자만 입어도 되는 옷을 여러 벌 갖게 되었다. 하지만 그 집은 전해 들었던 것만큼 잘살지는 않았고, 결정적으로 그 남자는 엄마를 그리 좋아하지 않았다. 나중에야 알게 된 사실이지만 아빠에게는 결혼까지 생각했던 오랜 연인이 있었는데, 같은 농인이라는 이유로 할머니의 반대가 극심해 끝내 헤어졌다고 한다. 할머니는 어떻게든 아들을 '정상'으로 만들기 위해 한평생을 바친 사람이었고, 아빠는 아들을 청인과 결혼시키는 게 마지막 소원이라는 할머니의 뜻을 거스르지 못했다.

아빠가 일찌감치 술에 의존하게 된 건 비단 원치 않는 결혼 때문만은 아니었다. 아빠는 어린 시절부터 할머니의 강요에 따라 청인으로만 둘러싸인 환경 속에서 끊임없이 자신의 다름을 되새겨야 했고, 그건 아마도 맨정신으로 맞서기에는 버거운 고통이었을 것이다. 아빠는 이따금 만취할 때면 부정확한 발음과 갈라지는 괴성으로 옛 연인의 이름을 부르거나 할머니를 원망했고, 퍼내고 또 퍼내도 바닥이 보이지 않는 울분을 안고 사는 사람처럼 자꾸만 마셔 댔다. 엄마에 따르면 아빠는 결혼식 날은 물론이거니와 내가 태어난 날, 그리고 할머니가 돌아가신 날에도 취해 있었는데, 가만히 생각해 보면 내가 평생에 걸쳐 마주한 아빠의 모습 또한 그와 크게 다르지는 않았던 것 같다.

하지만 엄마는 그런 아빠를 떠나지 않았다. 내가 태어난 다음에는 나를 키워야 했으니 어쩔 수 없다손 쳐도 내가 태어나기 전에는 분명히 자신의 선택을 철회하거나 바로잡을 수 있었을 텐데도 한결같이 아빠의 곁을 지켰다.

아빠의 장애와 알코올중독이 마냥 부끄러웠던 유년 시절, 나는 이따금 엄마를 붙잡고 어째서 진작 떠나지 않은 거냐고 책망하듯 묻곤 했다. 그건 곧 나를 왜 낳았느냐는 원망과 다름없다는 걸 알면서도 어린 마음에 그렇게 묻지 않고는 견딜 수 없는 순간들이 있었다. 그럴 때마다 엄마는 내가 그럴 수 있는 위인이었다면 애초에 이 결혼을 했겠느냐고 자조하면서도 아빠에게는 당신이 필요하다고 했다. 어느 날은 사랑과 동정을 착각했기 때문이라고 했고, 또 어느 날은 혼자서는 세상을 헤쳐 나갈 엄두가 나지 않았기 때문이라고도 했으나, 필경 그 모든 말 뒤에는 당신이 없다면 아빠가 어떻게 살아가겠느냐는 걱정이 잇따랐다.

'필요한 사람'이라는 자기 인식은 엄마에게 무척 중요했던 것 같다. 엄마는 아빠와 필담으로 제한된 대화를 나눌 수밖에 없었으면서도 아빠를 온전히 이해할 수 있는 사람은 오직 당신뿐이라 자신했고, 당신을 아빠와 세상을 잇는 가교라 여겼다. 하지만 안타깝게도 엄마는 아빠에 대해 속속들이 알지는 못했다. 서른 해 가까이 한 방을 쓰면서도 아빠가 무슨 생각을 하는지 몰랐고, 무엇을 원하는지도 몰랐으며, 심지어 어디가 어떻게 아픈지도 몰랐다.

아빠는 수십 년에 걸쳐 날마다 술을 마신 결과로 온몸이 조금씩 무너져 내렸는데, 대단한 중병에 걸린 게 아니었음에도 너무 쇠약해진 나머지 영영 일어나지 못했다. 갑작스러웠으나 갑작스럽지만은 않은 죽음이었다.

한밤의 장례식장 안에서 엄마는 당신의 어깨에 기대어 있는 내게 말했다.

내가 무슨 수로 알겠니. 나한테는 절대로 말을 안 하는데.

나는 순간적으로 아빠는 말을 안 한 게 아니라 못 한 거라고 짚고 넘어가려 했으나, 어쩌면 엄마가 한 말이 그런 뜻이 아닐지도 모른다는 생각에 잠자코 다음 말을 기다렸다. 그리고 엄마가 내 손 위에 당신의 손을 포갠 다음 깍지 끼는 것을 가만히 지켜봤다.

이제 우리밖에 없는 거야.

엄마는 움켜쥔 손에 힘을 실으며 말했다.

이 험난한 세상에 서로 의지할 수 있는 사람은 우리 둘뿐인 거야.

어째서 엄마는 내게 이토록 커다랗고 버거운 존재
인지 자문할 때마다 나는 엄마와 내가 단둘이 되어
남겨진 그날 그 순간으로 자꾸 되돌아간다. 그리고
그땐 삶의 경험이 미천해 감히 형언할 수 없었던 그
감정이라는 게 어쩌면 엄마가 이 손을 영영 놓지 않을
지도 모른다는 예감 같은 것이 아니었을까 곱씹는다.
내가 제아무리 손을 뿌리치려 해도 이 깍지는 절대로
풀리지 않으리라는 예감.

그해 나는 스물한 살이었고, 엄마에게 말할 수 없
는 비밀을 하나둘 만들어 가고 있었다.

7

두 해 전 봄 나는 얇은 에세이집을 출간했다. 생각
만 해도 좋은 한 가지에 대해 이야기하는 시리즈 중
의 한 편이었고, 어느 대도시 여행기를 빙자한 연애담
이 내 이름을 달고 나왔다.

처음에 나는 어떻게든 프로페셔널해 보이는 여행
기를 쓰려고 했다. 소재가 소재인 만큼 여느 여행책
저자들처럼 여행에 일가견이 있는 사람으로 보여야

한다는 부담이 있었고, 홀로 훌쩍 떠난 여행지에서 낯선 사람들과 교류하며 나도 몰랐던 나를 발견하는 여행책 특유의 스토리라인으로 챕터별 내용도 구상했다. 실제로 내가 사랑해 마지않는 어떤 도시에 대해 쓰는 것이므로 할 수 있는 말이 많으리라 생각했고, 분량도 그렇게 많지 않으니 그럭저럭 수월하게 작업할 수 있으리라 자신했다.

하지만 원고를 쓰기 시작한 지 얼마 지나지 않아서 나는 그만 손이 묶여 버렸다. 에세이라는 장르가 얼마나 투명한 글쓰기를 필요로 하는지, 자기 자신을 드러내지 않는 글쓰기란 얼마나 공허하고 무의미한지 뒤늦게 알아차렸기 때문이다. 나는 진짜 내 이야기는 꼭꼭 숨긴 채 겉으로 그럴싸해 보이는 이야기를 꾸며 내려고만 하는 스스로의 글쓰기에 환멸을 느꼈고, 이런 식으로 가다간 반드시 망할 거라는 어떤 확신 속에서 이제껏 써 놓은 원고를 모두 폐기하기로 했다. 그리고 고심 끝에 그냥 있는 그대로의 내 이야기를 해 보는 쪽으로, 그러니까 2011년부터 매년 연례행사처럼 같은 도시를 찾고 있는 나와 내 연인에 대해써 보는 쪽으로 마음을 고쳐먹었다. 가까운 친구에게도 유독 연애 이야기는 잘 하지 않는 나로서는 나름

큰 용기가 필요한 일이었다.

하지만 결과적으로 그 용기는 충분하지 못했다. 왜냐하면 나는 책 속에서 화자인 나만큼이나 큰 비중을 차지하는 '애인'이라는 사람이 남자라는 얘기는 하지 못했으므로. 해 볼까, 저질러 볼까, 그럼 어떻게 되나 두고 볼까 한참을 고심하다가도 무언가에 제압당한 것처럼 강박적으로 애인의 성별을 지웠으므로.

나는 애인이 동성으로 읽히는 건 죽도록 겁나고 이성으로 보이는 건 적잖이 싫어서 탈고 직전까지 거의 분열에 가까운 혼란을 경험했고, 결국 사람들이 읽고 싶은 대로 읽게끔 공백을 만들었다. 애인에게서 남자가 보이면 남자로, 여자가 보이면 여자로 읽어도 상관없다는 식으로 타협한 것이다. 어떻게 보면 현명했으나 어떻게 보면 비겁한 선택이었다.

엄마에게 이 책의 존재를 숨긴 건 책 속에 빈번하게 등장하는 '애인' 때문이었다. 엄마는 내가 연애 중이라는 것을 알지 못했고, 그 연애가 10년 가까이 이어져 오고 있다는 것 역시 알지 못했다.

물론 나는 엄마에게 이 책에 등장한 애인은 여자라고 거짓말을 할 수도 있었다. 어떤 여자냐고 물어 오면 대충 내가 아는 누군가를 떠올리며 지어낼 수도 있었고, 그게 번거롭다 싶으면 이제는 헤어져 별로 할 말이 없다고 둘러댈 수도 있었다. 이런 식의 위장은 너무 익숙해서 그다지 어려운 일도 아니었다. 하지만 나는 그러고 싶지 않았기 때문에 애초에 아무것도 알리지 않는 쪽을 택했다. 솔직하지 못할 바엔 그냥 아무 말도 하지 않는 편이 낫다는 걸, 어떤 거짓말은 예외 없이 나를 훼손한다는 걸 나는 모르지 않았다.

게다가 생각해 보면 나는 엄마와 이런 종류의 대화를 나눠 본 적이 없었다. 엄마는 이제껏 단 한 번도 내게 만나는 사람이 있느냐고 물은 적이 없었고, 나도 엄마에게 연애 중인 사람이 있음을 암시조차 한 적이 없었다. 우리는 이런 얘기를 꺼낼 수 있는 자리도, 이런 얘기가 오갈 수 있는 분위기도 절대로 만들지 않았는데, 그건 우리 중 누구도 이런 얘기는 원치 않았기 때문이었다.

그래서일까. 나는 언젠가부터 아무것도 묻지 않은 엄마에게 의구심을 갖게 되었다. 한때는 꼬치꼬치 캐묻는 것보다는 그래도 이쪽이 낫지 않나 싶어 안도했으나, 이제는 엄마가 어째서 묻지 않는 건지 내심 알 것만 같아서, 그건 정말 궁금하지 않아서가 아니라 궁금해해서는 안 된다는 생각 때문이라는 게 분명해 보여서 오히려 더더욱 입을 뗄 수 없게 되었다. 서른이 넘도록 결혼과 연애와 이성 모두에 일절 관심이 없어 보이는 아들에게 애써 질문을 삼가는 엄마는 백번 생각해 봐도 자연스럽지가 않았고, 우리 그냥 묻지도 말하지도 말자고 당부하는 듯한 엄마의 완고한 태도를 마주하고 있노라면…… 나는 이미 엄마가 알고 있다는 쪽으로 결론을 내릴 수밖에 없었다.

8

3년 전 봄 엄마는 한남동에 있는 한 대학병원에서 시티를 찍었다. 그 전전날 건강검진의 일환으로 촬영한 흉부 엑스레이에서 이상 소견이 감지되었기 때문이었다. 폐에서 점인지 흉터인지 모를 게 보인다고 했다.

결과를 기다리는 닷새간 엄마는 거의 파죽음이 됐다. 어째서인지 그 점인지 흉터인지 모를 것을 암이라고 확신해 버리더니("내 몸은 내가 제일 잘 안다."), 기운이 없을 때는 억지로 눈을 감고 있거나 곡소리를 냈고 기운이 좀 있을 때는 나를 앉혀 놓고 예금과 보험, 패물에 대해 말했다. 나는 어떻게든 침착해 보려 했으나 실은 엄마 못지않게 겁에 질려 있었는데, 엄마가 병색이 짙은 얼굴로 가슴을 펴지 못하는 모습은 이제 껏 한 번도 본 적이 없었기에 더더욱 그랬다. 나는 내 삶이 하루아침에 완전히 다른 국면으로 접어들 수도 있겠다는 생각에 자꾸 멍해졌고, 시간이 날 때마다 포털에서 폐암 수술이나 투병 생활에 대한 글을 검색해 읽었다.

하지만 며칠 뒤 확인한 검사 결과는 이상 무. 의사는 폐의 흉터는 암이 아니라 아마도 오래전에 앓았을 지독한 감기의 흔적 같다고 했다. 아니면 엄마의 말마따나 몇 년 전 화장실에서 넘어져 갈비뼈에 금이 갔을 때 생긴 상처이거나.

엄마는 정말 암이 아닌 거냐고 묻고 또 물으며 가슴을 쓸어내렸고 한동안 안도의 눈물을 뚝뚝 흘렸다. 그러고는 잠시 후 마음이 좀 진정됐다 싶은지 가슴과 배가 당겨 몸을 펼 수도 숨을 쉴 수도 없었던 지난 며칠의 증상에 대해 늘어놓기 시작했다. 별문제가 없는데 어째서 누군가 옆구리를 쥐어짜는 것처럼 고통스러웠던 것인지 어리둥절한 모양이었다. 듣고 보니 그 점은 나도 궁금했다. 왜냐하면 내 눈에도 엄마의 상태는 정말이지 심각하게 안 좋아 보였으니까.

의사는 엄마의 말을 곰곰이 생각해 보는 눈치더니 그건 아마도 극강의 스트레스가 신체 이상으로 표출된 게 아닐까 싶다고 했다. 그리고 굳이 지금의 상태를 진단하자면 축농증이라고 덧붙였다. 그때 축농증이요? 하고 되물은 건 엄마였던가, 아니면 보호자 자격으로 그 옆에 얌전히 앉아 있던 나였던가.

네, 축농증이요. 숨 쉬는 게 불편하셨다면 아마도 그래서일 겁니다. 뭐, 심각한 건 아니고요.

그날 의사는 규칙적인 식사와 생활 습관을 강조하며 그 흔한 처방전도 하나 써 주지 않았고, 진료실 밖으로 나온 엄마는 들어갈 때와는 다르게 가슴을 활짝 편 채로 혼자서도 잘 걸었다.

9

그렇다고 엄마가 건강한 사람이냐 하면 그건 또 아니다.

엄마는 몇 년 전 간헐적인 두통 때문에("머리 안으

로 바람이 숭숭 들어오는 느낌이야.") 병원을 찾았다가 뇌동맥류 진단을 받았다. 뇌동맥류는 뇌혈관벽 일부가 약해지면서 혈관이 부풀어 오르는 질환인데, 자칫 파열하면 출혈 탓에 목숨을 잃거나 극심한 후유증을 앓을 수도 있어 주의가 필요하다고 한다.

다행히 엄마는 매년 한두 번씩 정기검진을 통해 동맥류의 변화 상황을 지켜보는 선에서 병을 관리하고 있다. 동맥류 크기가 2밀리미터가 되지 않고, 이 정도 크기일 때는 보통 파열률이 1퍼센트 미만이기 때문이다. 병원에서는 환자가 너무 불안해하므로 선제적 조치로서의 수술을 권하기도 했는데, 그냥 수술도 아니고 뇌 수술인 만큼 엄마는 차일피일 결정을 미루고 있다.

엄마로부터 처음 뇌동맥류 얘기를 들었을 때, 나는 수순처럼 그동안 엄마와 해야 했으나 하지 못한 여러 일들에 대해 생각하게 되었다. 그리고 그중 가장 높은 순위에 있는 게 예나 지금이나 해외여행이라는 것을 다시 한 번 확인하게 되었다. 엄마가 태어나서 단 한 번도 해외에 나가 본 적이 없다는 사실이 꽤 오래전부터 내게 모종의 죄책감을 불러일으켰기 때문이다. 엄마는 내가 아주 어렸을 때 딱 한 번 비행기로 부산에 가 본 적은 있으나 여권을 들고 국경을 넘어 본 적은 없었고, 나는 나이를 먹을수록 괜스레 그 사실이 사무쳐 무슨 날이 돌아올 때마다 가까운 곳이라도 좋으니 어디든 다녀오자고 엄마를 조르게 되었다.

그러나 내가 해외여행이나 효도 여행을 운운할 때마다 엄마는 어김없이 완강한 거절을 한다. 비행기를 타면 고도와 기압 때문에 뇌동맥류가 부풀 테고, 재수가 없으면 그게 터져 버릴 수도 있다고 생각하는 것이다. 내가 그게 무슨 말도 안 되는 소리냐고, 온갖 수술이란 수술은 다 겪은 상노인도 탈 수 있는 게 비행기라고 거듭 설명해도 엄마는 비행기를 자신의 비참한 최후가 펼쳐질 대단원의 무대로밖에는 상상하지 않으려고 한다.("거기 의사가 있니? 수술실이 있어?")

그러니까 엄마가 이따금 당신의 머릿속에는 시한폭탄이 들어 있다고 말하는 건 완전한 거짓은 아니다. 엄마는 요즘도 스트레스를 받거나 마음이 복잡할 때면 머리를 부여잡으며 혈압을 걱정하고, 나는 그런 엄마를 볼 때마다 뇌동맥류가 부풀 대로 부풀다 터져 버리는 순간을 상상하게 된다. 그리고 그 터무니없는 망상이 품고 있는 1퍼센트 미만의 가능성 때문에 결국 엄마 앞에서는 가급적 그 어떤 충격적인 이야기도 꺼내서는 안 된다고 나를 다잡게 된다.

이를테면 엄마가 결코 이해할 수 없을 것 같은 형태의 관계나 사랑에 대해서. 내 삶이 그런 관계나 사랑에 얼마나 근접해 있는지에 대해서.

10

근래에 내가 학창 시절의 절친이었던 K와의 만남을 기피했던 건 두 가지 이유에서였다. 하나는 K가 유부남에 애 아빠인 이성애자라는 것, 다른 하나는 K가 내 에세이집을 읽었다는 것.

K가 들으면 도대체 나를 뭘로 본 거냐며 화를 낼지도 모르겠으나, 나는 순전히 K가 이성애자 남성이라는 이유로 K에게 나의 정체성에 대해 말하지 못했다. 이성애자 여성이라고 해서 다 포용적일 리 없고 이성애자 남성이라고 해서 다 배타적일 리 없건만, 나는 언젠가부터 그래도 남성보다는 여성 쪽이 훨씬 더 안전하다는 심증을 갖게 되었고, K의 성적 지향과 성별 정체성은 분명히 내게 어떤 벽으로 다가왔다.

글쎄, 어째서 그런 것인지는 나도 잘 모르겠다. 그

동안 내가 전해 들은 누군가의 실패한 커밍아웃 경험담이라는 게 대개 이성애자 남성들로부터 수모를 당하는 스토리여서 그런 것일 수도 있고 — 간신히 용기를 내어 말했더니 더럽다면서 주먹이 날아왔다든가, 혹은 다른 남자는 몰라도 나를 좋아해서는 안 된다고 당부하면서 낄낄거렸다든가 — 영화나 드라마에서 성소수자를 위협하고 괴롭히는 캐릭터들이 대부분 이성애자 남성으로 묘사되어 있어서 그런 것일 수도 있겠지.

물론 내가 아는 K는 그런 사람들과는 거리가 멀었다. 함부로 주먹을 휘두르는 타입도 아니고, 누군가의 진심을 비아냥거리는 경솔한 성격도 아니며, 오래 알고 지내는 동안 성소수자를 향한 혐오나 비하 발언을 한 적도 없으니까. 하지만 K가 나의 모든 것을 아는 게 아니듯 나 역시 K의 모든 것을 아는 게 아니었고, 나는 K에게 면전에서 존재를 부정당하면 어쩌나 하는 걱정과 앞에서는 받아들여지더라도 결국에는 관계가 끊어질 수도 있다는 염려로부터 자유로울 수 없었다. 머리부터 발끝까지 무해해 보이는 상대일지라도 그건 어디까지나 내 머릿속의 생각일 뿐, 상대가 기대와는 전혀 다른 반응을 내보일 수도 있었다.

따라서 어느 날 K가 내 에세이집을 읽었다며 메시지를 보내 왔을 때, 나는 드디어 우리의 관계가 어떤 기로에 서게 되었음을 직감했다. 왜냐하면 나는 K에게는 줄곧 연애 같은 건 전혀 관심이 없는 척 말을 아꼈으면서도 책에다가는 내 오랜 연인에 대해 구구절절 자세히도 써 놓았으니까. K가 그 책을 읽었다면 그동안 내가 자신을 철저하게 기만해 왔다고 생각할 수도 있었다.

그때 K는 책에 대한 감상은 한마디도 꺼내지 않았다. 그 대신 어서 만나자고 했다. 궁금한 게 많다고도 했고, 이건 꼭 만나서 해야 할 얘기라고도 했다. 하지만 나는 그러자, 만나자, 날짜를 잡자 하면서도 이런저런 핑계를 대며 자꾸 만남을 유예했다. 도저히 진실할 수 없었던 내 나름의 사정을 과연 K가 이해해 줄지 알 수 없었고, 같은 학창 시절을 공유하고 있다는 것만으로도 애틋하고 소중한 K를 잃고 싶지 않았다.

11

지난해 초겨울의 어느 날, 나는 거의 1년 가까이

미루고 미뤄 왔던 K와의 만남에 응했다. 갓 태어난 K의 아들을 보러 신혼집에 놀러 갔던 게 마지막이었으니 근 2년 만의 재회였다.

오랜만에 만난 덕분일까. 아니면 진짜 얘기를 꺼내려면 충분한 예열 시간이 필요하다는 것을 알고 있었기 때문일까. 그날 우리는 유난히 말이 많았다. 굳이 그렇게까지 자세히 말할 필요는 없었는데도 서로의 근황에 대해 주거니 받거니 하면서 쉴 새 없이 떠들었고, 그 모든 얘기를 소화해야만 비로소 본론으로 들어갈 수 있다고 믿는 것처럼 변죽만 울려 대는 순간들을 무사히 지났다.

비로소 우리가 진실해진 건 소주를 거의 네 병 가까이 나누어 마셨을 때였다. 너무 떠들어서 목이 다 아프다는 생각을 하는데 K가 입을 열었다.

너 그 에세이집은 진짜 네 얘기인 거야? 다 사실이야?

에세이라고 해서 사실 그대로를 쓰는 건 아니야.

그럼 뭐, 소설이야?

아니, 그것도 아닌데…….

잠시 미간에 힘을 주던 K가 이내 자리를 고쳐 앉으며 물었다. 말투는 장난스러웠지만 표정과 눈빛만큼은 진지했다.

야, 그럼 그게 누군데? 같이 여행한 애인이 누군데?

아, 그게…….

혹시 내가 아는 사람이야?

응?

그치? 맞지? 내가 아는 사람이지?

나는 이게 무슨 소린가 싶어서 K를 똑바로 쳐다봤다. K가 내 연인에 대해 알 수 있는 확률은 거의 제로에 가까웠다. 몇 다리만 건너면 친구고 지인인 게한국 사회라지만 나이와 출신 지역, 출신 학교 등을 모두 따져 봐도 두 사람의 연결고리는 도저히 있을 것 같지 않았다. 그때 황당해하는 내 표정을 오해한 K가 역시 그럴 줄 알았다는 듯이 목소리를 높였다.

그 형 맞구나! 미술 한다는?

누구?

왜 네가 나한테 몇 년 전에 말한 적 있잖아. 작업 얘기 많이 하는 형이 있다고.

아…….

K가 말하는 형이란 드로잉과 페인팅을 하는 M이었다. 내가 아는 사람 중 가장 치열하게 작업하는 사람이자 내가 내 작품에 대한 얘기를 두서없이 늘어놓

을 수 있는 몇 안 되는 사람. 하지만 내가 아무리 믿고 의지하는 사람이라고 해도 M은 내 연인이 아니었다. 내게는 친구와 연인의 경계만큼 명확한 것이 없었다.

나는 K의 헛발질에 긴장이 풀리면서 피식 안도의 웃음을 터뜨렸다. 그리고 한 박자 늦게, 아니, 서너 박자쯤 늦게 깨달았다. K가 내 에세이집에 등장한 애인을 당연히 남자라 생각했다는 것을.

야!

나는 순간적으로 가슴이 먹먹해져 K를 불렀다. 굳이 되묻지 않아도 K가 아주 오래전부터 알고 있었다는 것을, 네가 누구를 사랑하든 우리는 달라질 게 없다고 말하고 싶어서 그동안 나를 만나려 했다는 것을 확신할 수 있었다.

왜?

야!

아, 왜?

야!

나는 갑자기 터져 나올 것 같은 울음을 애써 삼키면서 말했다.

넌 진짜…….

진짜 뭐.

고마워.

12

그날의 귀갓길은 험난했다. 주량을 훌쩍 넘기는 바람에 자꾸 눈앞이 뒤집혀 주저앉게 되었고, 간신히 일어선 다음에도 다리 힘이 풀리고 걸음이 엉켜 다시 꼬꾸라졌으니까. 나는 혹시 내가 기어가고 있을지도 모른다는 생각에 두 손을 거듭 눈앞으로 흔들어 보이는 지경까지 이르렀는데, 이런 상황 속에서도 군이 택시가 아닌 전철에 몸을 실었던 걸 보면 그 밤의 나는 완전히 맛이 가 버렸던 듯하다.

하지만 그렇게 가까스로 집 앞에 도착해 놓고도 나는 선뜻 안으로 들어가지 못했다. 이미 동네에 접어들었을 때부터 이대로는 안 된다고 경고하는 듯한 초자아가 작동했기 때문이다. 몸을 제대로 가누지 못하는 상황 속에서도 엄마에게 이런 꼴은 절대로 보여서는 안 된다는 생각만큼은 또렷했고, 이제 돌아가야 하는 그 세계에서는 반드시 가면이 필요하다는 생존 감각이 자꾸만 발걸음을 늦췄다. 생각해 보면 엄마는 이토록 만취한 내 모습은 단 한 번도 본 적이 없었다. 내가 이렇게까지 무절제하리라고는 상상해 본 적이 없을 터였고, 그건 내가 보고 자란 게 있으니 적어도 술 하나만큼은 알아서 조절할 거라는 믿음과 관련이 있었다.

나는 집 앞 계단에 나를 짐짝처럼 부려 놓고는 시간을 확인했다. 어느덧 자정이었고, 엄마는 보통 12시 30분쯤 잠자리에 드니 이제 한 시간 정도만 더 버티면 어쩌면 완전범죄도 가능할 것 같았다. 하지만 나는 곧 자리를 털고 일어나지 않을 수 없었다. 밖이 추워도 너무 추웠기 때문이다. 여기서 이대로 까무룩 잠이라도 든다면 얼어 죽을지도 모른다는 위기감이 등골을 타고 흘러내렸다.

현관문을 열 때까지만 해도 나는 내가 조용히 방으로 들어갈 수 있을 거라고 자신했다. 엄마가 거실에서 목을 빼고 나를 기다리지만 않는다면 쥐도 새도 모르게 이불 속으로 숨어들 수 있을 거라고 믿어 의심치 않았다. 그러나 그건 스스로의 상태를 잠시 간과했기에 가능한 착각이었을 뿐, 실제의 나는 신발도 벗지 않은 채로 거실을 가로지르다가 그만 엄마가 아끼는 화분을 쓰러뜨리고 말았다. 자, 어머니, 어서 일어나 네발로 기어들어 온 아들을 한 번 구경해 보세요라고 호소하는 듯한 떠들썩한 귀가.

엄마는 나를 보자마자 아이고, 아이고 하면서 통곡했다. 어디서 이렇게 개가 된 거냐고 악을 썼고 서방 복 없는 년은 자식 복도 없다는, 무슨 아침 드라마에나 나올 것 같은 대사를 반복했다. 엄마는 그냥 우는 걸로는 성에 차지 않는지 나중에는 나를 손에 잡히는 대로 잡아당기고 때리기까지 했는데, 나는 그 와중에도 이제 엄마한테 맞는 건 하나도 아프지가 않다고 속상한 척 주접을 떨다가 그만 필름이 끊겨 버렸다. 어쨌든 무사히 귀가했다는 안도감 때문인지 순식간에 눈이 감겼다.

하지만 다음 날 아침 식탁에 앉았을 때 나는 엄마가 전해 주는 어젯밤 이야기에 한동안 멍해졌다. 엄마 입에서 흘러나오는 장면은 내가 기억하는 그것과는 사뭇 달랐기 때문이다.

엄마는 어젯밤 통곡을 한 건 당신이 아닌 나라고 했다. 내가 자책하듯 머리와 가슴을 자꾸 내리쳐 당신이 나를 한참이나 뜯어말렸다고 했다.

내가 울었다고?

나는 숙취로 깨질 듯한 머리를 부여잡았다. 서럽게 운 기억도 나 자신을 쥐어박은 기억도 없었다. 엄마 앞에서 무슨 짓을 한 건가 싶어 기막혀 하는 사이, 엄마가 물었다.

근데 누가 죽은 거야?

응?

누가 죽었다며.

죽어? 누가?

엄마는 어젯밤 내가 그냥 운 게 아니라 죽었어, 죽었어 하면서 울었다고 했다. 누가 죽었느냐고 계속 물어도 끝내 대답은 하지 않기에 그래, 누가 불의의 사고라도 당했나 보다, 그래서 속상한 마음에 술을 마실 수밖에 없었나 보다 생각했다고 했다.

누가 죽은 게 아니라면 도대체 무슨 일이 있었기에 그렇게 퍼마신 거냐는 엄마의 질문에 나는 간밤의 술자리를 떠올렸다. 무슨 일이 있었냐고? 커밍아웃을 했지. 과연 내가 말할 수 있을까 싶었던 상대에게 말했고, 갑자기 밀려드는 해방감에 내가 마시는 게 술인지 물인지 분간도 못 할 때까지 마셨지.

나는 내가 엄마 앞에서 왜 그런 말을 했는지 이해할 수가 없었다. 어젯밤의 폭음은 죽음과는 전혀 상관이 없었는데, 사실 그건 죽음보다는 삶에 가까운 것이고, 내 정체성에 대해 말하는 건 기필코 나답게 살아 보겠다는 삶의 의지와 다름없는 것인데…… 어째서 엄마를 마주하자 그런 말이 튀어나온 건지, 어째서 내가 나를 때리면서까지 울어야만 했는지 나는 알 수가 없었다.

13

내 첫 장편은 계획대로 지난 4월 말 제작이 완료되었다. 담당 편집자 H 씨가 회사에 책이 입고되자마자 내게도 몇 권 보내 주어서 어쩐지 인쇄기의 열기를 머금고 있는 것만 같은 책 실물을 빠르게 확인할 수 있었다. 바로 다음 날부터 황금연휴가 시작되는 터라 실제 배본은 일주일 뒤였고, 덕분에 나는 연휴 내내 오직 나만을 위해서 존재하는 것 같은 책의 물성을 마음껏 만끽했다. 책은 예상했던 것보다 조금 더 얄찍했고 기대했던 것보다 훨씬 더 매끈했는데, 무엇보다도 옅은 푸른색과 흰색, 그리고 회색이 감도는 표지의 색감이 마음에 들었다. 오래 기다린 만큼 기뻤고, 기쁜 만큼 내가 이 책을 오래도록 각별하게 생각하리라는 것을 알았다.

그날 밤 엄마에게 책을 내민 건 다소 충동적으로 벌인 일이었다. 과연 내가 쓴 책을 엄마에게 보여 줄 수 있을지 고민하고 또 고민했던 그간의 시간이 허무할 만큼 나는 무엇에 쓴 것처럼 대뜸 엄마에게 출간 사실을 알렸다. 이 책의 존재 자체를 엄마에게 비밀로 하고 싶은 마음은 여전했지만, 막상 책에 새겨진 내 이름을 마주하자 내가 그 기나긴 시간을 허투루 산 게 아님을 증명하고 싶은 마음이 나를 엄마 앞으로 힘껏 떠밀었다.

엄마는 얼결에 받아 든 책을 가만히 내려다봤다. 그러고는 고생했네, 고생했어 하고 다정한 목소리로 말했다. 흐뭇해하는 것 같기도 하고 대견해하는 것 같기도 한 미소가 엄마의 얼굴 위로 한참을 머물렀다. 하지만 이윽고 엄마가 나를 걱정스럽게 올려다보며 물었다.

애, 그럼 이건 네 돈이 얼마나 들어간 거야?

내 돈?

이제 이걸 네가 어디다 팔아야 해? 얼마나 팔아야

해?

아, 이건 그런 게 아니고…….

나는 이 책은 내가 직접 제작한 게 아니어서 재고를 떠안지 않아도 된다고 엄마를 안심시켰고, 출판사로부터 인세를 받는 시스템에 대해서, 나로서는 너무 당연해서 한 번도 의심해 본 적이 없는 그 프로세스에 대해서 설명했다. 그러나 엄마는 이해가 잘 안 된다는 듯이 고개를 갸웃했다. 출판사 사람들이 어째서 손해를 감수하면서까지 이런 도박을 하는 건지 모르겠다고 했다.

책은 누가 사는 건데?

글쎄, 나야 모르지.

엄마는 잠시 입술을 삐죽이더니 그제야 책장을 넘겨봤다. 그리고는 프로필 사진과 주요 이력이 인쇄되어 있는 첫 장에 오래도록 눈을 두었다.

나는 엄마가 당연히 웃음기 하나 없이 카메라를 노려보고 있는 내 표정에 대해 한마디를 하리라고 생각했다. 엄마는 내가 사진을 찍을 때마다 웃지 않거나 입을 벌리지 않는 게 오른쪽 덧니 때문이라는 걸 알았고, 그것을 자신의 과오라고 생각하곤 했다. 하지만 그 순간 엄마 눈에 걸린 건 사진이 아니라 수년 전 대학원을 중도 포기함으로써 학부 졸업으로 그친 내 학력이었다.

이런 데는 대학원 졸업이라고 쓰여 있어야 남 보기에도 좋은 건데.

나는 어째서 이런 상황에서도 하필 아쉬운 게 학력일까 싶은 의문과 역시나 엄마한테 가장 중요한 건 남의 시선이구나 싶은 체념을 오가며 엄마를 빤히 쳐다봤다.

근데 말이야.

그때 엄마가 물었다.

이건 무슨 내용이야?

응?

뭐에 대해 쓴 거냐고.

음…….

나는 말문이 막혔다. 내용에 대해서라면 에둘러 말할 수 있는 방법이 못해도 십수 가지는 될 텐데, 어째서인지 입을 뗄 수가 없었다. 몇 분 전 엄마에게 책을 내밀던 순간의 호기로움은 어느새 온데간데없이 사라져 버렸고, 어떻게든 이 순간을 모면하고 싶다는 생각만이 나를 압도했다. 나는 한참을 망설인 끝에 대답했다.

어려워.

책이 어려워?

아니, 그게 아니고 요약해서 말하기가 어렵다고.

왜?

모르겠어. 밝은 내용이 아니라서 그런가.

왜 밝은 게 아닌데?

글쎄, 내가 밝은 사람이 아닌가 봐.

엄마는 그 말을 천천히 가늠해 보는 듯 하더니 쓴 웃음을 지으며 입꼬리를 늘어뜨렸다. 그러고는 이왕 고생하는 거 다음에는 밝은 걸 써 보라고, 교훈도 있고 감동도 있어서 사람들이 좋아할 수 있는 걸 써 보라고 했다.

얼마쯤 지났을까. 책장을 조금 넘겨 보는가 싶던 엄마가 이제 나는 돋보기가 없으면 이런 작은 글자는 읽을 수가 없다며 내게 다시 책을 돌려주었다. 안경을 가져오라는 소린가 싶어 주변을 살피는데 책은 나중에 보겠다고 했고, 일단 네 방 책장에 꽂아 두라고 했다. 평생 내 책장은 쳐다본 적도 없으면서 내가 거기에 책을 두면 바로 찾을 수 있는 것처럼 말했다. 엄마는 다시 책을 받아 든 나를 힐끗 보면서 솔직히 나는 사람들이 소설을 왜 읽는지 모르겠다는 고백 아닌 고백을 하기도 했는데, 나는 그 말이 그래서 이 책을 읽겠다는 건지 말겠다는 건지 알 수가 없어 조금 혼란해졌다.

하지만 나는 엄마가 결국 이 책을 읽지 않으리라는 걸 알았다. 왜냐하면 엄마는 아무것도 모르는 사람이 아니니까. 차라리 몰랐다면 모를까 알기 때문에 할 수 있고, 또 해야만 하는 선택을 할 테니까. 나는 잠든 사람은 깨울 수 있어도 잠든 척하는 사람을 깨울 수는 없다는 어느 오래된 격언을 새삼스레 떠올렸고, 내가 과연 엄마를 깨울 준비가 되어 있는지, 그일이 얼마나 오래 걸리든 끝내 포기하지 않을 각오가되어 있는지 스스로에게 물었다.

나는 책장 한쪽에 엄마의 몫으로 남겨 둔 책을 비스듬히 꽂아 두었다. 그리고 한동안 그 자리에서 꿈쩍도 안 할 게 분명한 그 책을 보면서, 보이기를 간절히원하면서도 동시에 보이지 않기를 절실히 바라는 듯한 모습으로 놓여 있는 그 책을 눈에 담고 또 담으면서, 내가 쓴 책이 지금의 나와 무척이나 닮은 것 같다는 생각을 했다.

그건 정말이지 나 같았다.

14

그로부터 두 달여 뒤 나는 북 토크를 감행했다. 이태원 클럽발 코로나19가 잠잠해지면서 많은 것들이 재개되는 듯했던 7월 초였고, 서울 종로구에 있는 B책방에서 자리를 마련해 주신다기에 흔쾌히 응했다. 독자를 직접 만나고 싶다는 열망도 열망이었지만, 뭐랄까, 이걸 해야만 흔히들 말하는 출간뽕 상태에서 벗어날 수 있지 않을까 싶었다.

그즈음 나는 책이 출간된 지 두 달여가 지났음에도 좀처럼 긴장을 풀지 못했는데, 그 어떤 일에도 집중하지 못한 채 에고 서칭을 반복하는 상태가 지속되자 도대체 언제까지 이럴지 불안해졌고, 어쩌면 내게 필요한 건 엔딩 세레모니 같은 것일지도 모른다는 생각까지 하게 됐다. 그런 의미에서 북 토크는 내가 나 자신에게 이제 이 책은 여기가 끝이라고 매듭을 지어 보이는 자리로 적합해 보였다.

그날 그 자리에서 나는 적잖이 산만했다. 내가 쓴 소설의 독자를 실제로 만나는 건 처음이었던 터라 많이 떨었고, 어쩌다 보니 사회자도 없이 혼자 떠들게 되어서 시종일관 횡설수설했다. 마스크 때문에 사람들의 표정을 확인할 수 없었던 점도 자리를 어렵게 만들었는데, 상황이 이렇다 보니 나는 언젠가부터 될 대로 되라지의 심정으로 그냥 흘러나오는 대로 말하게 됐고, 나중에는 반쯤 넋이 나가서는 내가 무슨 말을 했는지조차 기억하지 못하는 지경에 이르렀다.

하지만 그럼에도 그날 내가 반드시 지키려 했던 다짐이 하나 있었으니, 그건 바로 북 토크에 와 주신 분들에게 내 정체성을 감추지 말자는 것이었다. 나는 출간 전부터 공글렸던 어떤 결심 앞으로 드디어 나를 데려갔고, 그 결심을 픽션 너머의 현실에서도 실현하고자 했다.

행사를 마치고 집으로 돌아가는 택시 안에서 나는 갑작스레 밀려드는 공허함에 살짝 울적해져서는 자문하지 않을 수 없었다. 어째서 이렇게까지 해야 하는 걸까. 누가 물어보지도 않았는데, 누가 대답을 강요하는 것도 아닌데, 어째서 나는 끊임없이 누군가에게 나는 말을 할 수 있는 사람임을 증명해 보이려는 걸까.

생각이 거기까지 닿았을 때 머릿속을 스치는 것은 역시나 엄마였다. 어쩌면 이 모든 건 내가 엄마에게 말하지 못해서 벌어지는 일일지도 모른다는 생각. 그러니까 나는 세상 모든 사람에게 말해도 끝내 엄마에게는 말하지 못하는 내 한계를 어떻게든 상쇄해 보려고 안간힘을 쓰는 걸지도 모른다는 생각. 그런 생각들이 창밖의 짙은 어둠 속에서 성큼성큼 걸어다녔다.

다행히 그날 밤의 엔딩 세레모니는 제법 효과가 있었다. 아쉽게도 에고 서칭을 멈춰 주진 못했으나 적어도 나를 커밍아웃의 스펙터클로부터는 한 걸음 뒤로 물러설 수 있게 해 주었으니까.

나는 일단 멈추기로 했다. 엄마에게 어서 말을 해야만 한다는 조급함과 어쩌면 나는 영영 실패할지도 모른다는 패배감에 나 자신을 함부로 내어 주지 말기로 했다. 물론 그게 내 뜻대로 될 리는 없겠지만 그래도 그렇게 마음을 먹는 일이 중요했다. 지금 나의 단계를 긍정하는 것. 이것이 끝이라고 섣불리 단정하지 않고 내게는 다음이 있다는 사실을 낙관하는 것.

그 대신 나는 뭐라도 쓰게 되리라는 걸 알았다. 내게 못다 한 말은 언제나 쓰기로 선행되었으므로 결국 내가 이것에 대해 쓰게 되리라는 것을 예감할 수 있었다. 그리고 언젠가 그렇게 쓴 글이 모이고 또 모여서 나를 다시금 말할 수 있는 사람으로 거듭나게 해 주리라는 것도.

15

지난 추석 연휴에 나는 엄마와 함께 옥상에서 보름달을 바라보며 소원을 빌었다. 소원을 빌기 위해 일부러 옥상에 오른 건 아니었고, 점심에 널어 놓은 빨래를 깜빡한 엄마가 먼저 옥상에 올랐다가 손이 모자란다며 나를 급히 부르는 바람에 얼결에 성사된 이벤트였다.

옥상에 오르니 보름답게 하늘에 걸린 달이 크고 밝았다. 보면 볼수록 나를 육박해 온다는 느낌이 들 정도로 대단해서 뜻하지 않게 가슴이 벅차올랐다. 갑자기 세상이 아름답게 느껴졌고, 앞으로 모든 게 다 잘될 것만 같았다.

나는 대뜸 엄마에게 소원을 빌자고 했다. 평소의 나라면, 더군다나 엄마가 옆에서 지켜보는 상황이라면 절대로 하지 않을 것 같은 열없는 짓이었지만, 그날은 상황도 마음도 평소 같지가 않아서 꼭 해 보고 싶었다. 정말이지 달의 기운이라는 게 우리를 감싸고 있는 것만 같았다.

나는 달을 향해 고개를 들고 눈을 꼭 감았다. 그리고 옆에 있는 엄마를 의식하면서 큰 소리로 말했다. 내가 바라는 것은 오직 이것뿐이라는 듯이.

우리 엄마 건강하게 해 주세요. 오래오래 살게 해 주세요.

잠시 후 나를 따라서 달을 빤히 올려다보던 엄마가 화답하듯 말했다.

우리 아들 하는 일 다 잘되게 해 주세요. 밝은 사람이 될 수 있게 해 주세요.

첫 소설집에 대한 막연한 기대와 열망을 오래 품고
있었는데, 전혀 예상치 못한 시기에, 발등의 불을 끄
듯 몰아 쓴 글들이 모여 첫 소설집이 됐다. 결국 지금
과 같은 모양으로 쓰이고 엮이리라는 걸 일찌감치 알
았더라면, 무엇을 써도 다 가짜 같아서 절망했던 순
간들과 그럼에도 도저히 단념이 안 돼서 잠 못 이루
던 순간들까지도 모두 소설이 되리라는 걸 처음부터
알았더라면, 그래도 조금은 심상한 마음으로 기다렸
을지, 아니면 진작 도망쳤을지 모르겠다. 내 소설들
은 영영 집도 절도 없이 떠돌 거라는 비감은 틀렸고,
이러니저러니 해도 나는 꼭 나 같은 소설을 쓰게 될
거라는 예감은 맞았다.

모두에게 중요한 이야기가 아니라 내게 절실한 이
야기를 쓰려고 했다. 세상에 필요한 이야기가 아니라
내게 불가피한 이야기를 쓰려고 했다. 그래야 형편없

어도 후회하지 않을 수 있을 것 같았고, 그래야 실패해도 포기하지 않을 수 있을 것 같았다. 그러니까 이건 어떻게든 소설을 계속해 보려는 내 나름의 자구책이었는지도 모르겠다. 이제 와 그만둘 용기는 없어서, 소설이 삶에서 점점 희박해지는 걸 보고만 있을 수는 없어서, 뭐라도 해 보자는 심정으로 소설 속에 내 삶의 농도를 높였다.

하나뿐인 소중한 관계일수록 더욱 진실해야 하는 것처럼 내가 쓰는 소설에게도 진실해지고 싶었다. 긴밀해지고 싶었고 믿음을 주고 싶었다. 자, 여기 내 삶이 있어. 이제 내겐 다른 꿍꿍이가 없고 그러므로 우리는 진짜 대화를 시작할 수 있을 거야. 나는 모니터 앞에 앉을 때마다 소설에게 이렇게 말을 거는 듯한 심정이 되곤 했다. 그리고 아주 가끔씩 소설은 내가 애타게 찾는 줄도 몰랐던 단어와 문장을 넌지시 내밀며 그 다음을 궁금해해 주는 것 같았다.

해설을 맡아 주신 오은교 평론가님과 추천사를 더해 주신 김혼비 작가님께 깊이 감사드린다. 독자로서 흠모해 왔던 마음을 그저 마음으로 남겨 두지 못하고 조심스레 손을 내밀었는데 두 분 모두 기꺼이 잡아 주셨다.

첫 장편에 이어 첫 소설집까지 한 팀이 되어 주신 민음사와 김세영 편집자님에게도 고마움을 전한다. 오래오래 이 책 또한 돌봐 주시리라 믿기에 든든하고 당당하다.

마지막으로 이 책을 우리의 이야기로 읽어 주실 미지의 독자분들에게도 미리 감사의 인사를 드린다. 어디에 있든 무엇을 하든 있는 그대로의 자신으로 강건하시고 안녕하시기를 빌어 본다.

2022년 여름
김병운

모르는 곳으로

오은교(문학평론가)

김병운의 첫 작품집『기다릴 때 우리가 하는 말들』
은 진실함에 대한 이야기다. 숨거나 참거나 도망치며
오랜 시간 자기 자신을 미워한 사람이 더는 자기 부정
을 견디고 싶지 않아진 이야기, 몸에 새겨진 수치와
혐오의 역사를 돌아보며 사회의 차별적 구조를 드러
내는 이야기, 안전과 보위로 겹을 쌓아 둔 작고 익숙
한 세계에서 골목을 돌면 무엇이 나타날지 모르는 세
계로 기꺼이 접어든 사람의 이야기, 이 책은 다시 만
난 세계에 대한 이야기다.

인상적인 첫 장편소설『아는 사람만 아는 배우 공
상표의 필모그래피』를 상재하며 한국 문학장에 퀴
어 문학의 현재를 기입해 온 작가 김병운은 이 첫 단
편소설집을 통해 퀴어 예술을 생산하고 소비하는 일
에 대한 작가적 문제의식을 심화해 나간다. 이 소설
의 배경인 동시대의 한국은 동성애가 더 이상 불법적

이거나 비가시화된 곳은 아니지만, 올바르고 양순한 퀴어 시민이 될 것을 강제하는 억압이 더욱 조밀하고 새로운 차별을 양산하는 사회다. 이 시대를 통과하는 게이로서 소설 속 인물들은 일관되게 가시화의 불안과 퀴어 규범성에 시달리며 내면화된 수치심으로 마음이 소진되어 있다. 적극적으로 숨긴 적도 없지만, 동성애를 비밀로 할 것을 암묵적으로 강요하는 사회에서 소설의 화자들은 자신이 거짓말을 하고 있는 위선적 존재라는 자책과 불안에 시달린다. 커뮤니티 밖에서도 당당히 자기 자신을 드러내는 사람들 곁에서 어쩐지 주눅들며 그렇게 스스로를 온전히 드러내지 못한 날에는 어김없이 자책을 반복하며 살아온 사람들, 그러나 동시에 더 이상 그렇게만 살아갈 수 없다고 생각한 사람들이 여기 모여 있다. 이 이야기들은 자신을 드러내기 위해 오래 기다려 온 사람들을 위해 마련된 선물처럼 도착했다.

일인분의 당사자 너머

작품집의 포문을 여는 「한밤에 두고 온 것」과 「기다릴 때 우리가 하는 말들」은 모두 퀴어 재현을 둘러싼 당사자성에 대한 당대의 뜨거운 현안들을 담고 있다. 퀴어 서사의 대중적 확산과 이를 둘러싼 이해와 오해, 윤리와 권리의 문제들이 경합하는 가운데, 퀴어 예술가로서의 심정과 난경을 그린 이 소설들은 퀴어 서사를 제작하고 소비하는 방식에 대한 당대의 논의들을 두루 환기시킨다.

「한밤에 두고 온 것」은 무명 배우이자 게이인 '나'가 독립 영화계의 샛별인 윤수희 감독의 신작 시나리오를 읽는 장면에서 시작한다. 퀴어이자 연극배우인 인물을 쓰며 '나'에게 조언을 구했던 윤수희 감독은 전작에서부터 "성소수자는 주인공의 각성과 성장을 위한 도구로 이용"하며 비참과 불행의 온상으로서 "동성애를 맥거핀이나 스펙터클로 소비"하는 일관된 미학을 구사해 왔다. '나'는 큰 좌절이나 불화 없이 매끈한 삶을 살아온 기혼자인 "감독의 시혜적인 시선과 선민의식"이 못내 거북하지만, 친구는 '나'가 "지나치게 꼬인 것"이라고 반응한다. 실로 범람하는 퀴어 서사에 대한 '나'의 비판과 불만은 명확히 구분될 수 없이 혼재되어 있다. "내가 당사자성에 집착하는 건 내 몫의 자리를 빼앗긴 것만 같은 박탈감 때문이라는 것"을 물론 잘 알지만, "사회적 약자의 편에 서기만 하면,

선의와 정치적 신념을 담보하기만 하면 당신의 발언은 정당해"지는 것도 아니다. 물론 당사자만 자신의 이야기를 쓸 수 있다고 주장하는 것은 아니다. '나' 또한 "욱하는 마음에 차라리 그랬으면, 하고 억지를 부리고 싶었으나 당사자성이 결코 발언의 자격증이 되어서는 안 된다는 주장에는 동의하지 않을 이유가 없"다. "누구나 쓸 수 있지. 쓰고 싶으면 쓰는 거지. 근데 그렇다고 해서 아무렇게나 써도 되는 건 아니잖아." 중뿔이 난 '나'에게 친구는 윤수희를 도와줄 것을 제안한다. "네가 알려 주면 되잖아."

작품의 다른 한 편에는 지역 도서관의 낭독 강좌에서 만난 안부현의 부탁을 받아 그의 옛 친구 앞에서 아들 연기를 부탁받은 이야기가 있다. 오래전 '나'는 강의 도중 안부현에게 특별한 눈빛을 받은 기억이 있다. 중장년층 여성들로 이루어진 지역 도서관 문학회의 수업에서 오스카 와일드의 사인을 둘러싸고, 한 수강생이 대상화된 시선으로 작가의 죽음을 해석하려 했던 적이 있었다. 가족 중 하나가 "그런 사람"이었다고 입을 뗀 그는 "쉬쉬해서 몰랐는데 알고 보니 다른 병"으로 사망한 친척의 비참한 삶을 거론하며 "가뜩이나 남들과 달라 마음고생이 심했을 텐데 그런 끔

찍한 병"을 얻은 이를 연민하는 동시에 "그 삼촌이랑 저는 가깝지 않았"다고 재빨리 선을 긋는다. 그때 무리에서 유일하게 부현만이 소수자의 죽음에 대해 멋대로 상상하고 연민하는 일의 무례를 지적하며 '나'를 쳐다보았던 것이다. 그 눈빛이 도움을 청한 것인지, 도와주려 했던 것인지 알지 못한 채 '나'는 당혹과 체념으로 무대응으로 상황을 무마하고, 그렇게 적립된 침묵의 기억은 두고두고 '나'를 괴롭힌다. "한 가지 분명한 건 그때 나는 없는 존재가 되기를 선택했고 그건 나에게도 어떤 상흔을 남겼다는 것이다."

안부현과 '나'가 부자 관계로 설정된 모종의 연극은 부현의 고향 친구 임순영을 위해 준비된 것이다. 안부현이 조심스럽게 꺼낸 이야기 속에는 가난과 차별이 두려웠던 두 젊은 여성의 친밀했던 과거가 있다. 순영과 함께 서울로 도망쳐 왔지만, 사회적 고립으로부터 탈피하기 위해 친구를 버리듯 결혼하며 헤어지게 된 부현은 늘 죄책감에 시달려 왔다. "나는 그냥 겁이 났던 거예요. 이러다 우리가 뭐라도 될까 봐, 나를 향한 순영이의 마음이 진실하다는 걸 아니까, 내가 그 마음을 누구보다도 절실히 원한다는 걸 아니까, 하지만 그런 건 잘못됐고 비참한 거라고 생각했으니까 도망친 거예요." 그렇게 술에 취해 울고 있는 부현 곁에 뒤늦게 순영이 나타난다. '나'는 두 사람을 보자 즉각 "불필요한 시선이 남아 있는 한, 두 사람의 이야기는 결코 시작되지 않으리라는 어떤 확신"에 자리를 피해 나온다. 부현이 준비한 즉흥극은 '나'가 퇴장하고 초대 손님이 무대에 참여하며 이윽고 현실로 전환된다. 삶이 된 무대, 불필요한 시선과 개입을 차단한 채 비로소 온전히 진실한 무대가 성립되는 소설의 마지막 장면은 당사자들의 목소리를 존중하는 한 방식을 가리킨다. 용기를 낸 두 사람의 만남을 계기로 '나' 또한 윤수희 감독 영화에 참여하여 적극적으로 참여하고 싶다는 욕구에 사로잡힌다. "나 말할 거야! 이렇게는 아니라고. 이대로는 안 된다고." 오해를 무릅쓰고도, 망신을 불사하고도, 편파를 인정하고도 '나'는 대중 퀴어 서사에 당사자의 목소리를 기입하고자 한다.

「기다릴 때 우리가 하는 말들」은 '당사자'라는 말의 둘레를 넓히며 이 문제의식에서 한 발짝 더 전진해 나간다. '나'는 오래전 인권단체 독서 모임에서 만나 친분을 쌓은 주호의 초대를 받는다. "비슷한 삶의 궤적을 그려 온 사람들을 직접 만나야만 느낄 수 있는 위안과 위로, 소속감이 절실"했던 이들이 함께했던 그 모임에서 "젠더 다양성이나 해체"를 말하며 애매하고 복잡한 자신의 정체성을 말하는 주호는 이질적인 존재였고, 그의 고민은 제대로 된 연애나 성 경험을 해 보지 못했기에 그렇다는 조언으로 일축되기 일쑤였다. 그사이 주호는 배우의 꿈을 포기하고 논모노로맨틱 에이섹슈얼로 재정체화 과정을 거쳤고, '나'는 갈망하던 소설가로 데뷔해 한 권의 장편 소설을 출간한 작가가 되었다.

더 이상 '나'와 접점을 찾기 어려운 주호가 '나'를 집요하게 집에 부른 건, 그의 애인인 인주가 '나'를 계속 만나고 싶어 했기 때문이다. 처음 만난 자리에서 '나'의 소설에 대한 감상과 더불어 판매 부수 등을 집요히 묻는 인주는 알고 보니 주호에게 다른 사람이 생겼고, 그 대상이 '나'라고 짐작했다는 사실을 털어놓는다. 당황한 '나'는 "맹세컨대 우리에겐 아무 일도 없었"다며 손사레를 치지만, 인주는 담담히 진실을 전한다. "주호 씨 말이 진짜였네요. (……) 윤범 씨는 죽어도 모를 거라고요." 과거 에이섹슈얼에 대한 주호의 긴 설명에도 그 의미를 좀체 이해하지 못했던 '나'는 인주를 통해 뒤늦게 주호의 마음을 전해 듣고, 자신의 무지가 낳은 파국을 마주하며 놀란다. 게다가

'나'는 자신의 책에 보란 듯이 무성애에 대한 무지와 혐오가 기록되어 있음을 알게 되고 소스라친다. "차라리 무성애자였으면 좋겠어. 아무 감정도 못 느꼈으면 좋겠고 누구도 사랑할 수 없으면 좋겠어."

하지만 소설은 게이 인물로 과잉 대표되는 작금의 퀴어 문학의 대한 주의를 넘어, 퀴어 당사자란 비규범적 성적 주체로 정체화한 인물만이 아니라 특정한 실천만을 정상 성애 당사자로 간주하는 문화와 질서에 동참하는 모든 이라고 주장하며 논의를 확장한다. 인주는 '나'에게 오늘의 만남에 대해 글을 쓰면 좋겠다고 부탁하는데, '나'는 곧장 "당사자도 아니면서 그 삶에 대해 내가 함부로 쓸 수는 없을 것"이라고 수세적으로 물러난다. 인주의 말은 당사자 존중이라는 말로 끊임없이 서사적 게토를 분할하는 태도를 심문에 부친다. "오늘 윤범 씨가 왔잖아요. (……) 그런데 이게 어떻게 제 얘기예요, 우리 얘기지. 안 그런가요?" 당사자성에 대한 뜨거운 물음들을 제시하며 모두를 사안에 공모하고 연루된 당사자로 연결시키는 이 행위는 퀴어 재현을 소수자에게 방기하거나 무조건적으로 위임하는 것을 넘어 투쟁과 고민을 공동체의 전체의 몫으로 전환해 낸다.

당신이 마련해 준 오늘, 애도의 글쓰기

퀴어 친족의 삶과 죽음을 기리는 「윤광호」와 「9월은 멀어진 사람을 위한 기도」는 오늘날 퀴어 서사가 가능해진 역사를 비춘다. "나는 광호 씨에 대해 잘 안다고 말할 수 있는 사람은 아니다."라는 문장으로 시작되는 「윤광호」는 잠시의 인연이었지만, 돌이킬 수 없는 상흔이자 자긍으로 기억되는 한 동족에 관한 이야기다. 20대 중반의 소설 습작생 '나'는 게이 민족지를 기록하는 구술사 프로젝트의 인터뷰어로 참여한 적이 있었다. 그 인권단체 모임에서 만난 윤광호는 '나'의 원고에 대해 인터뷰이도 인터뷰어도 "적당히 숨어" 있으며 "게이이기 때문에 쓸 수 있는 글"을 쓰지 않았다는 가시 박힌 평을 남겼다. 그도 그럴 것이 '나'는 성정체성 인정 이후 심각한 자기혐오에 시달리는 상태였고, 인터뷰이 또한 개인 정보가 드러나는 것을 극도로 조심하며 수차례 원고의 내용을 삭제하거나 정정을 요청했기 때문이다. "지붕과 벽이 있는 공간 안에서만 유효한 용기"를 낼 수 있는 '나'와 대조적으로 윤광호는 여러모로 남다른 인물이었다. 일찍 정체성을 자긍하며 살아온 그는 어릴 때부터 학급에서나 퀴어 동아리와 인권 단체 등 속한 곳에서는 누구보다 투쟁과 연대에 앞장서는 야심차고 당당한 활동가로 스스로를 드러내는 일에 거침이 없다.

끊임없이 '나'의 한계를 자극하는 그는 어느 날 만남을 요청해 오는데, 그날 광호는 치마를 입고 등장해 '나'를 곤욕스럽게 한다. "미친걸까. 사람들이 안아 주고 응원해 주니 이래도 된다고 생각하는 걸까. (……) 이런 식으로 아무런 동의도 없이 나를 곤경으로 밀어 넣은 광호 씨가 무례하다고 생각했다." 퀴어 문학을 읽고 쓰는 소모임을 조직해 보자는 윤광호의 제안은 더더욱 '나'를 불안하게 한다. 문학의 세계에서마저도 소외되고 싶지 않았던 '나'는 "모호한 권태와 막연한 절망"을 다룬 미국 백인 작가의 글을 전범으로 삼으며 성소수자에 관련한 문학은 쓰지 않으리라 확언하며 광호에게 선을 그었다. "내가 추구하는 예술은 내 정체성과는 상관이 없다고 (……) 소설은 정치적 구호나 이데올로기를 주입하는 도구가 아니라고 (……) 무엇보다 동성애 작가로 낙인찍히고 싶은 생각은 추호도 없다고." 그런 '나'에게 광호는 '나'가 언젠가 이쪽 얘기를 쓰게 될 것이라 확신하고, 화가 난 '나'는 모두가 동일하게 용감할 필요는 없다고 쏘아붙이지만, 광호는 담담하고 확신에 찬 어조로 대

답한다. "그건 용기의 문제가 아니에요. (……) 시간의
문제죠. 중요한 건 시간이에요."

그것이 광호와의 마지막이었고, 그 후 '나'는 클로
짓을 고수하는 연인을 만나 8년을 세상에 보이지 않
는 방식으로 연애해 왔다. 그러나 미국에서 발생한 게
이 클럽 총기 난사 사건을 계기로 퀴어 소설을 쓰지
않겠다는 다짐을 폐기한다. "내 성적 정체성과 화자
의 성적 정체성을 일치시키자 그간 소설을 쓸 때마다
감지되었던 위화감이 거짓말처럼 사라졌고, 그 소설
들은 실제 내 삶에도 영향을 미쳐 나는 소설 밖에서
도 내가 어떤 사람인지 말할 수 있게 되었다." 출간을
계기로 광호와 다시 만날 것을 고대하던 '나'는 광호
가 암으로 사망했다는 소식을 듣고 유언이자 예언이
되어 버린 광호의 마지막 말이 현실이 되었음을 깨닫
는다. "그 말은 나를 향한 충고나 조언이 아니라 다가
올 세상을 향한 기대와 희망이었을지도 모른다 (……)
우리가 우리를 외면하지 않는다면 그런 세상은 틀림
없이 앞당겨질 거라는 신념을 내게 보여 주고 싶었던
게 아닐까."

변화한 건 퀴어 소설을 쓰지 않겠다고 확언했던
'나'뿐만이 아니다. 그의 어머니는 성소수자 부모모

임에서 활동하며 전문적인 상담 과정을 배우고 그의 누나는 서점을 운영하며 퀴어 문학 코너를 마련한다. "에이즈도 아니고 자살도 아니"라 자극을 못 준다는 고약한 농담을 하며 떠나간 광호지만, 활동가로 살며 온갖 모욕과 조롱과 위협을 감내해야 했던 그에게 닥친 질병이 사회적 차별로 인한 사인과 다르지 않다고 여긴 동료는 활동가의 건강권에 대한 다큐멘터리를 만든다. 당사자 개인의 용단이 아니라 그 대단한 개심을 할 필요가 없는 시간의 도래, 윤광호의 소망은 시차를 두고 점차 실현되며 그가 떠난 세상의 씨앗과 거름이 되었다.

「9월은 멀어진 사람을 위한 기도」 또한 헤어진 사람을 기리며 쓰는 한 달간의 일기이자 뒤늦은 애도의 시도다. 잔잔한 일상을 스케치한 일기 속 간헐적으로 등장하는 이는 얼마 전 세상을 떠난 이쪽 친구 물이다. 과거에 물은 늘 관계를 전제하지 않고도 욕구를 해소할 수 있는 상대를 찾았고, 그렇기에 얼마간의 위험과 부담을 감수해야 했다. 그 모습이 위험해 보였던 '나'는 물에게 충고하듯 다그치곤 했다. "안 그러면 안돼? 그러다 너 좆 된다니까." '나'는 물을 향한 끌림을 거두고, '나'와 비슷한 성격의 흙을 만나 연애를 시작했다. 흙은 지나가는 행인이나 상인에게 민폐를 끼치거나 마음 상하는 일을 만들고 싶지 않아 불편과 손해를 감수하면서도 게이인 자기 자신에게만은 관대할 수 없어 짙은 게이 혐오와 자기 부정의 말을 달고 사는 사람이다. 흙은 어느 날의 '나'처럼 물에 대한 속마음을 내비치며 걱정을 빙자한 비난과 낙인의 말을 하고, '나' 또한 "커뮤니티 안에서도 쉬쉬하고 수치스러워하는 물의 세계보다는 그나마 온건하고 안전해 보이는 흙의 세계에 나를 연루시키고 싶어서. 정상성의 위계 구조 속에서 그나마 한 층이라도 더 위에 있는 삶에 나를 어떻게든 안착시키고 싶어서" 흙을 선택한 자신의 내심을 외면하기 어렵다. 그 후 '나'는 "방역을 빌미로 연일 게이 혐오 기사가 쏟아지고 폭력적인 아웃팅이 자행되던 그 전례 없는 혼란 속에서, 혹시나 서로가 서로의 알리바이가 될까 봐 공포에 떨며 숨죽였던 상황" 속에서 걸려온 물의 전화를 받지 않았고, 이후 물은 사망한다. 물의 유일한 가족이자 혈육이었던 아버지는 "물의 죽음이 어떤 식으로든 알려지는 걸 원치 않아 무빈소 장례를 선택했고, 우리 같은 사람들이 기웃거리는 걸 원천봉쇄하기 위해 장지마저 비밀"로 부쳤다.

흙과 함께 할머니가 계신 봉안 시설을 방문한 '나'는 기도를 드리며 물을 떠올린다. 그의 전화를 외면했다는 사실에 부채감에 시달렸던 '나'는 아꼈던 사람들로부터 제대로 된 배웅도 받지 못한 사랑하는 친구의 마지막을 애도하며 반복해서 기도문을 낭독한다. 물이 어떤 경로로 죽음에 이르렀는지 정답을 말할 수 있는 사람은 없다. "물의 죽음은 그저 우리에게 익숙한 몇 가지 키워드와 거기서 비롯된 추측으로만 설명될 뿐이다. 혐오와 비난, 배제와 박탈, 우울과 고립, 질병과 고통, 그리고 성소수자와 자살." '나'는 성소수자의 수난으로 축소되고 마는 물의 죽음의 서사에 저항하며 그가 불안하고 외로운 삶을 살다 죽은 것이 아니라고 생각해 보는 동시에 그의 죽음을 성소수자의 삶과 무관한 흠결 없는 실존의 서사로 쓰려는 욕망 또한 문제라는 인식에 도달한다. 위반과 검열, 문란과 질병, 쾌락과 비극으로 축소되는 삶을 온전히 이해하고 애도하는 일은 어떻게 가능할 것인가. '나'는 그것을 알지 못해 9월이면 기도하듯 일기를 쓴다.

「윤광호」와「9월은 멀어진 사람을 위한 기도」 두 소설은 모두 수신인이 없는 편지와 일기로 이루어져 있다. 떠나간 사람이 마련한 영토에서 글을 쓰게 된

'나'의 이야기들은 글쓰기가 반드시 과거를 인용하며 뻗어 나온 가지라는 사실을 상기시킨다. 식민지 시대 소설 속 주인공이 21세기 퀴어 활동가의 예명이 되듯 이야기는 과거의 한계와 가능성을 재발견하고자 하는 욕망에서 비롯된다. 퀴어 친족의 비극과 경이를 넉넉히 담은 이 이야기들은 '나'의 작은 세계에서 파문처럼 넓어지는 앎과 이야기의 원천을 보여 주며 현재의 동그란 자리를 비춘다. 지금 '나'가 글을 쓰는 이곳이 떠나간 사람들이 마련해 준 자리라는 것을 결코 잊지 않겠다고 새기듯이.

농담과 진실 사이, 가족극의 기쁨과 슬픔

작품집 속 퀴어 아들의 시선에서 전개되는 여러 가족극들은 수난과 보상의 순환으로 동력을 얻는 전통적인 가족 신파의 문법을 넘어서며 색다른 친밀성의 가능성을 탐색한다. 「11시부터 1시까지의 대구」는 장례식에 참여하며 보수적인 가족 의례와 그 안에서 미묘하게 감지되는 역동성과 새로운 관계의 기미를 포착해 내는 경쾌한 작품이다. '나'는 엄마의 지령을 받아 매형의 장례식 참여차 대구로 향한다. "그래, 뭐 한두 시간 정도면 정상 가족 이데올로기의 복무자들 앞에서 간도 빼고 쓸개도 빼고 정체성도 뺀 채로 견 뎌 볼 수 있지 않을까 싶은 마음"으로 소홀해 온 가족 의 도리를 벌충하고자 했지만, 으레 그렇듯 '나'는 사 람들로부터 결혼과 애인 유무, 직장 등에 관한 구시 대적 질문과 공격적인 덕담이 오가는 그곳에서 점차 가슴이 조여 옴을 느낀다.

그런 '나'에게 사촌 누나의 두 아들 간의 싸움이 눈 에 들어온다. 여동생에게 삼촌이 성형 등을 운운하 며 외모 칭찬을 했고, 이에 화가 난 둘째가 사과를 요 구하면서 첫째가 반발한 것. "요즘 계속 이래요. 페미 들한테 세뇌당해서 무슨 말을 못 하게 해요. 말하는 거 보면 지는 남자가 아닌 줄 안다니까요. 정신병자도 아니고." 자신의 소신을 말하다 소외된 둘째의 모습 은 '나'의 눈에 밟힌다. 자신이 무언가 다르고 그 감정 을 공감받을 수 없다는 기분은 유년 시절부터 '나'를 사로잡아왔던 감정이기 때문이다. 그런 '나'에게 다가 온 둘째는 얼마 전부터 '나'를 인스타그램으로 지켜보 며 '나'가 올린 포스팅에 올라온 책과 영화를 따라가 고 있다고 고백해 온다. '나'의 인스타그램 둘러보기 피드에는 어느 순간부터 벗은 남자들의 사진이 잔뜩 점령하기 시작했기에 그에게 어떤 이미지까지 흘러 갔을지 모르지만, '나'는 서울에서 꼭 다시 만나고 싶다며 호쾌하게 말을 붙여 오는 둘째에게 호감을 느낀다. 가족들 사이에서 평생 고립감에 시달리면서도 부당한 말들에 저항하지 못해 움츠러들었던 '나'는 변화한 시대만큼 달라진 소년을 보며 가볍고 기꺼운 질투심을 느낀다.

'나'에게도 기억에 남는 어른이 있었다. 사촌 누나가 가족 여행에 데려온 친구 정아 누나가 그 사람이다. 짧은 머리에 걸걸한 목소리를 자랑하던 그 시절의 정아 누나는 "청춘남녀가 자연스러운 만남을 추구하는 그런 분위기"였던 무리에서 외따로 떨어져 나와 "정말 여자가 맞느냐"는 아이들의 무례한 질문에 이선희나 이상은을 아느냐고 말해 주었던 인물이다. '나'는 정아 누나의 "그 다름이 나와 어떤 식으로든 관련이 있으며 그것이 내 인생을 결코 수월하지 않은 방향으로 이끄리라는 것을 일찌감치 감지"한 적 있었다. 아들 둘을 낳고 장사를 하며 살아간다는 정아 누나의 성 정체성이 무엇인지 알 순 없지만, "어떤 기억이 거듭 재조합되며 수명을 연장하는 건" 그 기억에 의지해 스스로를 이해해 보고자 노력했던 절박함이 지금의 '나'를 만들어 왔기 때문일 것이다. 무례와 너스레가 넉넉히 오가는 가족 의례 행사를 오가며 '나'는 이 하루가 "언제든지 다시 빛을 발할 어떤 기억의 형태로 내 안에 스며 있으리라는 것"을 예감한다.

「알 것 같은 밤과 대부분의 끝」은 유부남 전 애인의 장례식에 참여하는 엄마와 아들의 하루 나절 동행에 관한 이야기다. 유부남과 연애하는 엄마와 남자와 연애하는 '나'는 모두 규범적 연애로부터 이탈하여 정상 가정을 이루기 불가능한 상황적 공통점이 있다. 연애에서 결혼으로 이어지는 각본대로 살기 어려운 이들은 자신들의 오래된 반골 기질을 농담으로 삼아 서로를 이해하는 사이다. 엄마의 애인은 죽었고, '나'의 애인은 외도가 의심되는 상황이다. 전처와의 이혼 후 다시 자신과 결혼하길 원해 사랑이 식었다는 엄마에게 "할 수 있는데 안 하는 게 얼마나 큰 특권"인지 가볍게 핀잔하는 게이 아들의 날 선 농담에는 결혼할 수 없는 자신의 처지에 대한 분노와 자신을 버리고 떠난 엄마에 대한 원망, 파트너가 있는 사람과 연애를 한 사람에 대한 책망이 섞여 있다. '나'는 엄마의 전 애인의 죽음과 그 앞에서 더 알기를 멈춰 선 엄마를 보며 오래 참아 왔던 자신의 고민을 해소하기로 비로소 결심한다. 결정적인 순간에 의문을 해소하지 않고 관계를 떠나 버리는 방식으로 살지 않겠다고, 먼저 버림받지 않기 위해 문제를 외면하는 일 따위 하지 않겠다고. 엄마로부터 버려졌고, 절박하게 남자들의 애정을 갈구하며 살아왔지만, 반쪽짜리 비밀과 외로운 진실 중 '나'가 더 견딜 수 없는 것은 이제 거짓말 쪽이다. '나'는 애인에게 참아 왔던 질문을 하기로 결심한다.

경쾌함과 묵직한 농담들이 교차하는 또 하나의 퀴어 가족극 「어떤 소설은 이렇게 끝나기도 한다」는 남들이 다 감자를 산다면 자신 또한 감자를 사야 마땅하다고 생각하는 평범한 엄마와 감자보다 남자를 더 좋아하는 아들의 동거 일지다. 인기 배우가 커밍아웃을 하는 이야기를 담은 첫 장편소설 출간을 앞둔 '나'는 동료 소설가와 심리상담가로부터 어머니에게 정체성을 비롯하여 삼성 표현을 적극적으로 표현하는 것이 좋겠다는 조언을 듣는다. 하지만 '나'가 어머니에게 진실을 직접 전하지 못하는 사정은 복잡다단하다. 엄마는 보호와 공경이 필요한 나이이기도 하거니와 지병으로 인해 그 흔한 해외여행 한 번 가 보지 않을 정도로 예민하게 스트레스를 관리해 왔기 때문이다.

무엇보다 엄마는 '나'의 진실에 대해 모르지 않을 수 있고, 그것은 어쩌면 적극적인 외면으로서, '나'의 침묵을 강제하는 제스처일 수 있다.

외아들인 '나'를 향한 엄마의 집착은 외로웠던 본인의 결혼 생활에서 비롯된 것이다. 급격히 가세가 기운 집에서 어린 나이에 팔려가듯 청각 장애가 있는 남편과 결혼한 엄마는 남편으로부터 사랑을 받지 못했다. 아버지는 어떻게든 아들을 '정상 세계'에 편입시키고자 노력했던 친할머니 때문에 청각 장애가 있다는 이유로 사랑하는 여자와의 반대에 부딪히고, 청인으로 둘러싸인 사회에서 살아야 했으며 그 소외감과 슬픔을 달래기 위해 평생 술에 의지해 살았다. 술에 취하면 옛 연인을 그리워하고 할머니를 원망하며 끝없는 울분과 원한을 토해 내던 아버지는 이른 나이에 사망하고, 아빠의 장례식에서 엄마는 '나'의 손을 꽉 움켜쥐며 말했다. "이 험난한 세상에 서로 의지할 수 있는 사람은 우리 둘뿐인 거야." 그날 엄마의 손은 '나'에게 원장면으로 남아 '나'는 엄마가 모르는 스스로에 대한 진실을 마주할수록 모종의 배덕감과 죄책감을 느끼게 된다.

수치스러운 존재로 취급받는 자기 자신에 대한 대

내외적 긍정으로서의 커밍아웃은 그 자체로 큰 정치적 가치가 있지만, 그것이 결코 일회성의 스펙타클로서 퀴어의 삶에 있어서의 가장 중차대한 결절점일 필요는 없을 것이다. 커밍아웃을 한다고 해서 없던 인정을 단숨에 얻을 수 있는 것도 아닐뿐더러, 무엇보다 그것은 동성애를 비정상으로 간주하는 세계에서만 가능한 발화 형식이기 때문이다. 커밍아웃 압박에 시달리는 '나'는 그래서 자주 공허와 짜증을 느낀다. "어째서 이렇게까지 해야 하는 걸까. 누가 물어보지도 않았는데, 누가 대답을 강요하는 것도 아닌데, 어째서 나는 끊임없이 누군가에게 나는 말을 할 수 있는 사람임을 증명해 보이려는 걸까." 커밍아웃은 당사자의 성적 실천과 그 내력에 대한 무지를 전제로 하는데, 마치 K가 이미 알고 있었음이 드러나듯 엄마 또한 '나'의 어떤 모습을 완전히 모르지 않는다는 예감은 커밍아웃이 앎과 모름이라는 단순한 이분법이 아닌, 모르고자 하는 앎과 알고 있는 모름 등이 반사되고 경합하는 복잡한 화용론적 맥락 안에 있음을 보여 준다. 퀴어의 이야기를 그린 자신의 책이 엄마로부터 외면받고 있다는 사실로부터, "자고 있는 사람을 깨울 수는 있지만, 잠든 척 하는 사람은 깨울 수 없다"기에 나는 "어서 말을 해야 한다는 조급함과 어쩌면 나는 영영 실패할지도 모른다는 패배감에 나 자신을 함부로 내어 주지 말기로" 한다. "이것이 끝이라고 섣불리 단정하지 않고 내게는 다음이 있다는 사실을 낙관하는 것". 서러움과 희망이 혼재되어 있는 이 시간 안에서 어떤 압박에도 스스로를 함부로 내맡기지 않겠다는 이 결심은 진솔하고 절박하다. 당사자가 비겁한 것이 아니라 욕망을 솔직하게 마주할 수 없게 만드는 사회가 잔인하다는 것, 어떠한 욕망을 비밀로 만드는 것은 그 주체가 아니라 특정한 삶을 인식 불가능한 것으로 만드는 사회적 무지 때문이라는 것이다.

*

"해피나 새드일 수는 있을지언정 결코 엔딩일 수는 없"다. 드러난 진실은 부족하고 기다리는 마음은 초조하지만, 그러나 아직 우리에게 남은 시간이 많다고 낙관할 수 있는 힘은 이 사람들이 오랫동안 무언가를 기다려 왔으며 그 기다림 속에서 실로 작은 변화들을 목격해 왔기 때문일 것이다. 이들이 미지를 예찬하고 불확실성을 축원한다고까지 감히 말할 순 없겠지만, 예측하거나 계획하는 것보다 대응하거나 수습할 수밖에 없는 인간의 조건이 만들어 낸 삶의 불가해함을 정면으로 마주하는 이 인물들의 고요하면서도 격렬한 동요는 이미 부지런히 다른 세상을 열어 가고 있다. 이제 이 책은 다른 세상을 꿈꿔 왔던 이들에게, 내일의 당사자인 모두에게 도착한다. 이 작은 이야기들이 어떻게든 변형되고 연장되고 소용되고 살아나길 믿으며.

　김병운의 소설이 일견 "적당한 온도로 쓰인 글"처럼 보이는 것은 담담한 문체 때문이기도 하겠지만, 그가 "적당한 지점"에서 소설을 맺어서이기도 할 것이다. 하지만 나에게 그의 소설이 적당했던 적은 단 한 번도 없다. 담담한 언어들 아래에는 '정체성의 승인'을 둘러싼 온갖 감정의 분열과 그 안에서도 '인정'과 '긍정'의 차이가 발생하는 지점을 기필코 낚아채는 치열과 그가 자신의 일부를 뜯어내어 쓴 것 같은 파열들이 흐르고 있고, 여기서 더 뻗어 나갈 수 있을 것 같지만 그가 일부러 멈춰 서는 지점, 바로 그 지점에서 나는 그의 소설에 번번이 크게 데이곤 한다. 그 뜨거운 멈춤. 더 쓰이지 않아서 더 격렬하게 존재하는 이야기. 그가 던진 말줄임표 사이사이를 나 스스로 채워 넣다가 나의 일부도 뜯겨 나가는 과정. 그런 점에서 김병운은 소중하다는 말로도 부족하고 어느새 절대 없어서는 안 될 존재가 되었다. 그의 소설 앞에서 늘 생각한다. 우리가 타인을 '있는 그대로' 바라보는 것에는 실패할지라도, 뜯어내고 뜯긴 각자의 삶의 낱장들이 혼란하고 고독하게 흩날리다가 어느 순간 새로운 방식으로 묶일 때 세상도 조금은 앞으로 움직이는 것은 아닐까 하고. 김병운이 뜯어내는 자리에서 내일이 조금씩 오늘이 되어 가고 있는 것은 아닐까 하고.

— 김혼비(에세이스트)

수록 작품 발표 지면

한밤에 두고 온 것 —《현대문학》 2020년 8월호

기다릴 때 우리가 하는 말들 —《릿터》 2021년 2,3월호

윤광호 —《에픽》 2021년 10,11,12월호

11시부터 1시까지의 대구 —《작가들》 2021년 여름호

9월은 멀어진 사람을 위한 기도 —《학산문학》 2021년 겨울호

알 것 같은 밤과 대부분의 끝 —《웹진 비유》 2020년 11월호

어떤 소설은 이렇게 끝나기도 한다 — 민음사 블로그 연재 2020년 9월
~ 2021년 1월

기다릴 때 우리가 하는 말들

1판 1쇄 펴냄 2022년 9월 2일
1판 3쇄 펴냄 2023년 6월 5일

지은이 김병운
발행인 박근섭, 박상준
펴낸곳 (주)민음사

출판등록 1966. 5. 19. (제16-490호)
서울특별시 강남구 도산대로1길 62(신사동) 강남출판문화센터 5층
대표전화 02-515-2000 팩시밀리 02-515-2007
www.minumsa.com
ⓒ 김병운, 2022. Printed in Seoul, Korea
ISBN 978-89-374-5603-9 03810